KB194296

저자 후카이 아키코 | 역자 허은주

JAPONISME
자 포 니 슴 인 패 션
in Fashion

~바다를 건넌 기모노~

자포니슴 인 패션
– 바다를 건넌 기모노 –

초판인쇄 2011년 1월 5일
초판발행 2011년 1월 17일

저 자 후카이 아키코
역 자 허은주
발 행 인 윤석현

발 행 처 제이앤씨
등록번호 제7-220호
책임편집 박채린

우편주소 132-702 서울시 도봉구 창동 624-1 현대홈시티 102-1206
대표전화 (02)992-3253
전 송 (02)991-1285
홈페이지 www.jncbms.co.kr
전자우편 jncbook@hanmail.net

ISBN 978-89-5668-834-3 03830 정 가 18,000원

르느와르 《에리오[Elio] 부인》 1882. 함부르크미술관.

티소 《목욕하는 일본 아가씨》 1864. 디종미술관.

기모노 직물로 제작된 드레스. 1880년대.
교토복식문화연구재단 소장.
촬영: 리차드 보튼.

리버티 상회의 이브닝 랩. 1915. 공작 깃털 문양의 브로케이드.
교토복식문화연구재단. 촬영: 히로가와 야스시.

샤넬의 이브닝드레스. 1925년경. 뉴욕 메트로폴리탄미술관.

Contents

LANNING-BEAUTÉ
OUR ARRIVER EN FORME
UX VACANCES
0 000 EMPLOIS POUR
0 000 ÉTUDIANTS
A MODE
ES MAISONS
E BOIS

저자 서문

필자가 '서구 속의 일본'을 가깝게 느낀 것은 파리 솔본느대학 예술·고고학부에서 아르누보에 관해서 공부했을 때였다. 그 강의를 통해서 19세기 후반 프랑스의 공예품 가운데에는 세토瀬戸와 고토나메常滑, 오리베織部 등 일본의 도기가 변형된 듯한 항아리나 접시가 다수 제작되었던 사실을 알게 되었다. 이들은 대개가 형편없는 수준의 모방에 불과했으며 솔직히 말해서 악취미로 보이기도 했다. 그러나 이러한 창작물들이 점차 다듬어져 아르누보라 불리는 독특한 스타일의 도기와 유리그릇으로 변용되어 가는 과정은 마치 요술이라도 보고 있는 것처럼 필자를 매료시켰다.

파리에 있으면 프랑스 문화가 19세기의 '일본' 뿐 아니라 다양한 시대에 다양한 이문화를 수용했다는 사실을 신변 가까이에서 느끼게 된다. 물론 일본의 경우도 마찬가지여서 그러한 사실을 그때까지 분명히 보아왔을 터이지만 둔감한 필자의 감성은 이문화 속에서 그러한 사실을 실감하게 된 것이다.

이문화 수용의 상호성 혹은 동양과 서양의 교류라는 테마는 교토복식문화연구재단에서 의상전을 담당하게 되면서 처음부터 전람회로 실현시켜 보고 싶은 테마 중 하나였다. 그러나 그러한 큰 구상이 드디어 '패션에 일어난 자포니슴'으로 더욱 구체화 된 것은 실제로 재단의 소장품 가운데서 구체적인 예를 몇 가지나 확인한 후였다. 그 후 의상과 관련된 전 세계의 미술관에 이 주제의 구체적인 예에 관해서 문의하는 편지를 보냈다. 얼마 후 그 대개의 미술관으로부터 정중하고도 흥미로운 조사결과를 알리는 답장을 받았을 때 우리는 전람회를 실현시킬 수 있다는 확신을 얻었다. 이는 그때까지의 우리의 작업 성과였던 '낭만주의 의상전'이나 '화려한 혁명전'이 그들에게 알려졌기 때문에 가능했다고 생각한다. 그러한 성과 위에 '모드의 자포니슴'이 실현될 길이 열린 것이다.

이 주제에 관해서 조사를 시작했을 때부터 교토복식문화연구재단의 동료들, 뉴욕에서 미국에 관한 정보를 혼자서 정리해 준 가나이 준金井純 씨를 비롯해서 이 책의 제5장 '리용의 견직물과 자포니슴'의 토대가 된 일본패션협회의 조성금 논문의 공동 집필자이자 그 연구조사를 위해서 리용에서 무더운 8월을 함께 한 스오 다마미周防珠実, 1차 자료 특히 당시의 패션잡지를 정성스럽고 끈기 있게 조사해 준 요코타 나오미横田尚美 씨, 니이 리에新居理絵 씨 그리고 재단에 근무했던 사카모리 사유리坂森幸百合 씨와 함께 조사연구를 진행해 가는 가운데 실제로 직면한 다양한 문제는 풀어갈 수 있을 것만 같았다. 그러나 한편, 자포니슴 자체의 문제이기도 한 이 주제는 다른 장르와의 관계 속에서 살펴볼 필요가 있다고 절실히 느끼게 되었다.

다행스럽게도 당시 마침 도쿄대학에서 교토의 국제일본문화연구센터로 옮기신 요시가 도오루芳賀徹 선생님을 중심으로 같은 센터의 가미가이토 겐이치上垣外憲一 선생님, 도지샤대학同志社大学의 나이토 다카시内藤高 선생님 등의 멤버로 자포니슴 연구회가 조직되었다. 여기에서 발표된 고베대학의 이케가미 쥬지池上忠治 선생님, 이자벨 샤리에 선생님, 미에대학三重大学의 이나가 시게미稲賀繁美 선생님, 교토대학의 이나가키 나오키稲垣直樹 선생님 등 자포니슴에 대한 다양한 분야의 연구 시점은 필자의 흥미를 자극했다.

또한 이 주제에 착수한 이후 매번 날카롭고 적절한 조언을 주신 것은 미야케 잇세이 씨였다.

이 책은 1994년 교토국립근대미술관에서 개최된 의상전 '모드의 자포니슴'과 함께 탄생했다. 전람회의 계획이 구체화될 즈음부터 재단의 연구지 『DRESSTUDY』에 '패션의 자포니슴'에 관한 주제를 별도로 게재하기 시작했고 나중에 이를 『High Fashion』에도 연속게재하게 되었다. 그러나 전람회 캐더로그의 논고에서는 그러한 내용을 대폭 요약해야만 했다. 생략된 많은 부분을 한 권의 책으로 만들고 싶다는 마음이 점차 커져만 갔다.

그런데 의외로 빨리 그 기회가 주어진 것은 행운이었다고 할 수밖에 없다. 이제까지 집필한 것을 중심으로 새롭게 구성하고 대폭으로 가필·수정했지만 '모드의 자포니슴' 전의 실현과 병행하면서 동시 진행할 수 있었던 것은 그 사이에 새롭게 발견한 다양한 실증적인 사실을 논증하는 데 무엇보다도 다행스러운 일이었다. 그리고 자포니슴을 모드라는 시점에서 접근하는 최초의 시도인 이 책이 앞으로 각 방면의 전문분야에 계신 분들로부터 날카로운 지적을 받을 수 있다면 이보다 더한 행운을 없을 것이다.

이 책이 만들어지는 데에 앞서 언급한 분들 외에도 국내외의 많은 분들로부터 협력과 조언, 격려를 얻은 것도 큰 행운이었다.

또한 이 주제에 관해서 가장 먼저 호의를 보여주시고 『High Fashion』에 연재되는 기회를 주신 문화출판국의 히사다 나오코久田尚子 씨, 원고로 신세를 끼친 시모나카 미토下中美都 씨께 감사드린다. 이 책을 멋진 장정을 담당해 주신 나카시마 가호루中島かほる 씨, 편집을 맡아주신 우카이 데루코鵜飼耿子 씨께도 진심으로 감사드린다.

마지막으로 일밖에 머리에 없는 필자를 따뜻하게 지켜봐 준 가족에게도 감사하고 싶다.

1994년 3월

저 자

제2쇄에 즈음하여

이 책은 1994년에 교토에서 개최된 전람회 '모드의 자포니슴'과 같은 시기에 만들어졌다. 그러나 전람회 '모드의 자포니슴'이 그 후 전혀 뜻밖의 방향으로 전개될 것이라는 사실을 그때 필자는 전혀 예상도 하지 못했다.

교토에서 개최된 이 전람회를 본 파리시립의상미술관의 관장이 같은 전시를 파리에서 개최하고 싶다고 제의해 온 것이다. 2년 후 파리시립의상미술관에 초빙되어 '자포니슴과 모드'라는 제목으로 개최된 전람회는 큰 호평을 얻었다. 이로서 자포니슴과 패션의 관계를 또 다른 당사자인 프랑스 사람들에게 인식시킬 수 있게 되었다. 같은 해 도쿄에서도 새로운 작품을 추가하여 '모드의 자포니슴'전이 TFT 홀에서 개최되었다.

전람회 때문인지 어떤지는 모르겠지만, 파리 컬렉션에서도 일본적인 영향이 나타나 패션으로서 세계적으로 유행하고 일본에서도 게타下駄나 유카타浴衣가 젊은이들의 패션으로 각광을 받게 되었다. 이로서 일본의 패션계에서는 사용된 적도 없었고 심지어 알려지지도 않았던 '자포니슴'이라는 용어도 어느새 널리 알려지게 되었다.

그러나 '모드의 자포니슴'전은 여기에서 끝나지 않았다. 전람회는 미국에서도 흥미를 보였다. 1998년 봄 로스엔젤레스의 카운티미술관에서 개최된 것에 이어 같은 해 연말부터 뉴욕의 브룩클린미술관에서도 개최되어 이례적인 장수 전람회로 성장한 것이다.

그뿐 아니라 전람회는 개최된 각 장소에서 새로운 사실을 연이어 밝혀내기도 했다. 이 책을 출판한 1994년이라는 시점에서 필자가 언급한 것은 자포니슴과 패션이라는 주제 하에 다소 대담하다고도 말할 수 있는 가설이었다고 할 수 있는 부분이 있었다. 그러나 전람회가 거듭될수록 그 가설을 실증할 있는 발견이 이어졌다. 파비엔느 파뤼엘Fabienne Falluel, 발레리 기욤Valerie Guillaume, 샤론 타케다Sharon Takeda, 패트리시아 미어스Patricia Mears 등 각 미술관의 연구자들이 흥미로운 다양한 사실을 제공해 준 것이다. 그때까지 미술관의 소장고에서 의미 불명인 채로 잠자고 있던 작품들이 자포니슴이라는 시선에 의해서 그 의미를 선명히 드러내게 된 것이다.

몇 가지 구체적인 예를 들어 보겠다. 파리 전시 때 프랑스 제2제정과 관계가 깊은 콩피에뉴Compiègne 미술관이 수장하는 비지트visite가 발견되었다. 마틸드 공주Princesse Mathilde(1820-1894) 가 착용했던 것이라고 한다. 이 비지트는 1869년에 일본의 기모노로 제작된 것이었다. 회색 노 바탕에 국화, 대나무, 벚꽃, 소나무, 휘파람새 등을 다색의 견사와 금사로 자수한 전형적인 에도 후기의 기모노 직물로 제작되어 있었다. 마틸드 공주는 나폴레옹 3세의 종자매로 한때 그의 약혼자이기도 했다. 1867년에 파리 만국박람회가 개최되었다. 이때 일본은 처음으로 만국박람회에 참가했는데 쇼군 요시노부慶喜의 대리인으로 프랑스를 방문한 쇼군의 동생 아키타케昭武는 나폴레옹 3세에게 선물을 헌상했다. 그 가운데 하나였던 기모노로 이 비지트가 제작된 듯 하다. 제3장 '회화 속의 기모노, 에도 고소데 변용' 에서 언급한 예의 가장 빠른 예로 기모노 소매를 이미지한 듯한 장방형의 소매가 붙어 있다. 패션 잡지 『쥬르날 데 드모와젤』 67년 10월호의 일러스트 (68페이지 참조) 와 매우 비슷하다.

또 하나 예를 들어 보겠다. 72페이지에 언급했지만, 사다얏코 붐을 타고 기모노풍의 실내복이 인기를 모았다. 여성지의 광고에서 종종 나타나는 '기모노 사다얏코' 의 실물도 발견되었다. 파리에서 제작된 듯한 이 작품은 핫피法被의 복제품으로 다소 실망스러울 정도로 엉성했다. 레벨에 쓰인 '일본물품' 이라는 문자의 서투름에 나도 모르게 웃음이 나왔다.

이 주제에 착수한 후 어느덧 많은 시간이 지났다. 그러나 이 시간들은 당초에 생각지도 못했을 정도로 결실이 많은 시간이 되었다. 정말 행운이라고 할 수밖에는 없다. 게다가 런던에서도 새로운 '모드의 자포니슴' 전이 개최될 예정이 세워졌다. 그다지 관심을 갖지 못했던 영국에 관한 연구를 깊이 할 기회되리라 기대되어 흥미롭다. 앞으로도 필자는 이 주제는 떠나지 못할 것 같다.

1999년 4월
저 자

『자포니슴 인 패션』 한국어판 간행에 즈음해서

동아시아의 말단에 위치하는 일본은 서구에서는 극동의 나라라 불린다. 거리적으로 그리고 무엇보다도 문화적으로 먼 동쪽 끝의 나라에 대해서 서구 사람들은 낯선 것에 대한 흥미, 신비감 그리고 동경의 마음을 품는다. 그러나 그것이 편견, 오해, 무이해, 무관심 등과 표리의 것이라는 것도 또한 사실이다. 아니, 인터넷으로 모든 정보를 입수할 수 있는 현대이므로 그런 것은 없다고 하는 반론도 있을지 모르겠다. 그러나 지금도 쉽게 정보를 입수할 수 없었던 때와 그다지 다르지 않다는 사실에 필자는 종종 조우한다. 세계적으로 주목되고 있는 한국, 그리고 한국문화이지만 실제로는 한국에 대한 서구의 인식도 그다지 크게는 다르지 않지 않을까.

그러나 일본이라는 이문화에 대한 강한 흥미가 19세기 말과 20세기 말에 서구에서 분출되었다. 구미는 이 때 일본문화를 자국의 문화 속에 도입하면서 새로운 문화를 키워나갔다. 이 책은 그러한 이문화 수용에 관해서 주로 패션을 중심으로 논한 것이다.

한국에서는 1990년대 말부터 '젠스타일'이 유행했다는 사실을 이 책의 번역자인 허은주 선생에게 들었다. 이는 구미의 인식에 의한 오리엔탈리즘, 특히 동아시아의 신비성을 '젠ZEN'이라는 다소 막연한 용어로 정리해서 구미적인 미니멀리즘에 섞여서 동아시아풍의 스타일로 만들어진 것이라고 한다. 21세기가 되어 사회의 흐름은 20세기가 지향했던 것과 다른 방향으로 크게 키를 돌렸다. 인공성에서 자연성으로, 복잡함에서 간결함으로, 물질 숭배에서 정신성으로. '젠스타일'은 그러한 방향성을 디자인 위에서 구현한 것이라 할 수 있다.

그보다 앞서 1980년대 초반에 패션에 있어서 일본인 디자이너들이 세계적으로 주목되면서 20세기 말 구미에 널리 알려지게 되었다. 미야케 잇세이, 가와쿠보 레이, 야마모토 요지 등의 일본인 디자이너들이 서구적인 전통의 틀에 구애되지 않고 이를 탈구축하는 패션을 파리에서 제시해 큰 논의를 불러 일으켰다. 그들의 디자인은 검정과 흰색을 다용하고 미니멀하며 무엇보다도 누더기 천처럼 보이지만 사실은 의도된 정교한 파열, 구멍 뚫기 등 서구적인 호화로움과는 거리가 먼 다른 차원의 호화로움, 이른바 정신적인 호화로움을 갖았다. 필자는 구미의 일본에 대한 이러한 큰 시선의 변화를 동시대인으로서 빠뜨림 없이 관찰하면서 패션의 역사가 새로운 방향을 향하고 있다는 것을 직감했다.

일본인 패션 디자이너들은 20세기 말 폐쇄적인 상황에서 출구를 찾고 있던 구미에 독자적인 디자인—그것이 비서구적이었다는 것은 분명하다—을 발신하고 21세기의 방향성을 제시했다.

1990년대에 들자 일본에서 발신된 디자인은 일본인 디자이너의 영향을 강하게 받은 구미의 신진 디자이너들에 의해서 더욱 확장되어 일상적인 의복에까지 침투되었다. 그리고 21세기, 이러한 흐름은, 젠스타일도 그 하나라 할 수 있지만, 새로운 형태로 나타나 다시 동아시아로 회류했다.

그보다 이전에, 조선, 중국 그리고 네덜란드를 제외하고는 세계의 나라들과의 국교를 거의 200년에 걸쳐서 닫고 있던 일본은 19세기 중반에 드디어 해외로 문호를 개방했다. 이때부터 19세기 후반에 걸쳐서 구미에는 일본 그리고 일본문화에 대한 흥미가 급속하게 확장되었다. 이는 곧 '자포니슴'이라 불리는 일본열기를 불러 일으켰다. 구미를 열광시킨 이 현상은 구미의 눈으로 이해한 일본문화에 대한 관심이었다. 그러나 자포니슴은 구미에 창조적이며 다양한 예술 활동을 만들어냄으로써 넓은 영역에 극히 큰 의의를 갖게 했다. 미술에 있어서 모네, 드가 혹은 고호 등 화가들의 예를 비롯해서 자포니슴이 깊고 넓은 범위에 미친 영향에 관한 연구는 이문화 수용의 일예로서 지금도 진행 중이다. 이는 패션에도 이르렀다. 이 책은 패션에 있어서 자포니슴에 관해서 처음으로 분명히 한 것이다.

일본에서는 드라마가 계기가 된 한류 붐이 한국문화, 한국인 등 한국 그 자체에 대한 동경과 호의의 현상으로 발전하면서 지금도 계속되고 있다. 세계에서는 한류 디자인의 독자성이 강한 존재감을 나타내게 되었다.

그러한 상황을 생각하면, 한국과 마찬가지로 동아시아에 위치하는 일본문화가 패션 디자인이라는 분야에서 서구에 어떻게 인식되며 침투되어 갔는가 하는 역사적 사실은 흥미로운 선례가 될 것이라 생각한다.

이 책의 한국어판을 출판하고 싶다는 이야기를 필자는 일본의 출판사로부터 듣게 되었다. 어떤 사람이 어떠한 이유로 이 책에 흥미를 갖게 되었을까 매우 궁금했다. 서울에서 번역자 허은주 선생을 만났을 때 기예의 연구자인 그녀가 이 책에 다루어진 이문화 수용이라는 주제에 큰 관심을 갖고 있다는 사실을 이해하게 되었다. 이 책의 한국 출판이 열정을 다해서 치밀한 주의 하에 번역해 주신 허은주 선생의 노력과 일본국제교류기금의 지원에 의해서 실현된 것을 매우 기쁘게 생각한다. 진심으로 감사드린다. 또한 이 책의 한국어판 출판을 맡아주신 도서출판 제이앤씨에도 깊이 감사드린다.

2010년 11월

저자 후카이 아키코

프롤로그

패션에는 정조가 없다. 맛있는 아이디어라면 탐욕스럽게 손을 댄다.

고티에라고 하는 인기 디자이너는 절충주의적 경향, 즉 이국취미든지 역사물이든지 닥치는 대로 아이디어를 도입하여 도가니 속에 넣고 뒤저어서 재미있는 작품을 연이어 만들어낸다. 이맛살을 찡그려 버리고 싶은 행동으로도 보이지만, 만들어진 것은 언제나 연금술사의 손을 거친 것처럼 보는 사람의 마음을 사로잡기 때문에 아무도 트집 잡으려 하지는 않는다.

현대의 고티에뿐 아니라, 서양의 패션사를 살펴보면, 어느 시대에도 창조의 근원을 다양한 곳에서 추구하고 있었던 사실에 새삼 놀라게 된다. 그리고 또 일단 이거다 하고 붙잡은 이미지를 능숙하게 자기의 것으로 소화해 버린다는 사실에 다시 한 번 놀라게 된다.

서양의 의상을 수집하는 직업에 종사하게 되면서 필자는 뜻밖에도 서구의 의상 가운데 '일본'이라는 이미지를 종종 발견하게 되었다. 그뿐 아니라, 기모노着物에서 발상을 얻은 구체적인 예도 빈번히 접하게 되었다.

서양복을 입고 있는 우리는 걸핏하면, 일본인은 서양복을 입기 시작해서 아직 역사가 짧기 때문에 어차피 흉내 내는 것에 지나지 않는다면서 근거도 없는 콤플렉스 속에 스스로를 가두어 버린다. 그러나 서양의 사람들도 옛날부터 자신들이 갖지 않았던 물건이나 생각이 흥미롭다고 느꼈을 때, 아름답다고 느꼈을 때, 그것을 당당하게 받아들였다. 재미있으면 재미있을수록, 아름다우면 아름다울수록 흥미를 나타내는 것은 당연한 것이며 그렇지 않는 것이 오히려 이상한 일인 것이다.

폴 포와레Paul Poiret나 잔느 파캥Jeanne Paquin 등 파리의 디자이너들에 의해서 20세기 초의 패션을 채색한 자포니슴은 복식사 연구에 있어서 이미 알려진 사실이다. 또 최근에도 파리 컬렉션 등의 장에서 후지야마フジヤマ, 게이샤芸者 등 이국취미적인 일본의 전형적인 표현이 등장하는 경우가 빈번했다. 그러나 패션과 일본의 접점은 그 이상으로 매우 충격적인 것이 아니었을까 하는 생각이 머리에서 떠나지 않게 되었던 것은 파리 컬렉션을 15년 이상 지켜보면서 현대의 패션 속에서 일본인 디자이너가 차지하고 있는 중요한 위치를 생각했을 때이었다. 또 실제로 필자는 서양의 역사적인 의복 속에서 몇 번이나 '일본'과 만나기도 했다.

예를 들어, 오트쿠튀르haute couture의 창시자인 프레데릭 워스Frederic Worth가 제작한 19세기 말의 훌륭한 케이프에 자수된 모티브는 잘 보면 분명히 일본의 투구와 부채였다. 그러나 워스는 투구를 머리에 쓰는 그러한 형태가 아니라, 다시 말해서 수평적이 아닌, 우리가 일상적으로는 볼 수 없는 형태로 배치하고 있었다. 그래서 처음에 필자는 그것이 투구라는 사실을 알아채지 못했다. 또 이 시대에 파리의 오트쿠튀르에서 사용되었던 호화로운 리옹산 견직물은 기모노와 오비에 사용되는 직물처럼 친근감을 불러일으키는 것이었다.

한때 포와레의 1910년대 코트를 마네킹에 입히고 있는데 도무지 깃 부분의 모양이 제대로 자리 잡히질 않아서 악전고투한 적이 있었다. 그 때, 에라 모르겠다 하는 심정으로 *누키에몽抜き衣紋으로 입혀보았다. 그러자, 코트는 *우치카케打掛처럼 훌륭한 드레이프를 만들면서 아름다운 형태를 드러내는 것이었다. 1920년대 초의 마들렌 비오네Madeleine Vionnet의 드레스는 허리의 부풀림이 뭐라고 표현할 수 없을 정도로 특이했는데 이것은 오비帯의 부풀림을 떠올리게 하는 직선적인 재단으로 되어 있었다. 조사해 보니, 비오네는 젊었을 때 본 일본의 우키요에浮世絵에 매료되어 우키요에를 수집하고 일본의 미술에 깊은 관심을 갖고 있었다는 것이 아닌가.

이러한 다양한 구체적인 작품과 현실에 접한 것은 19세기 말부터 20세기 초의 패션과 일본의 접점에 관한 나의 망상을 키우기에 충분했다. 자포니슴이 결코 디자이너들의 변덕스러운 유희가 아니었다. 지금까지 복식사가들이 19세기 말에서 20세기 초에 걸쳐서 일어난 일본의 영향에 관해

누키에몽(抜き衣紋)
기모노(着物)의 깃 뒤쪽을 내려서 뒷목이 보이도록 입는 착장법.

우치카케(打掛)
기모노 위에 외투처럼 걸쳐 입는 기모노.

서 이미 언급하고 있는 이상으로 자포니슴은 패션의 중요한 움직임이었다.

게다가 패션 이외의 분야에서는 이미 휘슬러나 고호, 모네, 르느와르, 로트렉 등 프랑스 후기인상파 화가들 가운데 자포니슴에 주목하지 않은 사람은 없었다고 말해도 그다지 과장은 아닐 정도의 큰 움직임이 검증되고 있다. 그 전모를 부각시키는 전람회가 파리에 이어서 1988년에는 도쿄에서도 개최되었다. 자포니슴이라 불리는 구미에 일본미술이 미친 영향은 알면 알수록 흥미를 더한다. 이러한 연구와 전람회는 이제까지 생각하고 있던 이상으로 넓은 영역에 걸쳐서 연이어 새로운 사실을 부각시켜, 19세기 후반부터 20세기 초반에 일어났다고 지적되었던 것을 네덜란드와의 교역이 있었던 17세기에서 현대까지로 확장시키고, 프랑스와 영국뿐 아니라 동유럽도 그 시야에 넣었으며, 또 미술 이외의 분야로 확대된 사실을 밝히고 있다.

그렇다면 어느 시대에도 누구보다 새로운 것을 좋아하는 디자이너들이 이렇게 크고 맛있는 아이디어를 놓쳤을 리가 없다. 필자의 의문은 증폭될 따름이었다.

패션에도 다른 장르에서 일었던 것과 마찬가지의 전개를 보이면서 자포니슴 현상이 일었으며 또한 지금도 일고 있다는 사실에 관해서 이제부터 살펴보기로 하겠다. ✻

JAPONISME in Fashion

제 1 장

이국취미

– 에도江戸의 문양을 착용한 유럽의 실내복

이국취미
– 에도江戸의 문양을 착용한 유럽의 실내복

유럽의 남성용 실내복 '일본의 가운Japonse rocken'

거리의 디자인은 물론이며 그 곳을 달리는 자동차나 건물 벽의 벽돌에 이르기까지 통째로 네덜란드에서 운반되어 만들어졌다는 하우스 텐 보스HUIS TEN BOSCH는 일본의 전원풍경 속에 홀연히 모습을 드러냈다. 그것은 네덜란드의 풍경이 여기저기 부분적으로 일본인이 갖고 있는 네덜란드라는 이미지대로 발췌되어 나가사키현長崎県까지 운반되어 아름답게 재건축된 인공공간이었다. 필자는 여기에 가기 전에, 이미 방문했던 지인에게 하우스 텐 보스에 대해서 물은 적이 있다. 각각의 감상을 들려준 이들은 마지막으로 '아무튼 한 번 가 보세요' 라고 이야기를 마쳤다.

하우스 텐 보스는 필자의 모든 오감에 한없이 현실에 가까운 감각을 불러일으켰다. 단, 그곳에서 지각하는 것의 원풍경이 실재한다는 사실을 이미 알고 있으며 또 내 눈으로 본 적이 있는 나의 머리만이 좀처럼 그것을 받아들이려고 하지 않았다. 그러나 공상 이외에는 존재하지 않는 디즈니랜드와는 달리 발췌된 가상의 현실인 하우스 텐 보스에 대해서 필자의 지각과 이성은 그 수용에 차이가 있어서 너무나 당황스럽다는 사실을 깨닫게 되었을 때의 당혹감은 경험한 적이 없는 즐거움이었다. 여기에 아직 가 본 적이 없는 사람이 묻는다면 '아무튼 한 번 가 보세요' 라고 아마 필자도 말하게 될 것 같다.

지방색이라는 말이 있지만 하우스 텐 보스를 제작한 나가사키현은 이제까지 갖고 있었던 이미지 속의 이국을 아마 일본의 어느 지방보다도 생활 속에 저항감 없이 수용한 곳이라고 할 수 있다. 나가사키에는 예부터 포르투갈인, 네덜란드인 혹은 중국인, 영국인, 미국인 그리고 남쪽나라의 사람들이 찾아왔다. '이국' 은 이 마을에 친근한 것이었다. 그러한 역사적 성격도 하우스 텐 보스라는 이미지로서의 네덜란드가 여기에 놓이게 된 것과 관계가 있는 것일까.

이와 반대방향 즉 나가사키에서 네덜란드 혹은 에도에서 유럽으로 도입된 '이국' 이 과거에 서양의 패션 속에도 존재했던 적이 있었다.

시마바라의 난
(島原の亂)
가톨릭교도들이 주축이 되어 1637년부터 다음해에 걸쳐서 규슈(九州)의 시마바라(島原)에서 있었던 농민 반란.

*시마바라의 난島原の亂은 가톨릭교회와의 결별을 의미했다. 2년 후인 1639년, 일본은 포르투갈인의 입국을 금지했으며, 그 후 일본과 서구와의 접촉은 19세기가 되기 전까지

공식적으로는 유일하게 네덜란드인을 통해서 이루어지게 되었다.

네덜란드 상관은 처음에는 히라도平戸에 놓였다. 1641년 나가사키의 데지마出島로 옮겨지게 된 이후 쇄국 중에도 네덜란드인은 데지마에서만 주거가 허락되었다. 체류는 1년간이었으며, 체류와 교역의 허가는 에도막부가 명하는 *에도참부江戸参府에 의해서 부여되었다(1790년부터는 4년에 1번이 되었다). 당시 유럽의 여러 나라들은 동인도 특히 말루쿠 제도Maluku Islands에서 생산되는 후추를 비롯한 고가의 향료를 본국으로 가져가기 위해서 다투어 회사를 설립했다. 데지마에 설치된 것은 네덜란드의 동인도회사의 상관이었다.

에도참부(江戸参府)
에도시대, 나가사키(長崎)의 데지마(出島)에 있었던 네덜란드 상관장 일행이 에도(江戸)로 올라가 쇼군(将軍)에게 배알해서 무역허가를 구하는 예를 갖추고 헌상물을 올리는 행사.

연1회의 에도참부에는 90일을 요하는데, 상관장과 그 부하, 통역 등으로 일행이 구성되었다. 참부의 도중에는 다이묘大名와 동격으로 취급되었으며 에도에서는 그들을 위해서 준비된 나가사키야長崎屋에 체류했다. 참부에 관해서는 상관 소속의 의사였던 E. 캠벨(주1)이 1691년경 그의 저서 『일본지日本誌』에서 쇼군将軍 쓰나요시綱吉에게 배알하는 일행의 모습을 생생하게 묘사하고 있다. 이에 의해면, 에도참부를 위해서는 우선 헌상품이 필요한데 쇼군과 막부의 관리뿐 아니라 도중의 오사카大阪나 교토京都의 고관에게도 각각 준비되었다. 쇼군에 대한 헌상품을 선택한 것은 나가사키 봉공長崎奉公이었다. 조금 곁길로 빠지지만, 캠벨은 그의 헌상품의 선택에 관해서 흥미로운 사실을 남기고 있다.

나가사키·데지마와 네덜란드 배. 《간분 나가사키도 병풍寛文長崎図屏風》 부분. 나가사키시립박물관.

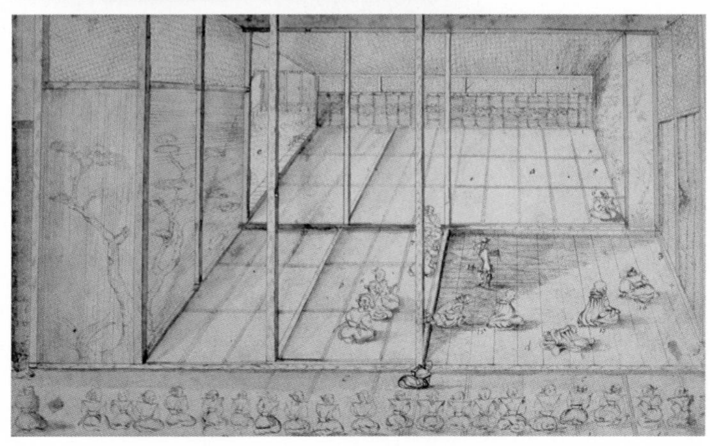

왼쪽 : 《남만관도南蛮館図》 1797년경. 데지마의 생활이 묘사되어 있다. 파리국립도서관.
아래 : 「캠벨, 쇼군 쓰나요시의 어전에서 배알하는 그림」 1691년경. 『일본지日本誌』 대영도서관.

이럴 때 사람들의 이목을 끌 정도의 다소 진귀한 물건이 쇼군에 대한 선물로 유럽에서 수입되는데, 이에 관한 엄격한 판정자인 봉행이 이를 평가하지 않는 경우가 정말 자주 발생했다. 예를 들어 나의 경우에도 놋쇠로 만들어진 최신의 발명품인 소방펌프 2대가 그러했다. 그들은 이를 실험하고 모형을 빼앗아 버린 다음 쇼군에게 보내는 선물로 받으려고도 하지 않고 돌려주었다. 또 버테이비아Batavia에서 진상품으로 가져온 화식조火食鳥의 경우에도 같은 일이 있었다. 이 새가 모이를 많이 먹고 영리하지 않다는 사실을 알고 쇼군에 대한 선물로는 적합하지 않다고 했다.(주2)

화식조는 타조駝鳥를 말한다

에도성江戸城에 참내하면 상관장은 쇼군과 막부의 주요한 관리에게 말에 실려 에도로 운반된 향료와 장뇌, 와인, 직물 등 헌상품을 바친다. 의식에 관해서 캠벨은 막부 측으로부터 무역에 관한 일과 서양사정, 의학에 관한 문제 등 다양한 질문을 받았다는 사실과 여성들에 관한 흥미로운 관찰 등 기록하고 있다. 네덜란드의 노래를 부르고 춤을 추라는 명령을 받기도 했는데 이에 관해서는 불쾌감을 나타냈다.

다시 돌아갈 때, 쇼군으로부터 상관장에게 반례로 견으로 만들어진 훌륭한 기모노(Kaiserlijike rocken, 쇼군의 가운) 30벌을 선물 받았다. 별도로 사절단의 부하에게는 막부의 고관으로부터 견으로 제작된 기모노가 반례로 선물되었다. 유감스럽게도 캠벨은 그러한 기모노가 어떠한 것이었는지는 쓰지 않았지만, 암스테르담 왕립미술관의 비앙카 듀 모르티에Bianca du Mortier에 의하면, 쇼군에게 받은 기모노는 화려한 문양의 자수가 들어간 견제품이며, 이에 반해서 신하들이 선물한 것은 무늬가 없는 비교적 수수한 것이 많았던 것 같다.

2, 3개월이나 걸려서 나가사키까지 돌아간 후, 기모노는 상관장 자신의 것 두세 벌을 남기고 나머지는 버테이비아를 경유해서 네덜란드 본국으로 보내졌다. 기모노는 가운데 솜이 들어간 것이었는데, 수송할 때는 가운데 들어있는 솜과 기모노 본체가 따로따로 보내어졌다. 기모노에 들어있는 솜은 견으로 제작된 것으로 이를 마와타真綿라 하는데 이 자체가 상품으로 주목을 받게 되어 동인도회사는 1650년대에 마와타만을 취급하는 상사부문을 설립했다.

이 기모노는 품이 넉넉해서 착용감이 좋은 형태와 화려한 직물이 갖는 매력과 함께 당시 유행하고 있었던 이국취미와 맞물리면서 네덜란드에서는 '일본의 가운Japonse rocken'이라 불리며 매우 선호되어 상류계급의 신분 상징이 되었다고 한다.

암스테르담, 헤이그 등의 미술관에 남아 있는 '일본의 가운Japonse rocken'이라 불리는 기모노를 보면, 에도시대에 잠옷으로 사용되었던 솜 들어간 기모노와 많이 비슷하다. 북쪽나라 네덜란드에서 솜이 들어간 따뜻한 잠옷이 남성의 멋스러운 실내복으로 인기를 모은 것이다. 그 가운데 몇 가지는 문양이나 직물, 솜을 넣는 방법, 재단 등으로 볼 때, 일본에서 직접 유입되었다고 여겨지는 것도 있다. 그러나 남겨

*나가사키에長崎絵 「타조駝鳥」
너무 많이 먹어서 헌상하지 못했던
화식조火喰鳥는 타조를 말한다.

나가사키에(長崎絵)
에도(江戸) 시대에 그려진 우키요에(浮世絵) 양식 중 하나. 쇄국시대에 유일하게 개항했던 나가사키(長崎) 데지마(出島)의 네덜란드인, 중국인 등의 외국인 풍속과 항구의 풍속을 묘사한 우키요에를 가리킴.

진 것들의 대개는 기모노의 형태와 재단, 문양을 모방한 카피였다.

에도와의 무역을 허가받은 네덜란드 동인도회사가 가져온 일본의 기모노는 아름다움과 진귀함에 있어서뿐만 아니라 따뜻하고 가볍다고 하는 기능적인 점에서도 우수해서 절대적인 인기를 모았다. 네덜란드왕실 이외에 영국왕실 등으로 선물되기도 했지만, 일본에서 반출된 수는 그 이상의 수요에 부응할 수 없었다. 전 유럽의 이러한 실내복 유행에 의해서 재단을 기모노식으로 해서 인도의 사라사更紗로 만든 것과, 일본의 문양인 송죽매松竹梅가 프린트된 인도의 사라사로 제작된 일본식 실내복이 인도에서 제작되어 유럽으로 보내졌고, 유럽의 여러 나라에서도 중국의 견으로 실내복이 제작되었다. 네덜란드에서는 일본제가 아니더라도 실내복은 '일본의 가운Japonse rocken'이라 불리게 되었다.

기모노 카피의 대부분은 인도제품이었는데, 그 내역은 다음과 같다. 일본에서 네덜란드 상관으로 선물한 기모노는, 예를 들어 1692년에는 123장이었는데, 이것으로 수용에 부응할 수 없어서 동인도회사는 기모노를 규격의 교역품으로 막부에 신청해서 본국으로 가져갔다. 그러나 그 수가 제한되어 예를 들어 1708년에는 50벌이었다.(주3) 높은 인기에 부응하기 위해서 조처한 방법이 당시에 틀염색型染 등의 염색기술을 갖고 있던 인도의 코로만델Coromandel 지역에서 네덜란드 본국에서 인기 있는 일본제의 기모노와 비슷한 실내복을 생산하는 것이었다. 동인도회사의 장관 반 레데Van Leede가 1689년 인도로 돌아갔을 때 코로만델에서 생산된 사라사를 기모노식으로 재단하게 한 것이 계기가 되어서, 네덜란드 동인도회사는 코로만델 해안지방에서 '일본의 가운Japonse rocken'을 생산하게 되었다. 반 레데는 일본식으로 만들어진 코로만델산 인도 사라사의 '일본의 가운Japonse rocken' 6벌을 네덜란드로 보내면서 만약에 수요가 있다면 다음해에 천 벌 생산할 수 있다고 단서를 써 보냈다.(주4)

도리가부토(鳥兜)
무악(舞楽)의 의상에 사용되는 쓰개의 일종.

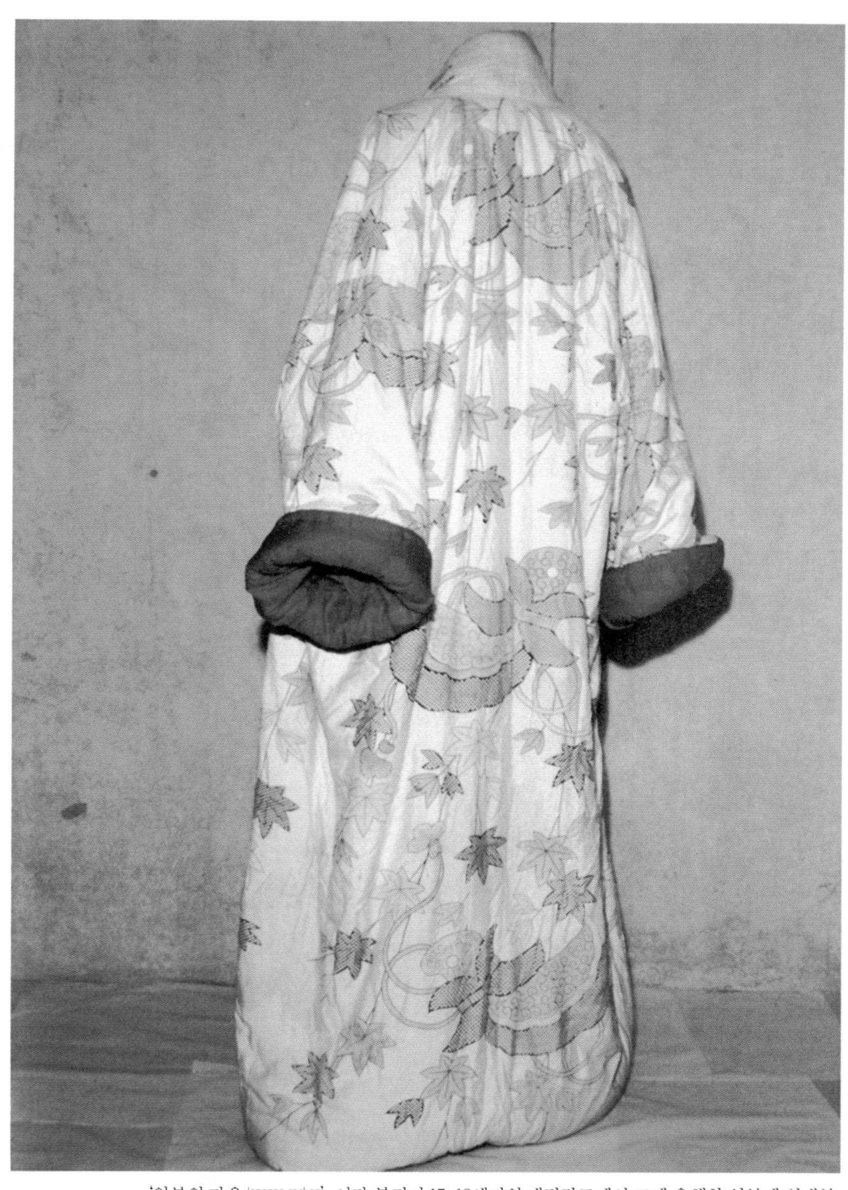

'일본의 가운Japonse rocken' 이라 불리며 17~18세기의 네덜란드에서 크게 유행한 일본제 실내복. *도리가부토鳥兜가 문양으로 나타나 있다. 헤이그미술관.

그렇다면 왜 그렇게 일본의 기모노에 대한 수요가 높았던 것일까. 그 답은 이 시대의 남성 복식의 유행에 있었다.

17-18세기, 네덜란드뿐 아니라 널리 유럽의 복장은 남녀 모두 외출할 때의 의복 '아비habit'와, 자택에서 지낼 때의 실내용 의복인 '데자비에Deshabille'로 구성된다. 금사·은사의 자수로 장식한 외출용 의복은 다시 말하면 궁정용의 장중한 의복으로, 가발과 함께 과장된 위엄을 강조하도록 착용되었다. 한편, 자택에서 착용하는 의복은 넉넉하고 편안한 것이 요구되었다. 당시의 초상화, 특히 남성 초상화에는 아비와 가발을 착용한 정장차림 못지않게 데자비에를 착용한 편안한 모습의 초상화가 많다.

그러한 사실은 당시의 유행을 민감하게 풍자한 17세기 프랑스의 극작가 몰리에르Moliere(1623-1673)의 『서민귀족』(1670)에도 묘사되어 있다. 이 극에는 너무나도 귀족이 되고 싶은 상승지향의 주인공 쥬르단씨가 등장한다. 그가 꿈꾸는 귀족이 되는 방법으로서 학문, 교양, 에티켓을 익히고자 헛된 노력을 다하는 모습을 몰리에르는 풍자적으로 묘사하고 있어서 재미있다. 그 한 장면에 실내복이 등장한다.

쥬르단 조금 기다리게 하고 말았습니다. 그게 사실은 조금 전까지 훌륭한 신분의 사람들이 착용하는 듯 한 옷을 입고 있었기 때문입니다. 재단사가 견 양말을 보내왔는데 이게 너무 답답해서 신을 수가 없었어요.

송죽매松竹梅 도안의 남성용 실내복. 18세기. 인도제. 파리시립의상미술관.

음악 선생님 우리는 당신이 한가해지길 여기에서 기다리고 있었습니다.

쥬르단 지금 저의 옷을 갖고 오게 할 테니까, 그때까지 두 분 모두 돌아가시지 말아 주세요. 어떤 모습인지 봐 주셨으면 합니다.

무용 선생님 알겠습니다.

쥬르단 발끝에서 머리끝까지 한 치의 틈도 없는 차림을 보여드리겠습니다.

음악 선생님 그야 물론 그러시겠지요.

쥬르단 인도 사라사로 이 실내복을 만들게 했습니다.

무용 선생님 너무 훌륭합니다.

쥬르단 재단사의 말로는 신분이 높은 사람들은 아침에 이런 차림을 한다고 합니다.

음악 선생님 정말 잘 어울리시네요.

『서민귀족』

17세기에 프랑스에서는 이처럼 이국취미의 실내복을 착용하는 것이 유행했다. 이야기를 더 읽어 나가면, 이러한 실내복은 몸에 꼭 맞는 반바지와 셔츠 위에 걸친다고 쓰여 있다. 그렇기 때문에 잠옷과는 조금 달라서 지금이라면 집에서 있을 때의 캐주얼한 차림에 해당되는 것이라 하겠다. 이러한 차림으로 가까운 사람과 만나기도 하고, 오전의 산책을 하기도 했다. 인도 사라사로 제작된 실내복은 프랑스의 경우에 '인도산 제품Indienne'이라 불렸으며 영국에서는 '인도의 상인Banyan'이라 불렸다. 이것은 네덜란드에서 '일본의 가운

카스파르 네체르Caspar Netscher 《스테판 보르테스의 초상》 1675년경.
따뜻하게 솜이 들어간 실내복 차림으로 편안히 하는 모습은 당시의 멋쟁이 남성이 선호하는 포즈였다.

Japonse rocken'이라 불리며 유럽에 수용된 일본의 기모노였다.

'일본의 가운Japonse rocken'의 넉넉하고 편안한 구성에 가볍고 따뜻하며 아름다운 염색과 제직. 그러나 그보다도 더 사람들의 흥미를 끈 것은 일본이라는 이국취미가 아니었을까. 새로운 것, 진귀한 것에 대한 사람들의 호기심은 어느 시대에도 변함이 없다.

동양적 이국취미

실크로드가 열린 것은 진귀한 것을 추구하는 인간의 호기심 때문이었다. 십자군원정에 출정한 기사들에게 진귀한 것을 보고 싶어 하는 마음이 없었을까. 콜럼버스는 아직 가보지 않았던 나라 인도를 행해서 출항했다. 왕후와 귀족만이 특권적으로 향수할 수가 있었던 이국취미는 17세

앙토안 바토Antoine Watteau 《라오스 국왕의 여신상》 대영박물관.

기경부터 바뀌기 시작했다. 네덜란드뿐 아니라 영국과 프랑스 등 서양의 나라들이 이즈음 설립한 동인도회사는 후추를 비롯한 다양한 진귀한 동양 물건을 가지고 돌아갔다. 이것들이 끼친 영향은 서양의 회화, 건축, 실내장식, 복식 등 예술에서 일상생활에 이르기까지 넓은 범위에 이르렀다. 그것은 특히 18세기에 시노와즈리chinoiserie(중국취미) 가 되어 로코코문화를 특징지은 것이었다. 그 가운데 당시의 사람들 눈을 빼앗은 것은 도자기, 칠기, 염직품 등이었다. 이러한 것들은 마이센의 자기, 리용과 스피탈필즈Spitalfields의 견직물, 쥬이Jouy의 프린트 등 유럽의 산업에 큰 영향을 미쳤다.

17세기 남성의 실내복에 동양적 이국취미가 나타난 것에는 이러한 배경이 있었다. 특히 중후한 견직물을 생산한 유럽에는 당시 아직 아름다운 다색의 염색기술이 없었기 때문에 값싸고 아름다운 인도의 사라사가 열광적으로 귀하게 여겨졌다. 국내의 생산을 위협하는 이 직물은 번번이 금지되었다. 그러나 그럼에도 불구하고 의복과 실내장식에 인도와 중국 혹은 일본의 문양도 포함해서 동양적인 사라사는 전 유럽에서 크게 유행했다.

유럽의 프린트 산업이 흥성한 것은 외화를 유출시키는 인도의 사라사에 대항할 수 있는 프린트 직물을 자체적으로 생산하기 위해서였다. 그 가운데서도 베르사이유 궁전에서 가까운 쥬이 안 조자스Jouy-en-Josas에서 스위스사람 크리스토프 필립 오베르캄프Oberkampf(1738-1815)가 설립한 프린트 공장은 높은 평가를 받았지만 너무나 확장된 나머지 복식 유행으로서의 생명을 잃고 19세기 후반 급격하게 쇠퇴했다.

18세기의 패션을 살펴보면, 놀랄 정도로 빈번하게 이국취미가 등장한다. 술탄sultan의 복장을 한 퐁파두르Pompadour 부인을 그린 반 루Van Loo의 작품(1755년)도 있지만, '터키풍의A La Turque' 라던가 '레반토풍의A La Levanto' 등은 그즈음 빈번하게 나타나는 말이다.

후에 프랑스 황제가 되는 나폴레옹이 이집트 원정의 기념으로 아내 조세핀에게 가져다 준 것은 캐시미어 숄이었다. 이것은 인도의 캐시미어지방에서 생산된 숄로, 당시 유행하고 있던 네오 클래식 양식에 따른 심플한 흰색 목면의 모슬린 드레스를 장식했다. 이국적인 아름다움과 희소성뿐 아니라, 얇은 드레스 때문에 폐렴에 걸리는 여성들에게 코트의 대용물로 사용되는 등 당시의 패션에 수용되기 위한 몇 가지 요소를 겸비하고 있었다. 캐시미어 숄은 그 후 19세기 섬유산업에 매우 큰 영향을 미칠 정도의 큰 유행을 불러 일으켰다. 19세기 중반의 신흥 시민계급사회에서 사람들이 손에 넣고자 했던 것은 마차와 캐시미어 숄이었으며, 숄은 여성들에게는 마차 이상으로 동경하는 물건이었다. 마차보다도 고가의 캐시미어 숄을 얻고 싶어 하는 여성을 발자크는 「파리여성의 생활」 가운데서 풍자하고 있다. 그러나 얼마 후 너무나 보급된 나머지 19세기 후반에 쥬이의 프린트 직물과 마찬가지로 급격한 쇠퇴의 길을 걷게 되었다. 그러나 그 모티브와 텍스타일 기술은 프랑스를 비롯한 유럽의 섬유산업에 큰 영향을 미쳤으며 현재에도 텍스타일 디자인에 계속 영향을 미치고 있다.

포와레의 옷을 입은 모델들. 『일루스라시옹ILLUSTRATION』 1910년 7월 9일호

19세기 초기의 패션 잡지에서 볼 수 있는 것은 왕정복고시대의 터번과 '아시아풍', '코카사스풍의', '이집트풍의' 등의 형용이었다. 1855년 나폴레옹 3세의 비 유제니 황후의 이집트 방문에 의해서 아랍풍의 자켓과 케이프 등의 용어가 패션 가운데 유행했다. 이미 앵그르와 들라크루아Delacroix 등 당시의 화가들이 새롭게 눈을 향한 오리엔탈리즘이 그 기조에 깔려 있었던 것은 말할 필요도 없다.

19세기 중반경부터 개최되는 만국박람회는 전 세계의 나라들을 유럽의 많은 사람들 가까이로 만들었다. 그 때 처음으로 베일을 벗고 대중적 차원에까지 모습을 드러낸 일본은 이국취미 '자포니슴'이라는 중요한 영향을 서양에 미치게 되었던 것이다.

'자포니슴'이란 도대체 어떠한 움직임이었을까. 1884년에 에드몬 드 공쿠르Edmond de Goncourt가 4월 19일자 일기(주5)에 '서구의 시각에 혁명을 일으켰다'고 기록한 바 있는 자포니슴은 19세기 후반 유럽의 예술뿐 아니라 널리 일상생활에 큰 영향을 미치게 되었다. 그 계기가 된 것은 프랑스 판화가 펠릭스 브라크몽Felix Bracquemond이 1856년 일본에서 보내온 도기 상자 속에서 도기를 보호하기 위한 포장지로 사용된 『혹사이 만화北斎漫画』를 발견한 것이라고 한다. 그는 인상파 그룹의 한 사람으로 마네, 드가, 공쿠르형제 등과 친분이 깊었다. 얼마 후, 그의 주변에 있던 예술가들이 우키요에浮世絵에 관심을 갖게 되면서 에도미술은 당시의 새로운 예술운동의 핵심이 되었다. 이 움직임은 그 후 20세기까지 미쳐서 패션에도 파급되었다. 이에 관해서 이제부터 차례대로 살펴보겠지만, 그것은 뜻하지 않게도 패션이 창조의 힘으로 이질적인 문화를 훌륭하게 소화하고 흡수한 예를 살펴보는 일이 될 것이다.

20세기가 되자, 폴 포와레는 중국과 일본의 옷 혹은 먼 고대 그리스에서 발상을 얻으면서 종래의 패션을 완전히 바꾼 의복을 만들었다. 1910년 발레 뤼스Ballets Russes의 파리 공연, 1923년 이집트에서 투탄카멘 왕묘의 발굴을 계기로 한 오리엔탈리즘과 이집트 룩, 그리고 1970년대에 강하게 용솟음친, 다양한 주변지역을 향한 시선인 '포크로어 패션folklore fashion' 등 패션 속에는 언제나 이국취미, 신기한 것을 향한 눈이 빛나고 있었다. ✿

제 2 장

자포니슴

– 19세기 유럽을 풍미했던 일본취미

자포니슴
–19세기 유럽을 풍미했던 일본취미

유출된 일본품

1853년 미국의 페리제독이 우라가오키浦賀沖에 나타났고, 다음해 시모다下田와 하코다테函館 두 항구가 개항했다. 1858년에는 미국, 네덜란드, 러시아, 영국, 프랑스 각국과의 수호통상조약이 조인된 것에 이어 이들 나라에 대해서 막부는 요코하마横浜(가나가와神奈川県), 나가사키長崎, 하코다테를 개항했다.

이보다 앞서 18세기 말 나가사키의 네덜란드상관장인 이작 티칭Izaac Titsingh(주1), 19세기 초 요한 윌레엄 스튜르레르John Willem de Sturler(주2), 네덜란드상관의 의사로 방일한 독일인 필립 폰 시볼트Philipp von Siebold(주3) 등에 의해서 다양한 일본의 물건들이 네덜란드를 경유해서 유럽으로 전해졌다.

프랑스에서 사용되었던 일본제 부채. 교토복식문화연구재단 소장. 촬영: 히로카와 야스시広川泰士.
상아로 된 부채의 면에는 인물과 식물, 곤충 등이 마키에의 수법으로 그려져 있으며, 부채살에는 매화와 국화 등이 비취, 산호, 조개 등의 상감으로 세공되어 있다. 그려진 여성의 오비 매듭법과 머리형 등은 에도시대 후기의 유행으로 보인다.

후에 자포니슴이라 불리게 되는 움직임에 연결되어 가는 일본에 관한 관심은 1818년 파리의 네프부Nepveu 서점에서 M. 브루톤Martiniere. Breton에 의한 4권짜리 책 『일본Le Japon』이 출판된 이후 점차로 유럽에서 늘어난 출판물에 의해서 보급되어 갔다. 라이덴Leiden에서 1832년부터 출판이 시작된 시볼트Siebold의 대작 『일본의 기록』은 유럽에서 널리 읽혔다. 이 책은 도판 중 몇 개를 『혹사이 만화北斎漫画』에서 인용한 삽화가 삽입된 것으로, 일본 문화에 관한 중요한 정보원이 되었다.

빈, 라이덴, 파리 등의 국립도서관과 박물관에서 일본의 서적, 문헌, 미술공예품, 우키요에浮世絵의 소장이 시작된 것은 조금 후부터였다.

일본품 그 자체가 경매에 의해서 사람들의 손에 들어가게 된 것도 19세기 전반부터였다. 1827년 파리의 오테르 드 브리용Hotel de Bryon에서 중국품의 경매가 이루어지고 있었는데, 그 가운데는 티칭의 수집품이었던 일본품이 포함되어 있었다. 40년, 마찬가지로 파리에서 데쇼Desheau 상회가 구입한 중국품과 일본품이 경매되었는데, 이는 마르세이유의 폴 지니에Paul Gigner가 인도로 몇 차례 여행했을 때 수집한 일본품 372품목을 포함하고 있다. 그 밖에 일본에서 들여온 물건 중에는 중국을 경유해서 유럽에 전해진 것들도 있었다.

만국박람회의 시대

그 배경이 되었던 것은 19세기 교통, 통신기술, 인쇄기술의 발달에 의해서 이질적인 문화를 말해주는 것이 대량으로 유럽에 유입되어 유럽 사람들이 전 세계의 존재를 새삼스레 인식하게 된 상황이었다. 그리고 그러한 것들을 일정한 규칙에 의해서 정리하고 질서를 부여해서 하나의 공간 속에 전시한 것이 만국박람회였다. 19세기에 만들어진 새로운 정보환경의 하나이자 정보교류형식의 하나였던 만국박람회에 의해서 쇄국을 이어가는 것의 어려움이 드디어 현실이 되어 있던 일본도 또 유럽 세계에 인식되기 시작했다.

만국박람회가 비로소 국제적인 규모로 행해진 것은 1851년의 런던 만국박람회였다. 이때 출현한 런던의 수정궁은 유리와 철로 제작된 당시의 하이테크 건축으로 런던사람들의 시선을 집중시켰다. 입장자는 6백만 명으로 큰 성공을 거두었다. 이를 시작으로 런던 (1851, 1852), 파리(1855, 1867, 1878, 1889, 1900)뿐 아니라, 뉴욕(1853), 빈(1873), 필라델피아(1876), 시드니(1879), 시카고(1893), 리용(1894) 등 세계 각지에서 활발하게 만국박람회가 개최되었다. 요시미 슌야吉見俊哉 씨는 『박람회의 정치학博覧会の政治学』(中公新書, 1992)에서 만국박람회는 '무엇보다도 19세기의 대중이 근대의 상품 세계에 처음으로 접한 장소였다' 고 언급하고 있는데, 만국박람회 이후 일본품도 종종 경매되었다. 경매에서 각지의 미술관은 일본품을 의욕적으로 수집하고 수장품을 늘여 '일본부문'도 설립되었다. 1852년에 런던의 사우스켄징톤미술관(현재의 빅토리아&알버트미술관)이 일본의 도자기와 칠기를 수장하기 시작했는데, 이후 같은 미술관에서는 일본품의 수장품을 늘여 63년에는 '일본부문'이 설립되었다.

1851년 런던 만국박람회에서 일본의 것은 중국부문의 일부로 포함되어 있었다. 1855년 파리박람회에서 일본의 물건은 네덜란드 전시부문 속에 진열되었다.

1862년 런던의 켄징톤에서 개최된 만국박람회에서는 일본코너가 설치되어 1859년 방일한 초대 주일공사 러더포드 올콕Rutherford Alcock(1809-97)이 일본 체재 중에 수집한 일

런던 만국박람회(1862)의 회장을 견학 중인 견구사절단.
『일러스트레이티드 런던 뉴스THE ILLUSTRATED LONDON NEWS』 1862년 5월 24일 부록호

본의 미술공예품이 전시되었다. 그 내용은 갑옷과 투구, 칼과 창, 서화골동을 비롯해서 남녀의 의복, 화재복, 제등, 우산, 신발, 도기, 칠기, 동철기, 그 밖의 여러 잡품, 소품 그리고 우키요에 등으로, 본국의 요구에 부응해서 올곧이 일본에서 보낸 상품들이었다. 마침 이 만국박람회를 막부의 견구사절단遣欧使節団이 방문했다. 요시가 도오루吉賀徹의 저서『대군의 사절大君の使節』(中央公論社, 1968)에 의하면, 그들 일본인의 눈에는 '잡동사니를 모아 놓았다는 느낌을 벗을 수 없는, 말 그대로 옥석이 뒤섞인 진열'이었던 것 같지만, 또 '일본물산이 대량으로 유럽인 일반의 눈에 드러난 사상 최초의 행사'이기도 했다. 어쨌든 반년에 걸친 이 기회에 유럽 특히 영국과 프랑스에 '일본취미'라 불리는 일본미술애호의 열기가 급속하게 퍼져나갔다.

1867년 파리 만국박람회가 개최된 즈음에는 일본 열기는 더욱 높아져 있었다. 세느강변의 샹 드 마르스Champ de Mars에서 개최된 파리 만국박람회는 지금까지의 어떤 만국박람회보다도 대규모였다. 이때 도쿠가와 막부徳川幕府, 가고시마번鹿児島藩, 사가번佐賀藩이 정식으로 참가했는데, 출품된 것은 은·상아 세공, 청동기, 자기, 유리그릇, *마키에蒔絵, 칠기, 일본도, 수정옥, 일본여성의 초상, 인형, 기모노, 비단 보자기, 판화 등 일본의 생활과 문화를 폭넓게 나타내는 것이었다. 우키요에에는 여자그림 50장, 풍경화 50장이 출품되었다. 이 여자그림에 그려진 것은 관녀, 무가 여성, 에도 유녀遊女, 시골처녀 등 각 계층에 걸친 여성이었으며 일류라고 불리는 작가들의 것은 아니었지만 일본여성과 그 풍속을 유럽에

마키에(蒔絵)
기물의 표면에 옻으로 문양을 그리고 나서 금, 은 등의 금속가루와 색가루를 뿌려서 부착시키는 일본의 독자적인 칠공예(漆工藝).

전한 것으로서 의미가 있었다.

더욱이 이 때 무엇보다도 인기를 끌어 모은 것은 전시회장에 출전된 다실로, 그 곳에서 일본차를 서비스하는 3명의 일본인 여성이 큰 인기를 모았다고 한다.

테오필 고티에Théophile Gautier와 훗날 극작가가 되는 당시 12살의 딸 쥬디트 고티에Judith Gautier도 런던 만국박람회에 방문했다. 그녀는 이 때 견문한 일본에 그 후 강하게 매료되어 갔다. 프랑스 미술평론가 에르네스트 쉐노Ernest Cheneau(1833-90)도 런던 만국박람회 이후 일본에 주목하고 있었다. 그는 1867년의 파리 만국박람회에 관해서 이전부터 기고하고 있었던 당시의 유력한 여성지 『쥬르날 데 드모와젤Journal des Demoiselles』에 글을 실었다.(주4) 그러나 이 기사에서는 일본에 관한 것은 전혀 언급되고 있지 않다. 그런데 그로부터 1년이 지난 68년에 같은 잡지에 두 번에 걸쳐서 「일본과 일본미술」이라는 제목의 평론을 썼다.(주5) 그리고 1869년에 「일본의 미술」이라는 제목의 중요한 강연을 했으며, 그 후로 활발하게 일본론을 저술했다.(주6) 평론가 필립 뷔르티Philippe Burty는 『문학과 예술의 르네상스』에 「자포니슴」이라는 제목의 논문을 1872년부터 1873년까지 7회에 걸쳐서 연재했는데, '자포니슴'을 일본미술 열기, 일본미술 연구에 관한 용어로 사용했다.

이렇게 해서 일본의 물건들에 관한 관심은 점차로 확대되었다. 1860년경에 되자, 일본품을 판매하는 상점이 나타났다. 공쿠르형제, 휘슬러Whistler, 앙리 팡탱 라투르Henri Fantin-Latour 등이 모이는 파리의 '포르트 시노와즈La Porte Chinoise'

파리 만국박람회(1867)에서 인기를 모았던 일본 다실의 게이샤 3인.
『일러스트레이티드 런던 뉴스』 1867년 11월 16일호.

(브이리엣트가 경영했으며, 1826-86년까지 비비엔느 거리 36번지에 있었지만, 그 후 이전했다), '오 세레스트Au Céleste' (프르트 시노와즈의 전 경영자인 우세가 경영했으며, 1870년까지 존재했다), '랑피르 세레스트L'Empire Celeste' (두세르가 경영했으며, 1856년까지 존재했다), 'E.두조와E. Desoye' (1863-88까지 리보리 거리 220번지에 존재했다), '시노와즈리와 자포누리' (레제가 경영했으며 르 프르티에 거리 19번지에 존재했다) 등이 있었다. 파자쥬 베르도passage Ver deau에 있었던 '마르 데 잔드Malle des Indes(인도의 가방)'이라는 상점에서는 기모노라고 추정되는 '일본의 견 드레스'를 팔고 있어 유

제니 황후도 그것을 구입했다는 사실이 잡지에 실려 있다(제3장 참조).

런던에서는 '파마&로저스'가 일본품을 판매했다. '파마&로저스'는 당시 런던에서 잘 알려진 상점으로, 1862년에 개최된 런던 만국박람회를 계기로 동양부문이 설립되어 일본품이 판매되었다. 이를 담당한 것은 이 해 입사한 아서 리버티Arthur Liberty였다. 나중에 자세하게 언급하겠지만, 그는 1875년에 런던에 지금도 존재하는 '리버티 상회'의 전신인 '이스트 인디아 하우스East India House'를 개점했다. 이 상점은 런던에서 일본품 판매의 거점으로 많은 화가와 예술가를 매료시켰다.

1871년이 되자, 훗날 일본미술의 다양한 측면을 나타내며 자포니슴에 크게 공헌하게 되는 중요한 미술잡지『예술의 일본』(1888-1891)을 간행하는 사뮤엘 빙Samuel Bing(1838-1905)의 상점이 개점되어 세기말의 파리에서 대량의 일본미술을 판매하게 되었다. 1878년 파리 만국박람회의 일에 참여했던 하야시 다다마사林忠正는 만국박람회 이후 파리에 머물렀는데, 나중에 파리에서 일본품을 판매하는 가게를 갖게 되었다(1890).

하야시 다다마사는 엣츄越中에서 태어나 도쿄제국대학 불문과를 중퇴한 후 파리로 건너갔다. 1878년의 파리 만국박람회 일을 계기로 19세기 말 유럽에 일본미술을 소개해, 프랑스에서 일본의 역사적 연구에 협력한 국제적인 미술상이다. 특히 우키요에 미술상으로 대량의 우키요에를 프랑스에서 판매한 것으로 잘 알려져 있는데, 그 밖에도 기모노와 염직물을 포함한 다양한 일본품을 판매했다.

이렇게 해서 19세기 후반의 유럽에서 일본 및 일본미술에 대해 고조된 흥미를 채우는 물건들은 1867년 평론가 자카리 아스트뤼크Zacharie Astruc(주7)가 『레탕다르L'ETANDARD』의 문화란에 「미술, 동방의 제국」이라는 제목으로 일본에 대한 뜨거운 마음을 담은 것처럼, 우키요에뿐 아니라 다양한 상품들이었다. 조금 길어지겠지만, 아래에 그 부분을 인용해 보기로 하자.

> 우리는 일본에 관해서 무엇을 알고 있는 것일까. 그 역사를 조금, 그 외관을 조금 알고 있을 뿐으로, 일본의 공적 생활에 관해서는 거의 알지 못하며, 사적인 생활에 관해서는 아무것도 모른다. 가장 아름다운 풍물을 보는 것이 우리에게는 금지되어 있다. 일본의 거리와 국내의 풍경과 예술작품, 저토록 훌륭한 산업을 우리는 간신히 추측할 뿐이다.…<중략>… 결국 우리의 무지는 완벽하며, 알고 싶어 하는 우리의 갈망은 만족되지 않았다. 그러나 이것은 말해 둘 필요가 있다. 즉 고뇌가 되어버린 이 욕구는 열병과 같은 상태로 이행해 있다는 것이다.
>
> 예술에 관해서도 이러한 감정은 역시 주목할 만 하다. 최초의 우키요에의 도착은 진정한 충격을 가져다주었다.…<중략>… 그 후 다양한 형태로 귀중한 견본이 우리에게 전해졌다. 여기에서 4천 리나 떨어진 곳에 있는 세계를 환기시키는 산물들이 미소 짓듯이 진열된 시장을 애호가들은 결코 놓치지 않았다.

가장 소박한 그림책조차도 고가로 경매되었다. 사람들은 상품의 도착을 고대하며 상점을 여기저기 돌아다녔다. 꽃병과 기모노밖에 찾을 수 없을 때의 실망감! — 그러나 기모노도 중요한 것이다. 섬세한 조금세공의 상자, 조각을 한 완구, 눈부실 정도의 문양으로 장식된 칠기, 동물과 꽃, 새의 독특한 브론즈가 엄청난 가격으로 날개 달린 듯이 팔렸다. 소묘는 특히 화가와 애호가에게 적합했다.

일본은 개국 이래 메이지 정부가 적극적으로 유럽에 문을 열어서 일본을 방문하는 자도 늘어났다. 1871년 세르누스키Cernuschi가 중국과 일본을 여행했고, 1876년 훗날 기메 박물관을 창설한 에밀 기메Emile Guimet(1836-1918)와 화가인 페릭스 레가메Fe`lix Regamey(1844-1907)가 방일해 2개월간 체재하면서 보고서 외에 『일본산책』, 『오고마お駒』(주8) 등을 저술했다. 1875년, 중국과 일본을 여행한 빙은 극동의 많은 물건을 가지고 돌아갔다.

1878년 만국박람회 후, 이때도 다시 "일본전시장의 출전품이 수집가들의 손에서 엄청난 가격으로 불과 며칠 사이에 모두 팔려나가는 것을 눈앞에서 확인했다. 이렇게 되면 유행이라기보다는 이제 열광이다"라고 쉐노가 쓸 정도가 되었던 것이다.(주9) 1899, 1900년의 파리 만국박람회에도 일본은 참가했다. 1883년 파리에서 일본전통예술전, 1890년에는 빙 주최의 일본판화전이 개최되었다.

오페라와 연극에서는 1870년대에 생상스Saint-Saens 작곡의 오페라 코믹 『노란 공주Yellow Princess』가 1872년 상연된 것

에 이어서 일본을 떠올리게 하는 모티브가 종종 다루어져, 1885년 런던에서 『미카도Mikado』, 1899년에는 파리에서 고티에의 『미소 팔기La Marchande de sourires』가 상연되었다. 고티에가 1885년에 *사이온지 깅모치西園寺公望와 함께 일본의 고전 와카和歌를 불역한 것에 *야마모토 호스이山本芳翠가 삽화를 그린 『세이레이집蜻蛉集』이 출판되었다. 피에르 로티Pierre Loti가 나가사키에서의 체재를 소재로 저술한 소설 『국화부인お菊さん』은 1887년 파리에서 출판되자 국제적인 호평을 받았다.

아스트뤼크Astruc가 바라던 대로 일본에 대한 관심은 점차로 일본 열기라 표현할 수 있는 것으로 진행되었으며, 또 한편에서는 일본에 대한 진지한 시선이 되어 구미를 넓은 범위로 뒤덮어 갔다. ✿

사이온지 깅모치
(西園寺公望, 1849-1940)
정치가. 10년간 프랑스에서 유학했으며 귀국 후 메이지 법률학교(明治法律学校, 훗날의 메이지 대학) 창립. 문상(文相), 외상(外相), 장상(蔵相) 등을 역임했으며, 러일전쟁 후 가쓰라 다로(桂太郎)와 교대로 정권을 담당했음.

야마모토 호스이
(山本芳翠, 1850-1906)
서양화가. 프랑스에서 유학한 후 귀국하여 세이코칸(生巧館) 미술학교 개설. 메이지 미술회(明治美術会) 하쿠바회(白馬会)에 참여.

JAPONISME in Fashion

제 3 장

회화 속의 기모노

회화 속의 기모노

기모노를 향한 시선

기모노에 대한 관심도 뜨거웠다. 회화, 특히 우키요에 속에 묘사된, 아름답고 대담해서 흥미를 자극하는 여성 표현과 기모노 표현, 혹은 기모노와 직물 그 자체에 나타나는 그러한 매력이 많은 예술가들을 자극시킨 것이었다. 그들이 이를 어떻게 느꼈는지는 문장 속에, 혹은 회화와 조각으로 남겨져 있다. 일반적으로는 기모노라고 하는 의복도 기모노를 착용하는 일본 여성도 1885년에 일본에 찾아온 피에르 로티Pierre Loti가 '이해하려고 해도 우리의 의복과는 전혀 다른 의복…'이라고 보고 있는 것처럼,(주1) 당시의 서양인들에게는 아마도 너무나 거리감이 있는 존재였던 것이 분명하다. 그러나 기모노는 예술가에게 있어서 '일본' 표현의 적당하고 중요한 오브제 중의 하나였다.

이러한 사실을 나타내는 예를 드는 것은 어렵지 않다. 그 가운데도 빠른 시기에 여성의 기모노를 표현한 사람은 서양의 자포니슴에 있어서 영향력이 컸던 미국의 화가인 휘슬러Whistler(1834-1903)이다.

그가 미국에서 파리로 온 것은 1855년이었는데, 1860년 이후에 런던에서 거주할 때까지 파리와 런던을 왕래하고 있었다. 1855년 파리 만국박람회가 개최되었을 때, 파리의 젊은 예술가집단의 주요한 일원이었던 그가 일본의 것을 목격할 기회가 그 어디에 있었다고 해도 이상하지 않을 것이다. 1862년에는 목판화, *니시키에錦絵, 부채 등을 소지하고 있었다고 지적되고 있다.(주2) 이 해에는 런던에서 만국박람회가 개최되었다. 그 작품에 일본의 물건들에 대한 관심이 분명히 나타나는 것은 1864~1865년에 그린 4점의 작품 《장미색과 은 도기의 나라의 공주》(프리어미술관), 《금병풍》(프리어미술관), 《발코니》(프리어미술관), 그리고 《화가의 아틀리에》(휴스톤시립미술관)이었다. 이 작품들에는 기모노를 착용한 여성이 묘사되어 있을 뿐 아니라, 어느 그림에서도 일본풍의 배경 속에 병풍, 부채, 샤미센三味線, 우키요에, 도자기 등 일본의 오브제가 갖추어져있다. 이들 그림 속에서 기모노를 착용하고 있는 것은 모두가 백인 여성이었는데, 그 기모노는 색상, 문양, 구성의 측면에서 보아 아마도 에도 말기 이전에 일본인용으로 일본에서 제작된 기모노로 보인다. 그들은 이 기모노를 어떻게 해서 구한 것일까.

니시키에(錦絵)
다색을 사용한 우키요에 판화. 1765 스즈키 하루노부(鈴木春信)를 중심으로 목판을 조각하는 사람, 판화를 찍는 사람 등이 협력해서 창시한 비단 같은 아름다운 판화로 우키요에의 대명사가 되었음.

휘슬러 《금병풍》 1864. 워싱턴 프리어미술관.

이에 대한 답이 될지도 모르는 흥미로운 이야기를 샹플뢰리Champfleury가 1868년 11월 21일 『파리인의 삶La Vie Parisienne』 가운데 기록하고 있다. 그것은 이때부터 10년 정도 전의 일인데, 튈리스Tuileries 공원 근처에 개점해 일본품을 파는 상점 '라 자포네즈La Japonaise' 에서, 런던에 아틀리에를 갖고 있으며 사치스러운 생활로 알려져 있던 미국인 화가 한 사람이 파리에 올 때마다 칠기, 브론즈 혹은 화려한 일본의 기모노 등을 닥치는 대로 구입했다는 것이다.(주3)

다른 사람의 옷서랍을 훔쳐보고 있는 듯 다소 악취미처럼 생각되기도 하지만 그림 속에 그려져 있는 기모노에 주목해 보자. 《장미색과 은 도기의 나라의 공주》의 모델이 된

휘슬러 《장미색과 은 도기 나라의 공주》 1864. 워싱턴 프리어미술관.

것은 당시 런던 주재였던 그리스 대사의 영향이다. 일본인의 눈에는 다소 흘러내릴 듯이 2장의 기모노를 입고서 배경으로 놓인 병풍 앞에 서 있는 그녀는 현실에서 벗어난 어딘가 미지의 먼 나라의 공주와 같은 분위기를 자아내고 있다. 기모노는 면밀한 묘사는 아니지만, 검정 바탕 전체에 문양이 있는 기모노에 연분홍 바탕의 기모노를 우치카케打掛처럼 걸쳐 입고 있다. 모두가 에도 말기에 흔히 볼 수 있는 기모노이다.

《금병풍》에서는 그 즈음 휘슬러의 연인이었던 죠라는 여성이 모델이 되었다. 그녀는 금병풍 앞에서 다타미畳 위에 깔아 놓은 양탄자에 옆으로 앉아서 발밑에 아무렇게나 놓인 우키요에 한 장을 손에 집어 그것을 보고 있다. 그녀도 기모노 2장을 입고 있는데, *나가쥬반長襦袢처럼 빨간 깃이 달린 단풍문양의 검정 기모노 위에 흰색 기모노를 다소 단정치 않은 모습으로 걸치고 있다.

이러한 그림을 비교해 보면, '그림 속에 사용되고 있는 기모노는 모두 몇 장일까?' 하는 시시한 질문을 무심코 내보고 싶어진다. 그도 그럴 것이, 《장미색과 은 도기의 나라의 공주》의 검정 기모노와 빨간 *시보리絞り처럼 보이는 오비는 《발코니》에서 중앙에 서 있는 여성의 기모노나 오비와 아마도 동일한 것으로 보이며, 《장미색과 은 도기의 나라의 공주》에서 우치카케처럼 걸쳐 입고 있는 연분홍색의 기모노는 《발코니》에서 오른쪽의 샤미센三味線을 연주하는 여성이 속에 입은 기모노, 또 《금병풍》에서 나가쥬반처럼 빨강 깃을 한 검정 기모노 위에 걸쳐 입고 있는 것과 동일

나가쥬반(長襦袢)
기모노 속에 있는 속옷의 일종.

시보리(絞り)
교염의 일종. 염료가 침투하지 않도록 직물의 군데군데를 실로 강하게 묶은 다음, 염료 속에 침투시켜 염료가 침투하지 않은 부분을 하얗게 남기는 염색법, 혹은 그 문양.

한 것이 아닌가 생각되기 때문이다. 즉 휘슬러는 몇 장의 기모노를 실제로 소유하고 있어 그것을 모델에게 입혀 그림을 그렸던 것이다. 그러나 유감스럽게도 이러한 기모노는 파산한 휘슬러가 1879년 런던의 화이트하우스에서 다른 재산과 함께 매각해 버렸기 때문에 자세히는 알 수 없다.

한편, 기모노의 착장에 관해서 그는 어떻게 알게 된 것일까. 《장미색과 은 도기의 나라의 공주》의 여성은 기품이 있는 여성의 이미지를 기모노를 포함한 비현실적인 오브제 속에 자아내고 있는데, 그와는 반대로 일본인인 우리로서는 나가쥬반을 착용하고 있지 않아서 깃이 겹쳐지지 않았고 또 매듭이 없는 오비가 속옷용 오비처럼 보인다는 등 작은 부분에 눈이 향해 버린다. 《금병풍》에서는 처음부터 편안한 자세의 화면으로, 기모노는 지극히 편안한 착장법으로 나타나 있다. 휘슬러는 *도리이 기요나가鳥居清長의 우키요에를 소장하고 있었다고 지적되고 있는데, 착장 특히 우치카케처럼 착용하는 방법에 관해서 과연 우키요에의 영향을 받고 있는 것일까.

도리이 기요나가(鳥居清長, 1752-1815)
에도 후기 우키요에 화가. 에도 출신. 키가 크고 건강한 모습의 '기요나가풍(清長風) 미인'을 확립했음.

기모노를 착용하는 일본인을 처음 본 19세기 후반의 사람들 대개가 드레이프의 아름다움, 엘레강스, 신체를 압박하지 않고 자유로운 점 등을 기모노의 인상으로 보고 있는데, 동시에 넉넉한 착장법, 다른 말로 표현하면 단정치 못함에 연결되는 에로티즘도 간취된다. 휘슬러가 기모노에서 느낀 것은 그러한 점이었다. 그는 일본취미에 흥미를 느낀 것이 아니라, 의복으로서 기모노가 갖는 그 본질적인 특성을 간파하고 있었다.

회화 속의 기모노 조사를 더 진행해 보자. 제임스 티소 James Tissot(1839-1902)도 같은 해인 1864년에 제작된 《목욕하는 일본 아가씨》(디종미술관)와 1865년에 제작된 《일본의 물건이 있는 상점에 있는 여성》에서 기모노를 착용한 여성을 묘사하고 있다. 《일본의 물건이 있는 상점에 있는 여성》의 기모노는 《방탕한 아들–먼 나라에서, 1880-1882》(난트 미술관)에서 다시 같은 것을 사용하고 있다. 티소는 1867년의 만국박람회에서 막부의 견구사절단과 함께 파리로 향한 쇼군의 동생인 도쿠가와 아키타케德川昭武의 초상을 1868년에 그렸다(이는 사진을 근거로 그려졌다). 아키타케는 1868년 10월까지 파리에 체재했는데, 그 사이에 티소에게 그림 지도를 받기도 했다.

영국의 라파엘 전파 화가인 단테 가브리엘 로세티Dante Gabriel Rossetti(1828-82)도 빠른 시기에 《가장 사랑한 사람》에서 일본의 기모노 직물로 제작한 의상을 모델에게 입혔다. 로세티는 기모노를 입수하고 싶어 했던 것으로 보인다. 1864년 겨울 파리로 여행했을 때, '드조와 부부 가게'(리볼리 거리 220번지)에서 팔고 있던 일본의 기모노를 티소가 전부 사버렸다고 모친에게 쓴 편지에 유감스럽게 전하고 있다.(주4)

1873년 제작된 지라르Girard의 『일본의 화장』에는 기모노를 포함해서 가구와 공예품이 정밀하게 묘사되어 당시 알려져 있었던 일본에 관한 풍부한 자료를 짐작하게 한다. 그는 일본에 한 번도 와 본 적이 없었다.

수련睡蓮이 떠 있는 일본식 정원을 갖고 있었으며 우키요에의 컬렉션으로 알려져 있는 모네는 《라 자포네즈》(보스

로세티 《가장 사랑하는 사람》 1865-66. 테이트갤러리.
기모노의 직물처럼 보이는 천으로 제작된 의상이 그려져 있다.

톤미술관, 1876)에서 모델을 맡았던 부인 카미유에게 기모노를 입게 했다. 당시 화가의 대개는 기모노를 입수해 이를 그리고 싶어 했다. 유행하던 이국취미인 기모노에 대한 관심이 없었다고는 할 수 없다. 그러나 그들이 주목한 점은 아서 리버티가 나중에 지적한 바와 같이 '부드럽고 미묘한 색상의 일본 직물이며, 기모노를 입었을 때의 독특한 드레이프, 색채의 균형'(주5) 등 그들이 추구하는 예술에 부합한 기모노였던 것이다.

기모노를 입은 여성은 문장에도 나타난다. 공쿠르형제는 1867년 『마네트 살로몬Manette Salomon』(주6)에서 화가인 주인공 코리오리가 읽고 있는 '금을 장식하고 견사로 철한 표지가 있는 작은 책' 속에서 비늘문양의 녹색 기모노에 관해서 묘사하고 있다.

1867년에 개최된 파리 만국박람회에서는 일본부문의 공원 안에 다실이 특설되어 일본에서 온 3명의 일본여성이 차를 접대했다. 공쿠르, 프로스페르 메리메Prosper Mérimée 등의 작가들이 그녀들에 관해서 기록을 남겼다고 한다.

이 만국박람회는 패션지에도 중요한 기사거리였다. 이미 언급한 바와 같이, 이즈음 유력한 패션지 『쥬르날 데 드모와젤Journal des Demoiselles』의 미술란을 담당했던 미술평론가인 쉐노는 1867년에 만국박람회의 미술평론을 썼는데, 이때 일본미술에 관해서 전혀 언급하지 않았다. 그러나 그것이 사실은 '일본'에 관한 인상이 너무나 커서 그에 관해서 쓸 때까지 어느 정도 시간이 필요했었기 때문이라고 짐작되는 것은 『쥬르날 데 드모와젤』 1868년 11월호, 12월호에 「일본과 일본미술」이라는 제목으로 1867년 만국박람회에서 본 일본과 일본미술에 관한 흥미로운 기사를 썼기 때문이다. 다음해 그는 「일본미술」이라는 제목의 중요한 강연을 해서 자포니슴에 있어서 중요한 역할을 담당하게 되었다.

기모노에 관해서는 11월호에 기술되어 있다. 거기에는 계절에 따른 디자인이 멋진 염색과 자수, 직물로 표현된 '기모노'의 직물에 대한 상찬(주7)과 기모노의 착장법 등에 관해서 기술되어 있다. 혼례에 관해서는 신부가 가져가는 기모노 12장에 대한 상세한 기술과 기모노와 기모노 차림의 모습이 티칭의 앨범 리스트를 인용하여(주8) 설명되어 있다. 그 가운데 "티칭은 일본여성의 머리가 다듬어지지 않았다고 말했지만, 1867년 파리 만국박람회 때 일본 다실에서 실제로 본 일본여성의 머리형은 잘 관리되었으며 취미도 좋아서 그의 말에는 찬성하기 어렵다" 고 말하고 있다. 또 12월호에서는 *지요가미千代紙의 훌륭함과 일본 장식예술의 매력을 칭송하고 있다. 그는 이렇게 결론짓는다. 일본미술의 특징은 자연을 잘 이해한 다음에 표현에 옮겨 담은 창조성과 상상력이라고.

지요가미(千代紙)
꽃문양 등 다양한 문양을 채색으로 나타낸 종이로, 종이상자나 종이인형의 의상 등에 사용되었음.

다른 다양한 일본의 물건과 함께 파리에서 팔리게 된 기모노이지만, 패션잡지에 기모노 혹은 일본의 이미지가 등장하는 것도 파리 만국박람회가 있었던 1867년 이후의 일이다. 만국박람회는 4월 1일부터 10월 30일까지 샹 드 마르스에서 개최되었다. 이 해 6월 1일호의 『프티 쿠티에 데 담 PETIT COURRIER DES DAMES』에는 '마르 데 잔드Malle des Indes(인도의 가방)'이라고 하는 유행하는 상점에서,

유제니 황후가 일본의 얇은 견직물 드레스robe를 몇 장이나 구입했다. 그 직물의 아름다움과 본 적도 없는 제작 방법의 새로움은 주목할 만하다.(주9)

라는 기사가 있다. 여기에서 '일본의 얇은 견직물 드레스'란 도대체 무엇일까? 'robe' 라는 프랑스어가 사용되고 있는데 당시 아직 기모노라는 용어를 몰랐다고 한다면 이 말은 기모노라고 하는 일본의 '옷' 을 가리킬 때도 당연히 사용되는 것이 아닐까. '기모노' 라는 용어는 프랑스에서는 1876년경이 되어서야 나타난다.(주10) 이 기사를 쓴 잡지 기자는 아마도 일본의 기모노를 아직 본 적이 없었던 것으로 보인다. 그렇다면, 이 기자가 서양의 옷과는 전혀 다른, 새롭게 채색된 얇은 견직물인 플라르foulard로 만들어진 옷을 보고 이렇게 표현했다고 해도 이상하지는 않을 것이다. 그리고 황후가 구입한 것은 일본의 기모노라는 것이 된다.

같은 1867년, 다른 패션잡지 『쥬르날 데 드모와젤』 10월호에도 일본풍이라 칭하는 일러스트가 게재되어 있다.

그리고 1878년 쉐노는 『가제트 데 보자르Gazette des Beaux-Arts』에서 "최근 여성의 복장은 일본여성의 복장에서 힌트를 얻은 것이었으며 지금도 어딘가 일본풍이 남아 있다" 고 말하고 있다. 그러나 유감스럽게도 이를 증명할 정도로 설득력이 있는 실물을 필자는 아직 본 적이 없다. 그가 말하는 것이 오비처럼 허리 뒷부분을 부풀린 당시 유행한 버슬스타일이라고 한다면 — 그러나 이것은 아직 추측일 뿐이다.

르느와르의 《에리오Herriot 부인》

19세기 중반의 구미에서는 사실주의에 만족하지 못하게 된 화가들이 새로운 방향을 모색하고 있었다. 그 즈음 쇄국하고 있던 에도 문화 가운데 독자적으로 발전한 우키요에는 이국취미 이상의 것으로 그들의 회화에는 없는 특이성—사실성이 무시되고 경계가 명암으로 구분되는 것이 아니라 선으로 구분되어 그 때문에 그림자가 없다. 또한 원근법이 자유롭게 마음대로 왜곡되고 단순명쾌한 색채로 채색되지만 그것이 도리어 생생하고 강한 인상을 주는— 을 갖고 나타나 그들에게 새롭고도 무한한 발상원이 되었다. 휘슬러, 모네, 드가, 티소, 고호, 로트렉 등 많은 화가들이 우키요에를 자기표현의 양식으로 삼은 것은 널리 알려진 대로이다.

이러한 회화 가운데 빠른 시기에 우리가 인정하는 일본취미는 그림 속에 그려져 있는 일본적 오브제이다. 기모노도 그러한 일본적 오브제 중 하나였다. 기모노와 이를 착용한 여성이 서양의 회화에 등장하기 시작한 것은 자포니슴에 있어서 가장 영향력이 컸던 화가의 한 사람인 휘슬러와 티소의 작품으로 1869년대 중반이었다. 이에 관해서는 앞서 언급한 대로이다.

그림 속에서 기모노는 모두가 백인여성이 착용하고 있다. 그 기모노의 대개는 만국박람회 때 아마도 구미의 기호에 맞는 수출품 중 하나로 해외에 건너간 것으로 보이는데, 색조와 문양, 구성으로 볼 때 에도 말기나 그 이전에 일본용으로 일본에서 제작된 무가계급 여성의 기모노이다. 지금까지 그러한 것을 해외의 미술관에서 볼 기회는 그다지 없었지만 전시되지도 않고 조사되지도 않은 채로 창고에서 잠자고 있던 기모노가 근년 조금씩 확인되고 있는데 교토복식문화연구재단이 독자적으로 실시한 조사에서도 메트로폴리탄미술관, 로스엔젤레스 카운티미술관, 필라델피아미술관 외에 상당수에 이른다.

1870년대까지 그려진 기모노는 대개의 경우 일본취미의 오브제로 등장하고 있다. 물론 그뿐 아니라, 예를 들어 휘슬러가 이상적인 미를 추구하기 위해서, 혹은 모네가 회화의 장식적 표현을 시험하기 위해서 기모노 혹은 다른 일본의 물건을 사용했다고는 하지만, 여기에서 기모노는 현실의 패션과의 관계를 갖지 않았다.

그런데 1882년에 그려진 르느와르의 《에리오 부인》(함부르크미술관 65×54cm)은 기모노를 서양 의복의 착장법으로 착용하고 있다. 이즈음이 되면 기모노는 더 이상 그때까지의 일본취미적인 오브제와는 다른 것이 되어 있었다.

르느와르의 작품에는 《꽃다발이 있는 정물》(휴스톤미술관, 1871), 《여성의 초상》(개인소장, 1871), 《부채를 든 여성과 항아리의 꽃》(크락아트인스티튜트) 등에 나타나는 부채, 《모네와 아들》(워싱톤내셔널갤러리, 1874), 《시골의 춤》(오르세미술관, 1882-83) 등의 부채, 《샤르팡티에Charpentier 부인과 그 아이들의 방》(메트로폴리탄미술관, 1878)에서는 병풍이 인물의 배경이 되어 있는 실내에 장식되어 있는 등 일본취미적인 작품이 있다.

《샤르팡티에 부인과 그 아이들의 방》의 모델이 되어 있는 파리의 부유한 출판경영자인 샤르팡티에의 부인 마가릿트는 그 즈음 파리에서 유명한 문예 살롱을 주재한 여성이었다. 문학가, 예술가, 정치가 등이 그녀의 살롱에 모여들었다고 한다. 샤르팡티에 서점은 에드몬 드 공쿠르의『청루青樓의 화가, 우타마로歌麿』 등을 출판하고 있었으므로 그 경영자의 저택 실내에 당시 유행했던 일본적인 오브제가 있었다고 해도 조금도 이상한 것은 아니다. 르느와르는 1870년대 중반부터 샤르팡티에씨의 소개로 그 즈음부터 부유한 계층의 초상화를 그리게 되었다.

《에리오 부인》은 초상화에 그 재능을 발휘하게 된 르느와르의 1882년 작품이다. 주문주는 루브르 백화점의 대지주인 오규스트 에리오August Herriot 씨의 부인이었다. 고전으로 향하기 시작했던 르느와르는 몸을 약간 오른쪽으로 향하면서 편안하게 의자에 앉아있는 부인을 정성스레 묘사하고 있다. 그녀가 착장하고 있는 것을 그 붓으로 분명히 나타내고 있다.

부인은 일본의 기모노를 드레스 위에 걸쳐 입고, 허리에 드레스와 같은 색이며 기모노와는 다른 소재의 벨트를 매고 있다. 흰색 기모노에는 등꽃과 흐르는 물결문양이 오렌지, 블루, 그린, 금색 등의 색채로 그려져 있다. 또 기모노의 직선적인 깃과 기모노 소매로 보이는 넉넉한 소매가 확인된다. 이러한 종류의 기모노는 필라델피아미술관 소장의 고소데를 비롯해서, 메트로폴리탄미술관의 예 등 상당수가 각지의 미술관 등에 현존하고 있듯이, 당시 서구에서 선호되었던 에도 후기의 전형적인 무가계급의 고소데이다.

에도 고소데의 변용

무가의 염직이 *고텐풍御殿風이라는 스타일로 정형화된 에도 말기 무가 여성의 정장인 흰 바탕의 고소데는 흰색 *린즈綸子의 바탕에 사계절의 화초(국화, 등꽃, 벚꽃, 매화 등) 와 기하학적인 *다테와쿠立涌, 유수문流水紋, 만자卍 등이 조합된 것이 대개의 정형적인 것이었다. 에도 후기의 자수와 염색에 의한 장식으로 이러한 예는 도쿄국립박물관에 소장된 것을 비롯해서 다수 현존한다.

티소의《목욕하는 일본 아가씨》, 르느와르의《에리오 부인》속에 그려져 있는 것은 이러한 타입의 전형적인 고소데小袖이다.

한편 여기에서 살펴보고 싶은 것은《에리오 부인》에서 여성의 착장법이 일본의 기모노와는 다르다는 점이다. 그림 속의 여성은 여밈을 깊게 겹치지 않고 허리까지 열어 벨트로 고정하고 있다. 즉 이는 서양풍의 실내복 착장법으로 이즈음 기모노는 이미 실내복으로 사용되고 있었음을 알 수 있다. 이 그림에 나타나는 것처럼, 당시의 유행하는 실내복으로서 이국취미의 진귀하고 넉넉한 구조인 기모노를 사용했다고 해도 이상하지 않다. 화가 자신이 일본취미의 오브제로서 기모노에 열중한 예가 아니라, 그려진 초상화의 여성 자신이 기모노를 택한 것이 아닌가 여겨져 흥미롭다.

같은 즈음, 모파상은『벨 아미Bel Ami』(1885) 속에서 다음과 같은 기술을 하고 있다.

고텐풍(御殿風)
고소데(小袖) 문양의 일종. 노(能)와 왕조시대의 모노가타리(物語)를 누각, 궁전, 마차, 부채, 에보시(烏帽子) 등 귀족생활을 떠올리는 소재로 상징적으로 표현하여 품위가 있고 색채가 풍부하기 때문에 현재에도 기모노의 문양으로 사용되고 있음.

린즈(綸子)
백색 견으로 제작된 문양이 있는 직물. 경사와 위사에 꼬임이 없는 생사를 사용해 광택이 좋은 고급 직물임.

다테와쿠(立涌)
평행한 두 개의 파상(波状) 곡선에 의해서 구성되는 기하학적인 문양.

고소데. 에도시대 후기.
흰색 린즈 바탕에 국화와 흐르는 물 문양을 염색과 자수로 처리한 직물.
뉴욕 메트로폴리탄미술관.

…듀로와는 앉아서 기다렸다. 오랫동안 기다렸다. 이윽고 문이 열리자 드 마레르부인이 작은 걸음으로 뛰어나왔다. 장밋빛의 견직물에 금사로 된 풍경과 파란 꽃, 흰 새를 자수한 일본풍의 가운을 입고 있었다. <중략>

그는 부인이 매우 매력적이라고 느꼈다. 화려하고 부드러운 가운을 착용한 부인은 흰색 가운을 착용한 포레스티에 부인과 비교하면 품격이 떨어지고 사랑스러운 연약한 느낌도 적지만, 그 대신 훨씬 자극적이며 농염했다. 포레스티에 부인의 옆에 있으면 움직임이 없는 친근한 미소가 그를 매료시키는 한편 동시에 거부하게 만든다. '당신이 좋아

> 요' 라고도 '품행을 단정히 하세요' 라고도 하는 것 같아서 무엇이 진심인지 상상할 수 없었다. 그래서 그는 발아래 엎드리고도 싶어지고, 또 동시에 외투의 얇은 레이스에 입마추고 가슴 사이로 흘러내리는 따뜻하고 향기로운 체취를 천천히 들이마시고 싶은 욕망을 느낀다. 그러나 드 마레르 부인이 상대라면 더 난폭하고 극단적인 욕망을 느껴, 얇은 견을 들어올린 윤곽 앞에 저절로 양손이 떨리는 것을 느끼는 것이었다.

여기에서 '일본풍 가운' 이라는 것을 기모노라고 단언할 수는 없지만 흥미로운 기술이다.

영국에서는 배우 엘렌 테리Ellen Terry가 1880년대 후반 기모노를 착용하고 있는 사진이 알려져 있다. 그녀는 화가 왓츠Watts와 이혼한 후 자포니슴의 발전에 큰 영향을 미친 건축가이자 디자이너이며 미술평론가인 에드워드 윌리엄 고드윈Edward William Godwin[주11]과 지냈는데, 이미 1870년대에는 사적인 생활 속에서 기모노를 착용했다고 지적되었다.[주12] 이혼, 사생아 출산 등 당시 사회로부터는 받아들여지지 않는 행위를 저지른 그녀가 사회의 범주를 벗어난 존재였다는 사실은 분명하지만 그렇기 때문에 더욱 변화를 구하고 있던 당시 영국 패션에 그녀는 영향을 미치는 존재이기도 했다.

로트렉은 1888년에 《리리 그르니에Lilie Grenier 부인》(뉴욕근대미술관)을 그렸다. 리리는 로트렉의 동료의 여동생이었다. 《에리오 부인》은 기모노를 실내복으로서 착용하고 있었다. 그런데 이러한 타입의 고소데는 파리와 런던에서 유행

기모노 차림의 여배우 엘렌 테리. 1880년대 후반

하는 드레스가 되어 있었던 것이다.

그 중 하나는 파리시립의상미술관에 현존하고 있는 1880년대의 무도회용 비지트visite이다. 고소데가 다시 재단되어 파리의 메종 듀라페Maison Dieulafait라는 라벨이 부착되어 있다. 비지트라는 것은 당시 유행했던 버슬 스타일의 드레스에 착용하는 케이프cape를 말한다. 이 미술관은 유사한 비지트를 또 하나 소장하고 있다. 당시 기모노는 원단으로 수출되기보다는 재단된 기모노 자체가 선호되어 수출되었던 것으로 보인다. 이를 이용해서 유행하는 의복으로 다시 재단하는 것이다. 백색 견직물에 국화, 벚꽃, 흐르는 물결 등이 시보리絞, 금사와 색사의 자수로 표현되어 있다.

그 외에 교토복식문화연구재단이 소장하는 런던제의 1880년대 드레스도 기모노로부터 재단된 것이다. 이는 백색 린즈綸子 바탕에 부채, 등꽃, 모란이 자주, 주황, 엷은 녹색의 견사와 금사의 자수와 시보리로 전면에 배치된 기모노의 소재로 만들어진 제품이다. 레벨은 'Misses Turner Court Dress Makers'라 표시되어 있다.

이 드레스는 1880년대 유행한 버슬 스타일의 드레스로, 다음 페이지에 나타낸 것처럼, 재단된 기모노로부터 드레스로 다시 제작된 것이다. 겹쳐서 착장하는 스커트 부분은 결락되어 있지만 남겨진 드레스는 기모노 한 벌이 깃 부분을 제외하고는 거의 모두 사용되었기 때문에 본래 기모노 한 벌 분량으로는 부족해서 스커트부분에는 다른 직물이 사용되었다고 본다. 당시 드레스는 몇 종류의 직물로 제작되는 경우가 드물지 않았기 때문에 중첩되는 스커트에 다

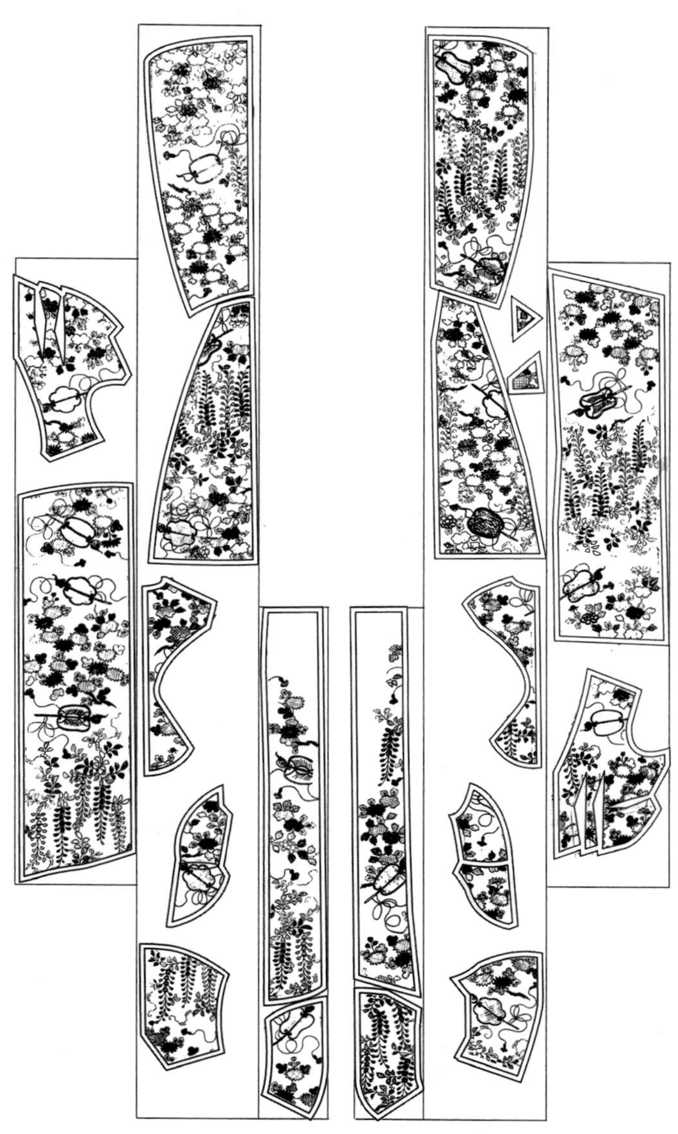

고소데를 재구성한 드레스(1880년대 런던에서 제작, 교토복식문화연구재단 소장)의 재단도.
그림: 고토 레이코後藤令子, 다니 지에미谷智恵美

른 직물을 사용하는 것은 처음부터 의도되었을 수도 있다.

마찬가지로 일본에도 고소데를 재구성한 드레스가 현존하고 있다. 이것은 나베지마鍋島 집안에 전해지는 1881년경의 드레스로, 백색 린즈의 고소데가 드레스로 재구성된 것이다. 메이지유신 당시 사가번주佐賀藩主였던 나베시마 나오히로鍋島直広(1846-1921)는 1871년에 영국에 건너가 8년간 유학했다. 그 후 이탈리아 특면전권공사에 임명되어 신혼의 부인인 에이코栄子와 함께 1881년 4월부터 82년까지 유럽에 체재했다. 나베시마 집안에 남겨진 에이코부인 착용의 고소데 드레스와 교토복식문화연구재단의 고소데 드레스는 같은 시대, 같은 발상에 의한 디자인이다. 나베시마 집안의 드레스에는 유감스럽게도 레벨이 부착되어 있지 않기 때문에 일본에서 재단된 것인지 런던 등의 지역에서 재단된 것인지 파악할 수 없다. 이 외에 부인이 소유했던 버슬드레스의 레벨이 'E. Joyce & Co. Court Dress Maker 16 Dover St. London'으로 되어 있다는 사실과, 또 에도시대의 고소데가 드물었기 때문에 재구성된 것인지 몰라도 어쨌든 화족華族 부인이 기모노를 재구성해서 드레스를 제작했다는 것도 납득이 가지 않기 때문에 아마도 이러한 유행이 파리와 런던에 있었던 것은 아닐까 생각된다.

기모노는 화가들뿐만 아니라 19세기 말의 디자이너와 여성들에게 확실히 아름답고도 진귀한, 서구의 의복과는 상이한 넉넉함을 갖는 매력적인 대상물이기도 했다. 그리고 이후에 기모노는 패션 그 자체 속에 깊이 관여하게 되었다. ✲

제 4 장

KIMONO는 실내가운이었다

'KIMONO' 는 실내가운이었다

KIMONO

알랭 드롱이 알몸에 문장紋章이 부착된 기모노를 걸치고 방 안을 어슬렁어슬렁 거리는 프랑스영화의 한 장면을 보게 되었을 때, 우리는 어쩔 수 없다는 듯 한 쓴웃음을 짓게 된다. 그러나 그것은 서양의 'Kimono' 의 올바른 착장법 중 하나이다. 프랑스어 사전『로베르』에서 'Kimono' 라는 항목을 찾아보자. 그 속에는 물론 첫 번째 의미로 본래 일본 기모노의 의미가 설명되어 있지만, 그 다음에는 서양에서는 기모노를 연상시키는 일종의 로브robe라고 되어 있으며, 또 가라테空手할 때의 옷이라고 설명되어 있다. 영어 사전에서는 가라테 옷이라는 설명은 없지만, 프랑스어와 마찬가지로 일본의 기모노에 관한 사항과 실내복에 관한 사항이 설명되어 있다. 서양에서 기모노는 실내복인 것이다.

기모노가 이미 17세기부터 네덜란드를 경유해서 유럽에 전해져 그즈음 멋쟁이 남성의 실내복으로 착용되었다는 사실은 앞서 언급했다.

그러나 서양에 문을 닫고 있었던 일본은 일반적으로는 거의 알려지지 않았으며 겨우 일본이라는 나라가 알려지게 된 것은 19세기 중반 이후의 일이었다.

일본의 기모노도 우키요에浮世絵에 의해서 그 이미지를 확장시켰으며, 만국박람회에 의해서 구체적인 것으로 전해졌다. 1851년에 첫 만국박람회가 런던에서 개최되었는데, 파리도 이에 지지 않으려고 1855년에 만국박람회를 개최해서 성공시켰다. 만국박람회는 다시 62년 런던, 그리고 1867년 파리로 이어졌다. 1867년의 파리 만국박람회에는 막부가 정식으로 참가했다. 이러한 일련의 만국박람회 개최에 의해서 일반대중에서부터 전문가를 포함한 유럽에 자포니슴이라는 큰 물결을 만들어냄과 동시에 기모노가 알려지게 되었다.

기모노의 아름다움에 처음 시선을 보낸 것은 예술가와 문화인이었다. 그들은 실제로 기모노를 손에 넣고자 했다. 당시 파리와 런던에는 '포르트 시노아즈Porte Chinoise', '이스트 인디아 하우스East India House' 등 일본품을 취급하는 상점이 몇 군데 있었는데 그러한 가게에서 기모노가 판매되고 있었다.

1873년에 빈에서 개최된 만국박람회에는 에도막부를 대신해서 메이지정부가 참가했다. 이때 일본에서 목수를 보내어 일본관이 건설되었으며 기술자 명목으로 공예가와 전통공예의 직인들이 파견되었고, 일본공예 수출을 위해서 1874년 '기리쓰 공상회사起立工商会社'가 설립되었다. 또 단순히 제품을 진열해서 일본의 제품을 소개하는 데 그치지 않고 유럽의 기술을 습득하고자 하는 목적도 포함되어 있었다. 개국에 의해서 세계의 자본주의시장에 편입되기는 했지만, 아직 국산품 가운데 무엇이 유력한 수출품이 될 수 있는지 알 수 없었던 메이지정부에게는 좋은 기회가 된 것이다. 유럽의 기술을 습득하기 위해서 기술자와 함께 요코하마横浜의 견직물 상인인 시이노 쇼베椎野正兵衛와 그 동생인 시이노 겐조椎野賢三 이 두 사람이 선발되어 빈으로 향했다.

요코하마橫濱의 견 수출

요코하마의 수출 견직물 거래는 1859년 요코하마 개항 당시 에도의 고지마치麴町 6번지에 있었던 기모노상인 가다하치베加太八兵衛가 요코하마에 견직물 도매상을 시작한 것에서 비롯된다. 당시 거래된 것은 '*가이키甲斐絹, *고하쿠지마琥珀縞, 지리멘縮緬, 수자繻子, 가노코鹿子' 등이었다. 이 견직물 도매상을 1864년에 가다로부터 위양 받은 것이 시이노 쇼베였다. 개항 당초부터 행해지고 있었던, 외국인을 위한 소량의 견직물 소매는 일본 각지의 견직물이 출전된 1873년의 빈 만국박람회에 의해서 유럽으로 직접 일본의 견직물이 소개되는 계기가 되어 일본의 견직물 무역은 새로운 시대를 맞이하게 되었다. 견직물 무역은 요코하마를 중심

가이키(甲斐絹)
연사를 사용해서 평직으로 제직한 직물. 광택이 좋고 특유의 소리가 있음.

고하쿠지마(琥珀縞)
종사를 조밀하게 하고 횡사를 두껍게 해서 표면에 가로 줄이 있는 평직의 견직물. 오비(帯)나 하카마(袴)에 사용되는 것으로 17세기 후반경 교토의 니시진(西陣)에서 생산되기 시작했음.

으로 행해졌는데, 메이지부터 다이쇼大正 초기 즈음, 일본인과 외국인을 포함해서 견직물 수출업자는 모두 요코하마 수출견직물동업조합에 소속되어 있었다. 지금 요코하마의 실크박물관은 그 당시의 모습을 증언하고 있다.

개국한 메이지 정부에게는 세계를 상대로 하는 무역의 진흥도 중대과제였다. 칠기, 마키에蒔絵, 목공, 주조, 도공 등 일본의 전통공예에 종사하는 직인들이 기술자로 빈 만국박람회에 보내어지는 한편 유럽의 디자인도 연구해서 그 시장의 취향에 적합한 상품을 제작하는 등 일본의 수출 확대가 시도되었다. 기리쓰 공상회사에 의해서 일본의 문양으로 장식된 꽃병, 서양식 식기, 부채, 가구 등이 제작되어 수출되었다. 이 회사 자체의 운영은 얼마 후 어려워져 1891년에 해산해 버렸지만, 양식 식기 등은 활발하게 수출하게 되어, 예를 들어 수출용 식기류를 생산하고 있었던 기후현岐阜県 다지미시多治見市는 1900년을 전후해서 공전의 수출 붐으로 들끓었다.

생사와 견직물보다도 더욱 부가가치가 높은 견제품의 수출을 목적으로 해서 시이노 쇼베와 동생인 시이노 겐조는 정부로부터 정식으로 빈 만국박람회에 파견된 사람들과 동행했다. 시이노 형제는 유럽의 패션 취향을 적확하게 파악해 '손수건, 자수가 들어간 지리멘, *하부타에羽二重의 숄, 가운, 쿠션, 커버, 커튼'(주1) 등 새로운 견직물을 제작했다. 그 가운데서도 가운은 세기말의 서양에서 매우 선호되는 제품이었다.

하부타에(羽二重)
종사와 횡사 모두 양질의 꼬임 없는 생사를 사용해서 평직으로 제직한 견직물로 광택과 촉감이 좋음.

그러한 시이노의 이름을 우리가 만난 것은 우연한 일이

고운테이 사다히데五雲亭貞秀 《가나가와 요코하마 신개항도神奈川横浜新開港図》 1860
미쓰이문고三井文庫

었다. 언젠가 상당히 큰 버슬 특유의 후부 실루엣 등으로 보아 1870년대 전기의 제품인 듯 한 패셔너블한 여성용 실내복을 소장하게 되었다. 이 실내복은 겉감이 갈색 태피터taffeta이고 안감이 자주색 하부타에로 전면에 퀼팅이 가해져 있었다. 그 안쪽에 있는 봉합선 중 한 군데에 일본종이

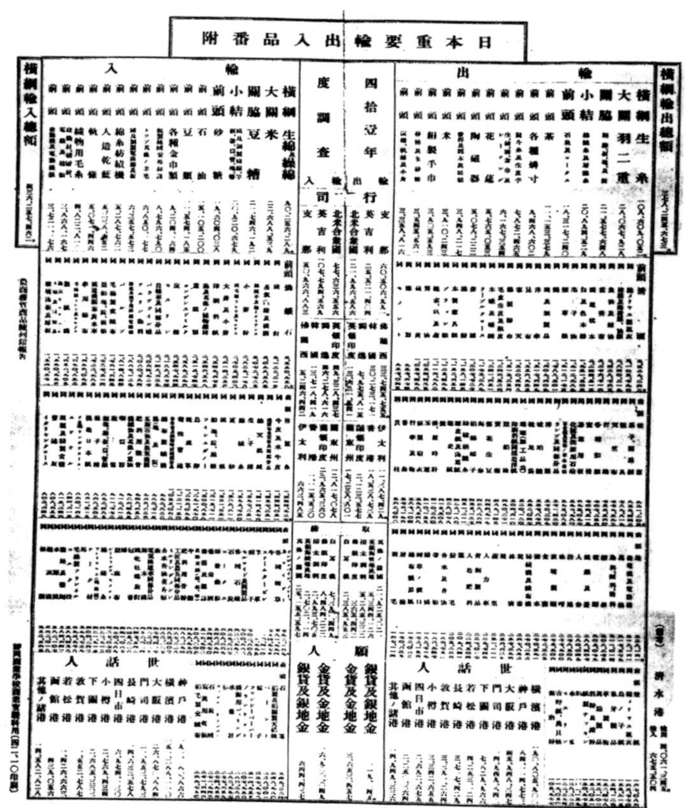
日本重要輸出入品番附

四拾壹年度調査

横綱輸出總額

横綱輸入總額

1908년의 일본 중요 수출입 순위. 생사는 수출품 1위였다

和紙로 만들어진 작은 라벨이 부착되어 있었다. 색이 바래서 완전히 갈색이 되어 버린 라벨을 잘 살펴보니, 겉에는 "S. SHOBEY YOKOHAMA SILK STORE"라 인쇄되었으며, 뒤쪽에는 붓으로 쓰여진 일본의 문자가 보였다. 분명히 흘려 쓴 일본의 문자인데도 불구하고, 달필이기 때문

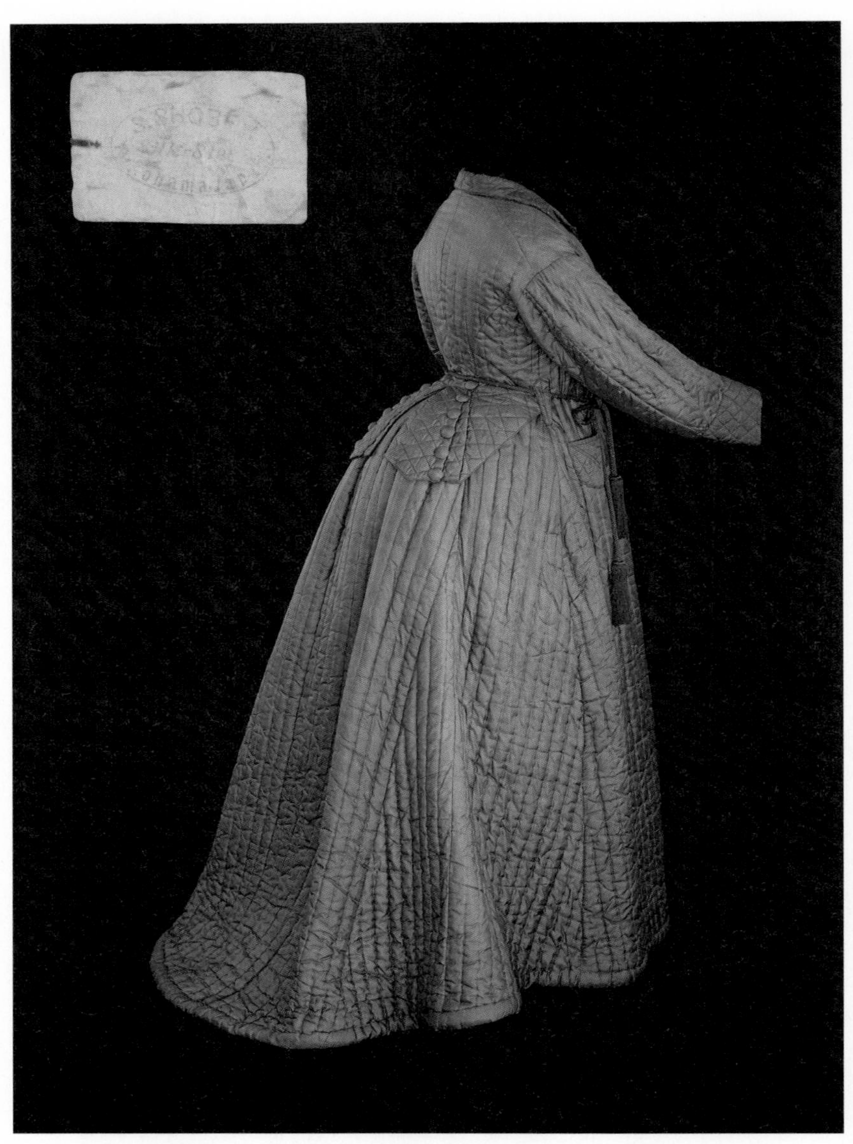

여성용 실내복. 1870년대 전기. 요코하마, 시이노 쇼베상점 제품. 교토복식문화연구재단 소장.
왼쪽 상단은 봉합선에 부착된 라벨.

수출용 일본제 실내복. 1880년대 교토복식문화연구재단 소장.
하부타에를 퀼팅하고 새와 꽃이 자수되어 있다.

인지 개성이 강한 글씨라서 그런지 판독할 수 없는 것은 유감이지만, 이 실내복은 시이노 쇼베의 가게 마크가 들어간, 즉 매우 빠른 시기의 일본제품이었던 것이다. 이즈음 이미 요코하마에서 볼 수 있는 재류외국인의 주문으로 제작된 것인지도 모르겠으며, 빈에서 돌아온 시이노가 그의 상점에서 유럽으로 수출하기 위해서 제작한 제품인지도 모르겠다.

『요코하마 수출견업사横浜輸出絹業史』 포면제품 연혁의 개요에 의하면, 요코하마로부터 대개는 자수가 부착된 로브, 자켓, 코트, 기모노가 메이지기에 수출되었다. 그 기원은 분명하지 않지만, '1873년에 재류외국인의 주문에 의해서 미쓰코시三越로부터 지시를 받아서 재류외국인의 가정용으로 제작되기 시작해', 1883년에는 견본을 수출하는 정도가 되었다. 어찌 되었던, 이러한 실내복은 '외국인의 잠옷'이라 불리고 있었다. '외국인의 잠옷'은 서양의 시장에서 선호되어 1880년대의 미국 패션 잡지에 'Japanese dressing gown'이라 광고되었는데, 많은 예가 미국의 미술관에 남아 있다. 교토복식문화연구재단에서는 1890년대의 것이라 추정되는 견직물 실내복을 소장하고 있지만 여기에는 라벨이 없다.

1900년이 되자 수출통계에 등장하고, 1903년에 일본수출잠옷동업조합이 결성되었다. 런던의 리버티 상회도 1890년대에 종종 'Japanese dressing gown'의 광고를 잡지에 실어 일본제 실내복을 취급하여 인기가 있었다.

리버티 상회

1862년 런던 만국박람회 때, 버킹엄셔Buckinghamshire 체샴Chesham의 옷감 상인 아서 리버티Arthur Liberty (1843-1917)는 런던의 '파마&로저스'에 들어갔다. 이 상점은 당시 런던에서 잘 알려져 있었는데 크리놀린 실루엣과 함께 크게 유행한 인도, 중국, 프랑스, 영국의 *페이즐리paisley 등의 대형 숄과 외투를 전문으로 판매했다. 리버티는 켄징톤에서 개최된 만국박람회를 보고 일본부문에 강하게 매료되었다. 여기에서 그가 본 것은 당시의 빅토리아 스타일과는 전혀 다른 물건들이었다. 이 박람회 후, '파마&로저스'는 전시품의 몇 가지를 구입해 새롭게 개점한 동양물품 판매점의 중심상품으로 삼았다. 리버티는 이 가게의 점장이 되었는데, 그즈음 파리에서 런던으로 이주하여 이 가게를 빈번하게 방문하던 휘슬러 등 일본취미에 흥미를 나타내는 예술가들의 기호와 사고를 흡수하고 있었다.

페이즐리(paisley) 곡옥(曲玉) 모양의 무늬를 짜 넣은 부드러운 모직물.

1875년에 아서 리버티는 독립해서 리버티 상회를 설립했다.

리젠트 스트리트Regent Street 218번지에 개점한 리버티 상회의 소매점포는 '이스트 인디아 하우스'라 이름 지어졌다. 여기에서는 동양의 실크, 양탄자, 칠기, 도자기 등의 물품이 판매되었다. 라파엘전파 화가들의 집합장이라는 느낌도 있었던 이 가게는 그 후 확장되어 자수, 칠기, 도자기, 실내복 등 다양한 일본의 물건이 취급되었다. 당시의 전위적인 에스테틱 운동에 영향을 받은 리버티 상회의 실내복은 진

맥스 비어봄Max Beerbohm 《로세티와 친구들》 1916-17 런던 테이트갤러리. 화가 로세티가 시인인 여동생 크리스티나에게 리버티 상회에서 배달된 직물은 자신이 디자인 한다며 하나씩 고르라고 말하고 있다.

보적인 뉘앙스를 갖는 멋진 실내복으로 인기를 모았다. 당시 무거운 짙은 색이 선호되는 가운데, 진주 핑크나 파란색 등 엷은 색의 일본 하부타에羽二重에 솜을 넣어 재단되어 서양의 퀼팅방법과는 다른 독특한 수법으로 봉재되고, 주머니에 공작, 국화, 등꽃 등 일본적인 모티브가 자수되어 있는 실내복도 이러한 것에 섞이어 인기가 있었던 모양이다.

윌리엄 모리스 외에 알마 타데마Alma-Tadema, 번 존스Burne-Jones, 로세티Rossetti 등 라파엘전파의 화가들이 찾아와서는 그 실크를 보고 격상했다. 그 후 가게가 확장되어 자수, 칠기, 도자기 등 여러 가지 일본의 공예품이 취급되었다. 마침 영국의 미술·공예품 분야에서 일었던 일본 붐, 이른바 '일본취미'에 리버티의 '이스트 인디아 하우스'가 박차를 가했다.

1868년 메이지정부가 된 이후, 일본무역에 관한 제한이 없어져 일본제품이 영국에 쉽게 들어오게 되면서 런던에서도 일본의 물건을 판매하는 상점이 증가해 있었다. 그러나 그 때문에 일본제품의 품질 저하가 현저해졌다고 많은 서양 사람들은 느꼈다. 아서 리버티의 친구이기도 했던 크리스토퍼 드레서Christopher Dresser(주2)는 영국상공회의소에서 일본의 제조업계에 관한 조사를 의뢰받고 1876년 일본을 방문했다. 일본에서 그가 본 것은 그때까지의 일본적인 수작업이 서양화되고 있다는 사실이었다.

아서 리버티는 아직 그즈음 드레서처럼 일본에 관한 직접적인 지식을 갖고 있지 않았지만, 그는 동양의 직물을 매우 중요시했다. 일본뿐 아니라 인도, 중국 등의 나라로부터 견직물을 수입하고 영국에서 동양의 염색기술에 의해서 질이 높은 염직물을 생산하고자 결심했다. 이렇게 해서 윌리엄 모리스의 작업도 하고 있던 스태퍼드셔Staffordshire의 염색업자 토마스 워들Tomas Wardle에 의뢰해서 우미한 파스텔 색조를 내는 데 성공했다. 나일 그린Nile green, 인디언 레드Indian red 등 '리버티 컬러'라 불리게 되는 독특한 아름다움의 색조를 갖는 견제품은 세계적으로 높은 평가를 받게 되었다. 이즈음 리버티가 수입한 것은 부드러운 캐시미어, 인도의 얇은 면포, 중국과 일본의 무늬 없는 평직 견 등이었다.

당시 유행했던 직물은 아니린 염료로 염색한 갈색, 청색, 바이올렛 등의 강한 색채에 브로케이드brocade, 태피터taffeta, 파유faille 등 무겁고 딱딱한 직물이어서 리버티 상회의 부드러운 색조와 질감을 갖는 직물은 전혀 새로운 것이었다. 리버티 상회의 직물은 영국에서 1870년대부터 알려져 1880~1900년대에 회화, 그래픽, 장식예술에 이르기까지 영향력을 갖았던 에스테틱 운동이 에스테틱 드레스로서 패션에 구현하기 위해서 큰 의미를 주었다. 가는 허리와 풍만한 가슴을 강조하는 버슬스타일의 패션이 아니라 존 에버렛 밀레이John Everett Millais, 홀만 헌트Holman Hunt, 로세티 등 라파엘전파의 작품에서 발상을 얻은 보다 자연스럽고 무리 없이 넉넉한 실루엣으로 액세서리와 장식도 거의 없는 드레스를 위해서 흐르는 듯한 드레이프를 만드는 데 안성맞춤인 소재였다.

이 직물의 매력에 흥미를 갖는 것은 예술가들뿐만이 아니었던 것 같다. 1879년에 중산계급을 대상으로 한 간행물인 『실비아즈 홈 저널Sylvias home journal』에는 "그 소재는 전혀 불순물이 없이 훌륭하다. 현대적인 드레스를 만드는 데 적합하다. …<중략>… 빨간 인도실크는 매우 부드럽고 아무리 얼굴이 빨간 사람이 착용해도 품위가 떨어지지 않는다. 녹색과 청색의 색조는 매우 미묘해서 녹색과 청색으로 나누기 어려울 정도이다. 이들은 견 손수건처럼 빨아도 색이 바라지 않는다"고 하는 기사가 게재되었다.(주3)

1884년에는 리버티 상회에 여성복부문이 신설되었고, 1890년에는 파리에 지점이 생겼다.

1889년에 아서 리버티는 일본에 방문했다. 3개월간의 일본 체재 중, 그는 그 당시의 일본 공예품과 관련된 산업을 돌아보았다. 귀국 후 런던의 로열 소사이어티Royal Society에

"LIBERTY" YULE-TIDE GIFTS. [Embroideries.

Japanese Silk-Dressing-Gowns and Jackets.

The shapes are reproductions of "Liberty" models sent out to Japan by Messrs. LIBERTY & Co., Ltd., expressly for the guidance of the native manufacturer. The Shapes, Styles and Fittings are carefully adapted for Western use. Handsome, Comfortable and Inexpensive.

LADY'S DRESSING GOWN.

No. 1. Ladies' Dressing Gowns.

Without Embroidery 37/6
Slightly Embroidered 46/-
Fully Embroidered 63/-

LADY'S DRESSIN JACKET.

No. 2. Ladies' Dressing Jackets.

Without Embroidery 17/6
Slightly Embroidered 22/6
Fully Embroidered 27/6

N.B.—When ordering by Post, please quote Bust measurements.

No. 3. GENTLEMAN'S DRESSING GOWNS

Gentleman's Dressing Gown.
Without Embroidery... ... 35/-
Embroidered 42/-

Gentleman's Smoking Jackets.
Without Embroidery... ... 17/6
Embroidered 21/-

Boys' Dressing Gowns.
Without Embroidery... ... 21/-

리버티 상회의 크리스마스 캐더로그에 실린 일본제 실내복 광고. 1898년. 웨스트민스터시립문서관 소장. 리버티 상회가 일본으로 보낸 샘플에 근거해서 제작되었다고 쓰여 있다.

서 행해진 강연에서 일본의 서양화에 관해서 언급하고, 텍스타일에서는 유럽의 영향을 받은 두 가지의 경향을 지적했다.(주4) 그에 의하면, 하나는 실크의 양감과 촉감을 가볍게 하는 것이다. 과거에는 거기까지 필요가 없지 않나하고 생각될 정도로 너무 두껍고 무거웠기 때문에, 리버티는 이처럼 양감과 촉감을 가볍게 하는 경향을 바람직하다고 했다. 또 하나의 경향은 디자인과 색채에 관련되는 품질의 저하였다. 특히 아서 리버티는 일본의 프린트 직물에 비판의 눈을 향해 일본인은 퇴행하는 큰 파도에 먹혀도 손도 발도 움직이지 않고 있다고 탄식했다. 그러나 한편에서 그는 자수와 프린트를 조합하는 일본의 기법에 관해서는 영국의 업계에도 도입할 것을 권장했다. 그는 또 『예술의 일본』 1891년 2월호(No. 34)에 「일본의 산업미술」이라는 제목의 논문을 게재했다.

서구화되는 일본은 1890년대에 일본의 예술, 공예품 자체의 질을 바꾸고자 했지만, 유럽은 아직 일본열기가 식지 않았다. 기모노, 부채, 병풍, 청색과 백색의 자기, 그리고 '에스테틱' 한 가구 등이 영국의 극히 보통 가정에서 찾아볼 수 있었다.

리버티와 바바니의 실내복

1884년에 신설된 리버티 상회의 여성복부문은 이 상점의 직물을 사용해서 디자인과 봉제를 하는 것이었다. 이 부문의 감독이 된 것은 유명한 건축가이자 복식사 연구가이며 레이셔널 드레스 협회Rational Dress Society의 명예간사이기도 했던 에드워드 윌리엄 고드윈E.W Godwin이었다. 레이셔널 드레스 협회는 1881년에 하버턴Harberton 자작부인을 회장으로 기능적인 패션을 추진하기 위해서 설립되었다. 협회의 구성원은 1851년에 미국의 블루머Bloomer 부인(주5)이 제창한 터키풍의 넉넉한 바지를 입고 코르셋 등으로 신체가 속박되는 패션에 건강상의 이유에서 저항했으며 또 옷의 합리적인 형태에 적극적이었다. 고드윈은 여자배우 엘렌 엘리스 테리Ellen Alice Terry와 블룸즈베리에서 1874년에 함께 지내기 시작했는데 그들의 일본취미는 잘 알려져 있다. 기모노 차림의 엘렌의 사진은 75페이지를 참조 바란다.

고드윈과 아서 리버티는 "건강하고 지적이며 진보적이라는 기본적 사고에 근거한 의복제작에 있으며 예술과 패션의 리더들도 예술적인 만족을 줄 수 있는 의복이라는 점, 또한 그 진가에 의해서 그때까지의 권위적이며 독점적이었던 파리의 권능에 도전해 우미하고 착용하기 쉬운 가운데 변화와 새로움을 추구"하고자 했던 것이다.(주6) 이러한 컨셉에 따라서 '새로운 시즌을 위한 디자인'과 '유행을 초월하는 의복'이라는 두 가지 범주의 의복이 제작되었다. 새로운 시즌의 것이란 매번 유행을 도입한 것이며, 유행을 초월한 것이란 고대 그리스·로마, 중세, 19세기 초의 엠파이어 스타일에 영감을 구한 것이었다. 예를 들어, 1880년대 말 면이나 실크 드레스는 그리스적인 문양의 자수와 코드의 벨트가 부착되어 있었다. 포도 넝쿨 자수가 부착된 중세풍의 벨벳 드레스는 1870년대경부터 코르셋을 헐렁하게 해서 착용할 수 있는 새로운 아이템으로 유행했던 실내복tea gown으로 인기가 있었다. 또 리버티 상회에서 인기가 많았던 것에 뷔르누burnous라는 것이 있었다. 이것은 아랍풍의 후드가 달린 평면재단의 케이프로, 에스테틱 드레스 애호자와 패셔너블한 여성들에게 이브닝코트로 착용되었다. 벨벳과 부드러운 새틴으로 제작된 것이다. 이 외에 실내복, 아동복도 리버티의 잘 알려진 제품이었다.

'일본취미'가 단초가 되어 19세기 말의 영국에서 전개된 리버티의 패션 개혁이라 할 수 있는 시도는 우선 실내복으로 용인되었다. 그러나 그것이 외출복으로서 사회적인 영향을 갖는 것은 파리 컬렉션의 흐름이 크게 바뀌는 20세기 이후였다.

1880년대부터 '일본'이라는 말이 종종 여성잡지 속에 실내복과 관련되면서 등장하게 되었다. 1880년『하퍼스 바자』에는 기모노의 넓은 소매와 같은 소매가 달린 화장용 실내복이 '재패니스 마티네'라는 이름으로 등장하기도 하고, 1900년경부터는 '기모노KIMONO'라는 말이 사용되기 시작해 본래의 기모노에 매우 가까운 형태의 실내복이 유행하게 되었다. 1901년『라 모드 플라티크La Mode Pratique』에는 실내 착용의 '기모노'가 재단도와 함께 게재되었다.(주7) 실내복의 기모노는 런던의 리버티와 파리의 바바니에 의해서

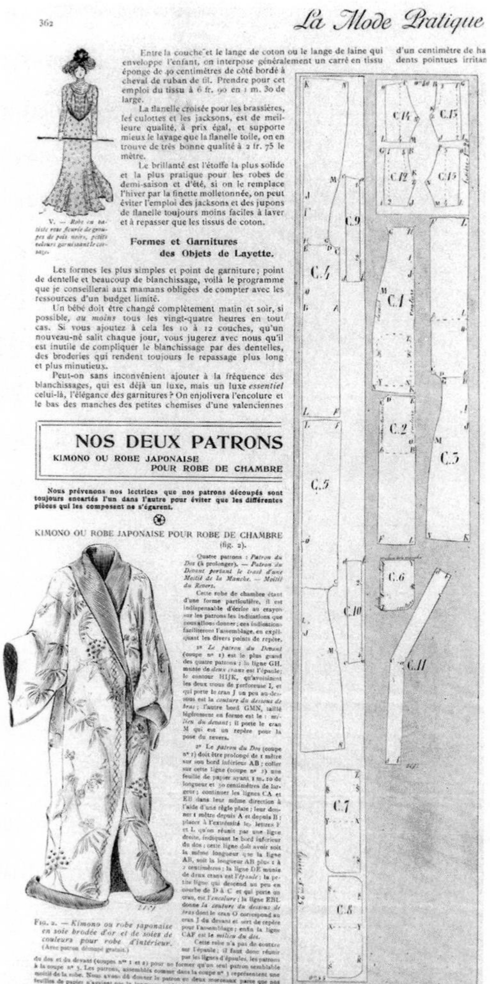

362 *La Mode Pratique*

Entre la couche et le lange de coton ou le lange de laine qui enveloppe l'enfant, on interpose généralement un carré en tissu éponge de 40 centimètres de côté bordé à cheval de ruban de fil. Prendre pour cet emploi du tissu à 6 fr. 90 en 1 m. 30 de large.

La flanelle croisée pour les brassières, les culottes et les jacksons, est de meilleure qualité, à prix égal, et supporte mieux le lavage que la flanelle toile, on en trouve de très bonne qualité à 2 fr. 75 le mètre.

Le brillanté est l'étoffe la plus solide et la plus pratique pour les robes de demi-saison et d'été, si on le remplace l'hiver par la finette molletonnée, on peut éviter l'emploi des jacksons et des jupons de flanelle toujours moins faciles à laver et à repasser que les tissus de coton.

V. — Robe en batiste rose fleurie de groupes de pois noirs, petits velours garnissant le corsage.

Formes et Garnitures des Objets de Layette.

Les formes les plus simples et point de garniture; point de dentelle et beaucoup de blanchissage, voilà le programme que je conseillerai aux mamans obligées de compter avec les ressources d'un budget limité.

Un bébé doit être changé complètement matin et soir, si possible, *au moins* tous les vingt-quatre heures en tout cas. Si vous ajoutez à cela les 10 à 12 couches, qu'un nouveau-né salit chaque jour, vous jugerez avec nous qu'il est inutile de compliquer le blanchissage par des dentelles, des broderies qui rendent toujours le repassage plus long et plus minutieux.

Peut-on sans inconvénient ajouter à la fréquence des blanchissages, qui est déjà un luxe, mais un luxe *essentiel* celui-là, l'élégance des garnitures? On enjolivera l'encolure et le bas des manches des petites chemises d'une valenciennes

d'un centimètre de ha[...] dents pointues irritan[...]

NOS DEUX PATRONS
KIMONO OU ROBE JAPONAISE POUR ROBE DE CHAMBRE

Nous prévenons nos lectrices que nos patrons découpés sont toujours encartés l'un dans l'autre pour éviter que les différentes pièces qui les composent ne s'égarent.

KIMONO OU ROBE JAPONAISE POUR ROBE DE CHAMBRE (fig. 2).

Quatre patrons : *Patron du Dos* (à prolonger). — *Patron du Devant portant le tracé d'une Moitié de la Manche.* — *Moitié du Revers.*

Cette robe de chambre étant d'une forme particulière, il est indispensable d'écrire au crayon sur les patrons les indications que nous allons donner; ces indications faciliteront l'assemblage, en expliquant les divers points de repère.

1° *Le patron du Devant* (coupe n° 1) est le plus grand des quatre patrons; la ligne GH, munie de *deux crans* est l'épaule; le contour HIJK, qu'avoisinent les deux trous de perforeuse I, et qui porte le *cran* J un peu au-dessous est la *couture du dessous de bras*; l'autre bord GMN, taillé légèrement en forme est le *milieu du devant*; il porte le cran M qui est un repère pour la pose du revers.

2° Le *patron du Dos* (coupe n° 2) doit être prolongé de 1 mètre sur son bord inférieur AB; coller sur cette ligne (coupe n° 3) une feuille de papier ayant 1 m. 10 de longueur et 30 centimètres de largeur; continuer les lignes CA et EB dans leur même direction à l'aide d'une règle plate; leur donner 1 mètre depuis A et depuis B; placer à l'extrémité les lettres F et L qu'on réunit par une ligne droite, indiquant le bord inférieur du dos; cette ligne doit avoir soit la même longueur que la ligne AB, soit la longueur AB plus 1 à 2 centimètres; la ligne DE munie de deux crans est l'*épaule*; la petite ligne qui descend un peu en courbe de D à C et qui porte un cran, est l'*encolure*; la ligne EBL donne *la couture du dessous de bras* dont le cran O correspond au cran J du devant et sert de repère pour l'assemblage; enfin la ligne CAF est le *milieu du dos*.

Cette robe n'a pas de couture sur l'épaule; il faut donc réunir par les lignes d'épaules, les patrons du dos et du devant (coupes n° 1 et 2) pour ne former qu'un seul patron semblable à la coupe n° 3. Les patrons, assemblés comme dans la coupe n° 3 représentent une moitié de la robe. Nous avons dû donner le patron en deux morceaux parce que nos feuilles de papier n'avaient pas la longueur voulue pour le tailler d'un seul morceau. On y supplée en collant les deux lignes de l'épaule HG du devant et DE du dos sur une feuille de papier placée en dessous et qui les maintient exactement juxtaposées; on

Fig. 2. — Kimono ou robe japonaise en soie brodée d'or et de soies de couleurs pour robe d'intérieur. (Avec patron découpé gratuit.)

Fig. 3. — Figures explicatives se rapportant à la coupe de nos patrons découpés gratuits.

AVIS. — En vente à la Librairie Hachette, [l]es trois parties de la *Méthode de Coupe de* [...] **1° Pour faire soi-même ses Robes, ses Manteaux; 2° Comment habiller nos Petites Filles; 3° Comment h[...]**

기모노와 재단도 『라 모드 플라티크LA MODE PRATIQUE』 1901년 8월 1일호.
"KIMONO, 실내 착용하는 일본옷"이라 쓰여 있다

오페라 『더 게이샤The Geisha』 악보 표지. 1903. 교토복식문화연구재단 소장
19세기 말부터 무대에 종종 기모노가 등장했다

크게 선전되어 인기를 얻었다. 미국에서는 시어즈Sears의 캐더로그에 기모노가 실렸다.(주8) 이것은 앞길의 좌우가 여유 있게 여며져 기모노의 느낌이 드는 무릎길이의 자켓이지만, 여유가 많다는 점과 여밈이 V자라는 점에 간신히 기모노와의 공통점을 찾을 수 있는 정도의 것이었다.

그러한 기모노의 인기를 더욱 부추기는 것은 오페라와 연극, 특히 1900년의 가와카미 사다얏코川上貞奴의 파리공연이었다. 19세기 말 서민의 중요한 오락 중 하나는 오페라와 연극이었다. 거기에 일본적인 의상의 디자인이 나타난 것은 1870년 파리의 괴테좌였던 것으로 보이는데, 이후 연이어 일본을 소재로 한 연극과 오페라가 상연되었다.

나중에 자세히 언급하겠지만, 사다얏코가 남편 가와카미 오토지로川上音二郎와 함께 파리에서 공연한 것은 1900년 7월이었다. 그녀의 미모와 아울러 훌륭하게 소화한 기모노의 아름다움은 파리를 매료시켰다. 그것이 어느 정도였는가에 관해서는 많은 기록이 있지만 패션과 직접 관련이 깊은 여성지에서도 이러한 사실을 확인할 수 있다.

사다얏코 인기를 표방해서 '기모노 사다얏코'를 상품화한 '오 미카도'라는 상점은 1903년경부터 『페미나Femina』에 종종 '기모노 사다얏코'의 광고를 내고 있다. 같은 즈음, 『피가로 모드Figaro mode』도 바바니상점의 '바바니의 로브 자포네즈'를 종종 게재하고 있다. 그것은 일본 기모노풍의 실내복 혹은 나가쥬반이라 해도 좋을 만한 것이었는데, 이를 상류층 부인이 착용하고 있는 사진을 통해서 가장 새롭고 엘레강스한 실내복으로 소개하면서 멋쟁이 여

바바니의 잡지 광고. 매호마다 유명여성을 모델로 해서 착용한 감상을 모델의 자필로 첨부하고 있다.『피가로 모드FIGARO MODE』 1905년. 문화여자대학 도서관. "바바니의 일본 실내복은 멋지고 착용감이 좋습니다"

성은 '바바니의 로브 자포네즈'를 입어야만 한다는 능숙한 광고였다.

기모노 착용이 시도되고 용인된 것은 사회적 제약이 약한 실내 혹은 가장의 무도회 등의 장에서였다. 만국박람회에서 살짝 엿본 적 있는 듯 한 이국의 의상은 구미의 화가들에 의해서 화면에 그려지게 되었고 무대에서 일본을 다룬 것이 연기되었을 때 등장인물에 의해서 착용되었다. 이렇게 해서 당시 유행의 자포니슴이라는 이국취미의 의복 '기모노'에 이국취미와 동시에 편안함, 개방성을 파악한 당시 구미의 여성들은 실내복으로 기모노를 도입해 나갔다.

이러한 경위는 현재 구미에서 'kimono'라는 말이 그 첫 번째 뜻으로는 물론 본래의 기모노, 혹은 프랑스 백과사전 『라르스』에서처럼 '유도복, 가라테의 복장'이라는 것을 의미하지만, 두 번째 의미이자 가장 일반적으로 침투해 있는 '기모노를 떠올리는 일종의 실내복을 기모노라 하는' 의미를 만들었다. 서양인들에게 기모노는 바로 실내복으로 연상되는 것이다. 더욱이 세 번째 의미로 '기모노 소매'라는 용법도 현재 널리 정착되어 있다. 기모노는 직선적인 재단으로 소매 아랫부분이 상당히 낮은데 구미의 소매와는 다른 이러한 재단에 의한 것을 기모노 소매라고 한다. 이처럼 직접적으로 패션에 관련되는 용법은 언제쯤부터 정착되었는가. 그 원인이 되었던 20세기 초의 패션에 있어서 자포니슴의 유행은 이제까지도 알려져 있지만, 이러한 점에 관해서 조금 더 자세하게 살펴보고 싶다. ✲

제 5 장

리용의 견직물 디자인과 자포니슴

리용의 견직물 디자인과 자포니슴

워스Worth

일본적인 것 혹은 기모노가 일부의 화가들에게 열렬한 지지를 받았으며 여성들에게는 실내복으로 착용되었음에도 불구하고 좀처럼 패션에 영향을 미치지는 않았다. 곧 20세기가 시작되려고 하는 시점에 패션의 개념이 크게 바뀌려고 했지만 이 시점에 아직 일반적으로는 기모노라는 형태의 의복은 너무나 먼 존재였다. 그러나 19세기 후반의 유럽에서 광범위한 장르에 걸쳐 고조된 새로운 움직임이었던 '자포니슴'을 디자이너들이 간과했을 리 없었다.

패션 속에 일본적인 것의 이미지가 나타난 것은 1867년의 파리 만국박람회 후 여성잡지에 '일본풍'이라고 표현했던 것과 가장假裝 의상의 소개가 아마도 최초의 것으로 보인다.

쉐노가 일본풍의 유행에 관해서 언급하고 있다는 사실은 앞서도 언급했지만(제2장), 그가 말하는 유행으로서의 구체적인 보급이 어떠한 것이었는가는 확인되지 않고 있다. 어쩌면 앞에서도 언급한 바와 같이 쉐노는 버슬에 의해서 둔부가 특징적인 당시 유행하는 실루엣과 일본의 오비 착장과의 관계를 지적하고 싶었던 것은 아닐까 하는 생각도 든다.

패션과 자포니슴의 설득력 있는 관계는 1880년대부터 직물 디자인에 나타난다. 특히 파리의 오트쿠튀르의 소재를 거의 독점적으로 공급하고 있던 리용의 견직물은 일본의 견직물 디자인의 영향을 분명히 나타낸다. 리용에서 자포니슴의 직물은 나중에 자세하게 언급하게 될 찰스 프레데릭 워스Charles Frederick Worth과 에밀 팽가Emile Pingat(주1) 등 파리 디자이너의 손을 거쳐 구미의 유행으로 보급되었다. 즉 19세기 말까지의 경우 유럽의 의복 형태를 그대로 한 채 직물의 모티브를 일본적인 것으로 도입함으로써 자포니슴이 등장하게 된 것이다.

특히 유행에 민감했던 워스가 자포니슴의 움직임에 예사롭지 않은 관심을 갖고 있었던 것이 아닐까 하고 필자가 생각하게 된 것은 교토복식문화연구재단이 소장하고 있던 몇 점의 예를 통해서였다. 워스의 경우, 리용에서 생산된 일본적인 모티브를 표현한 직물을 사용했을 뿐 아니라 자수처럼 쉽게 모티브의 표현이 가능한 방법으로 1890년대 일본적인 경향이 나타나는 흥미로운 작품을 제작했다. 같은 재단이 소장하고 있는 1893년경 제작된 워스의 드레스는

워스. 롱 비지트(부분). 1890년. 교토복식문화연구재단. 촬영 : 히로카와 야스시.
캐시미어에 투구, 부채, 나비 등의 일본적 모티브가 아플리케 되어 있다.

고소데 히이나가타小袖雛形 『진색문양 교토풍속 히이나가타珍色模様都風俗雛形』
(마쓰오카 노부사다松岡信貞 편 1903)

스커트 전면에 펄과 비즈로 아침 해가 돋는 듯이 자수된 모티브가 아르누보 시기의 독특한 구조인 아래부터 솟아오르는 구조를 띠고 있다. 이러한 실루엣은 당시 유행했던 전형적인 서양복 그 자체에 모티브가 비대칭적으로 표현되어 있는데, 비대칭성은 자포니슴 표현의 큰 특징이라 일컬어지는 것이다. 또 같은 재단이 소장하고 있는 1890년대경 제작된 캐시미어 롱비지트에는 명확하게 일본의 모티브–투구, 부채, 나비, 벚꽃 등–가 아플리케 되어 있다. 그런데 가슴부분에 배치된 투구는 똑바로 놓여있지 않고 눕혀진 모양인데 일본에서는 이러한 배치는 있을 수 없기 때문에 필자는 오히려 뜻밖에 신선함을 느꼈다.

더욱이 이상의 두 예에 공통적으로 나타나는 것이 평면적 의복구조의 기모노에는 극히 일상적으로 확인되는 '*에바絵羽' 라고 하는 기법이다. 이는 의복을 하나의 화폭에 비유해서 디자인 한다는 점에서 흥미롭다. 왜냐하면, 의복구성이 입체로 취급되는 서구의 의복에서는 의복을 화폭으로 비유한 예는 이전의 서구의복에는 거의 찾아볼 수 없는 것이기 때문이다. 기모노 디자인 견본집인 *히이나가타雛形도 또 많은 서구의 미술관과 도서관에 일찍부터 소장되었다. 이러한 사실로부터 워스의 예도 '히이나가타' 와 밀접한 관계에 있다고 미루어 짐작할 수 있다. 파리 제일의 메종이었던 워스는 그밖에도 자포니슴에 깊은 관심을 보인 예가 확인되었다. 그에 의해서 자포니슴은 파리 모드로 수용되었다.

에바(絵羽)
화복(和服)의 길에서 소매까지 연속되는 큰 문양을 만들 때 접합 부분에서 문양이 어긋나지 않도록 가봉한 다음 염색하거나 자수를 하는 것을 말함. 이러한 기법이 언제부터 시작되었는지에 관한 명확한 기록은 없지만, 회화풍의 큰 문양을 염색하면서 비롯되었다고 일컬어짐.

히이나가타(雛形)
실물을 작게 축소한 모형 혹은 견본. 주로 기모노의 문양에 많이 사용되었음.

오트쿠튀르의 성립

현재 패션의 중심지가 파리라는 것은 자타가 인정하는 사실이다. 이 도시가 창조적인 패션의 중심지로서 알려지게 된 것은 이미 루이 14세의 시기였다. 이어 1789년에 일어난 프랑스혁명은 사회와 패션의 시스템을 근대화시켜 나가게 되는데, 패션의 중심지로서의 절대적인 지위를 확고히 하기 위해서 파리가 필요로 했던 19세기의 사회에 부합된 시스템을 확보한 것이 영국인 찰스 프레데릭 워스였다. 근대적인 시스템이란 거의 한 세기에 걸쳐서 구미사회의 패션을 견인해 나가는 오트쿠튀르와 그 뒤를 이은 프레타포르테에 계승된 프랑스 독자적인 패션 조직이다.

워스는 1825년 영국의 링컨셔Lincolnshire에서 하급 변호사의 집안에서 태어났다. 1838년 런던에 와서 견습 기간을 거친 후 파리로 건너갔다. 1847년경이었다. 파리에서 당시 대유행했던 캐시미어 숄과 기성품 코트, 여성복 직물을 전문으로 취급해서 파리에서 가장 큰 상점의 하나였던 리슈리에Richelieu 거리의 가즐랭 앤 오피게즈Gagelin-Opigez 상점(주2)에 근무했다. 이 상점의 1850년대 초 만들어진 여성부문에서 그는 드레스를 제작했던 것으로 보인다.

워스는 1857년에 독립해 스웨덴인 투자가 보베르Bobergh와 공동경영의 형태로 드 라 페de la Paix 7번지에 가게를 갖게 되었다.

그 후 나폴레옹 3세의 비 유지니 황비의 디자이너가 된 워스는 비의 의상을 디자인 하고 그때까지는 익명의 직인이었던 디자이너의 이름을 작품에 기록했다. 또 처음으로 드레스를 팔기 위한 이미지 전략을 세워 계절마다 작품의 컬렉션을 전시했는데 이는 현재 오트쿠튀르의 기초가 되었다.

1855년 제국을 선언하고 나폴레옹 3세가 된 루이 나폴레옹 보나파르트(1808-73)는 숙부인 나폴레옹 1세로부터 많은 것을 배우고자 파리가 의식의 도시이며 궁정생활의 중심이 되어야 한다고 생각했다. 제2제정시대(1852-1870)의 프랑스는 비교적 오랜 평화를 향수한 시대였다. 파리는 전 유럽의 왕후·귀족과 정치가를 매료시켰을 뿐 아니라, 만국박람회를 계기로 이어진 철도와 1840년에 개설된 대서양정기항로에 의해서 유럽의 관광객과 신대륙의 신흥부자들도 매료시키는 '유럽의 중심'이었다. 구불구불한 좁은 길이 오물로 더럽혀져 있었던 파리는 1853년부터 시작된 오스만 남작의 파리개조사업에 의해서 하수도가 갖추어진 정결하고 단정한 근대도시로 다시 태어났다. 정연히 정비된 대거리에는 가스등이 늘어서고 호화로운 사륜마차가 달리고 있었다.

새로운 황제인 나폴레옹 3세와 1853년에 결혼해 황비가 된 유제니(1826-1920)는 이러한 시대의 주역이 되는 데 충분한 '사치 애호가'였다. 쓰러져 가던 튈르리Tuileries 궁전은 화려함을 회복하고 다시 파리 사교계의 중심이 되었다.

이러한 장소에 신구의 귀족들에 더해져 새롭게 사교계에 등장한 것은 시민계급 출신의 신흥부호였다. 시민계급과 성숙한 산업혁명에 의한 새로운 사회가 만들어낸 새로운 성공자인 '신흥부자'의 취향을 반영했다. 제2제정이라고 하는 시대는 독특한 호화로움을 선호했다.

또 이즈음 교통의 발전으로 사람들의 행동범위는 놀랍게 확대되어 있었다. 신흥시민계급도 잠재적인 구매의욕과 능력을 갖게 되었다. 패션은 이전보다도 광범위하게 강력한 영향을 미치게 되어 일반 사람들도 그 시대의 유행을 쫓게 되었다. 그때까지는 보통 사람들은 옷을 구입할 때 맞추던가 그렇지 않으면 구제품을 입을 수밖에 없었지만, 이제는 기성품을 착용할 수 있게 되었다. 선택이 다양화 되고 사람들의 의생활은 급격하게 풍부해졌다. 그에 따라서 의복의 가격은 내려가고 생산고는 증대되었다.

의복의 재단은 중세 이래의 길드(동업자조합)에 의해서 맞춤복 전문점의 일이라고 정해져 있었지만, 맞춤복 전문점은 프랑스 혁명에 의해서 붕괴되고 1791년 동업자조합이 폐지되었다. 그 후 맞춤복 전문점이 직물을 구입해 고객에게 제시할 수 있게 되었고, 맞춤복 전문점의 판매 재고를 구제품 상점이 구매해 판매했다. 또 혁명 전에는 의복을 착용하는 데도 규칙이 정해져 있었지만, 이것도 혁명에 의해서 철폐되어 '의복을 착용하는 것'은 19세기가 되어 자유로워졌다. 1820년경부터 기성복이 판매되기 시작해 기성복 'confection'이라는 말은 값싸고 질이 나쁜 의복의 대명사가 되어 있었지만, 그래도 하급계급에게는 의생활 향상으로 이어졌다. 40년대에는 기성복은 맞춤복 업계를 위협할 정도가 되었으며, 이는 나중에 새로운 계급사회의 욕망을 충족시키기 위한 고급맞춤복 즉 '오트쿠튀르'라고 하는 새로운 분야를 탄생시켰다.

또 이러한 상황에 의해서 필요해진 것은 새로운 구매의

장소였다. 1872년 봉마르쉐Bon Marche 백화점이 개점되면서 사람들의 새로운 구매의욕을 자극하는 백화점이 연이어 개점되었고 이에 따라서 그때까지의 구매형태는 크게 변화되었다. 인쇄기술의 비약적인 진보는 신문과 잡지라는 전달 매체의 가격을 내려 1830년경부터 모드 잡지도 포함해 잡지가 연이어 창간되어 19세기부터 오늘날에 이르기까지 패션에 있어서 중요한 역할을 담당하게 되었다. 사람들의 구매의욕을 자극하는 광고의 중요성이 크게 부각된 것은 당연한 경과였다고 할 수 있다.

1859년 말 오스트리아의 외교관 부인으로 파리에 온 폴린 메테르니히Pauline Metternich 공비는 '파리사람 이상으로 파리사람'이라 불릴 정도로 센스가 있어서 그녀가 착용하는 것은 제2제정 궁정의 주목의 대상이었다. 워스의 고객이 된 그녀가 입는 새로운 워스의 드레스는 강력한 광고효과를 갖았다. 워스는 그녀를 통해서 유지니 황비의 디자이너가 되고 순식간에 파리 제일의 인기 디자이너가 되었다. 프랑스 황비 이외에도 스웨덴과 노르웨이 왕비, 러시아 귀족, 미국의 대부호 부인 등이 워스의 고객명부에 이름을 올렸다. 19세기 후반부터 20세기 초에 걸쳐서 '메종 워스'의 명성은 파리에서 가장 품격 있는 오트쿠튀르 메종으로 세계에 퍼져 나갔다.

워스를 필두로 해서 파리의 메종 드 쿠튀르 쉽게 말하면 양복점이 코르셋으로 허리를 졸라 스커트를 부풀린 드레스를 제작하는 데 사용한 것은 견직물이었는데 주로 리용의 견직물이 사용되었다.

일본적 모티브의 드레스

일본적 디자인의 견직물로 실제로 제작되어 착용된 당시의 드레스는 어떠한 것이었을까. 세계 각국의 주요 미술관에 적잖이 현존하고 있는 이들 드레스는 서구의 재단법으로 제작된 당시 유행하던 실루엣의 드레스와 코트로, 사용된 직물에만 '일본풍'의 영향을 확인할 수 있다. 일반적으로 이문화가 수용되어 가는 과정에서 최초로 모방된 것은 모티브였는데 패션의 경우에도 예외는 아니었다.

몇몇 예를 들어보자. 파리시립의상미술관에 소장된 1890~92년경의 비지트는 크림색의 견 새틴의 바탕에 벨벳Velvet으로 국화를 직조한 직물로 제작된 것이다. 높은 깃과 부풀린 소매산이 특징적인 당시의 대표적인 실루엣에 펄과 견사로 된 장식 끈이 붙어서 호화로움을 더하고 있다.

또 보스톤미술관에 소장된 1901~04년경 프랑스에서 제작된 오페라 코트의 모티브는 다테와쿠立涌에 국화문양을 배치한 듯 한 것이다. 그러나 국화와 다테와쿠는 리본으로 나타나 있다. 이 견직물도 아마 리용에서 제작되었다고 짐작된다. 같은 미술관 소장의 1900년경 드레스는 미국에서 제작된 것이라고 하는데 비대칭적으로 배치된 국화문양의 견직물은 아마도 리용에서 생산된 것이라 짐작된다.

뉴욕주립패션공학대학에 소장된 비지트는 제비와 나비 문양의 벨벳 제품인데, 리용역사염직미술관에서 근무했던 클레망텔Clementel 씨의 견해에 의하면, 이 직물은 리용에서 제작된 전형적인 카트 벨벳이라고 한다. 이 작품에 부착되

파리 만국박람회의 구경꾼들. 『파리 만국박람회L' EXPOSITION DE PARIS』 1889.

워스 (?) 의 비지트. 19세기 말. 뉴욕주립패션공학대학.
리옹에서 제작된 벨벳에 새와 나비 문양이 직조되어 있다.

어 있던 레벨은 없어졌지만, 워스의 연구가인 휴스톤미술관의 앤 콜만Ann Coleman 씨의 견해에 의하면 정교한 제작상의 특징으로 볼 때 아마도 19세기 말 워스의 작품이라는 점은 거의 틀림없다고 한다. 나비와 제비를 한 쌍으로 구성하는 것은 일본의 문양 가운데서도 '접연문蝶燕文'이라 불렸다.

그 밖에 교토복식문화연구재단에 소장된 1880년대 드레스의 트레인 부분에 사용된 견직물은 리용역사염직미술관에 소장되어 있는 일본의 견직물과 유사하며, 『예술의 일본』(1890년 4월 24일호)에도 공예도안으로 게재되어 있는 일본의 것과도 유사하다. *조분사이 에이시鳥文齋榮之의 『청루의 게이샤 선집青樓芸者撰』 가운데 이쓰토미いつとみ가 이와 매우 유사한 파초 문양의 오비를 매고 있다. 이는 마쓰카타 컬렉션의 일부로, 1919년에 *마쓰카타 고지로松方幸次郎가 앙리 베베르Henri Vevert에게 구입해 현재 도쿄국립박물관이 소장하고 있다. 모티브가 유사하고 둘 다 오비와 트레인 등 뒷부분에 사용되었다는 데 흥미를 자아낸다. 다른 장르에 나타난 바와 같이 어쩌면 그 이상으로 파리 모드는 일본의 디자인에 큰 관심을 갖고 있었는지 모른다.

조분사이 에이시(鳥文齋榮之, 1756—1829) 에도 중기에서 후기의 우키요에 화가.

마쓰카타 고지로(松方幸次郎, 1865-1950) 실업가. 가와사키 조선(川崎造船) 마쓰카타 일소석유(松方日ソ石油)의 사장을 역임했음. 주로 제1차 세계대전의 기간 중에 유럽에서 미술품을 수집하였는데 그 중 8000점을 넘는 우키요에는 도쿄국립박물관에 소장되어 있으며 서양화와 조각은 국립서양미술관에 소장되어 있음.

리용과 뮐루즈Mulhouse

최근 미식美食의 도시로 알려진 리용은 파리에서 TGV로 2시간 정도 남쪽으로 내려간 프랑스 남동부에 위치하고 있다. 이 도시는 15세기 이후 프랑스 직물생산 중심지였을 뿐 아니라 세계 직물생산의 중심지로 잘 알려져 왔다. 패션을 지탱한 것은 파리와 함께 리용이었다고 해도 크게 과장이 아닐 것이다.

19세기 중반, 제2제정 하에서 탄생한 오트쿠튀르와 함께 리용의 견직물은 세계에 그 이름을 떨쳤다. 1870년대가 되어 세계적 불황의 여파로 리용의 직물업계도 불안정한 상태에 빠져 있었다. 20년에 걸친 불황에서 겨우 벗어날 수 있었던 계기가 된 것은 1889년에 파리에서 개최된 만국박람회였다. 이 때 출전된 견직물에는 불황을 극복하기 위해서 최신 기술과 예술성으로 회복하고자 하는 리용의 텍스타일 디자이너들의 의지가 느껴진다. 그들은 당시 미술계에서 유행하고 있던 최신 경향의 '자포니슴'에 착안했다. 교토에서 직물기술 습득을 목적으로 견습생 3명이 1872년 리용으로 건너갔다. 그들이 리용의 동업자에게 어떠한 영향을 미쳤을 가능성이 있는 것일까.

이보다도 앞선 시기의 작품, 예를 들어 제2제정시대(1852-70)에 제작된 직물 가운데도 '일본'을 느끼게 하는 디자인이 제작되었다. 그러나 이즈음의 것은 철도와 항로의 개설로 용이해진 여행과 사진 복제에 의해서 알려지게 된 아랍과 인도, 중국 그리고 일본 등을 포함한 이국취미적인 모티브 표현이라 할 수 있는 것이다. 더욱이 그 이전 18세기의 로코코시대에 이국취미가 유행했을 때 그 가운데는 중국에 섞여서 일본의 것도 나타난다. 예를 들어 교토복식문화연구재단이 소장하고 있는 1780년경의 드레스에 사용된 견 태피터에는 다소 변형되어 있기는 하지만

마 잎 문양의 일본수출용 울 모슬린. 뮐즈염색미술관.
일본의 가타가미 도안을 모방했다.

*도리이鳥居, *구마데熊手, 바다거북海亀 등의 모티브가 확인된다. 그러나 당시 유럽에서는 중국과 일본의 구별이 거의 없었으며 극동의 이국땅으로 포괄적으로 인식되었다.

따라서 리용의 견직물에 일본적 모티브가 본격적으로 등장하는 것은 1880년대부터라고 결론지을 수 있겠다. 다른 장르에서는 초기에 수용되는 것은 모티브이며 그 다음에 기법이 도입된다고 지적되고 있는데, 직물 특히 견직물을 사용한 19세기의 패션에서는 모티브의 표현이 어떻게 하면 가능했는가 하는 기법의 해명이 필요하다.

17~18세기의 인도 사라사, 19세기에는 인도의 캐시미아 숄이 유럽 각 지역에서 크게 유행했다. 이 때 유럽의 염직

도리이(鳥居)
신사(神社) 입구에 세운 두 기둥의 문.

구마데(熊手)
갈퀴. 복을 긁어모은다 해서 길상으로 여겨 회화나 각종 도안의 문양에 많이 나타남.

기술은 이들에 자극을 받아 비약적인 발전을 보였다. 인도 사라사는 유럽에 프린트 산업을 성장시켰다. 캐시미아 숄의 복잡하고 높은 수준의 수직 기술은 인도에서 행해진 것과는 전혀 다른 방식으로 이루어졌는데, 이는 마침 그 즈음 유럽에서 발전 도상에 있었던 기계생산으로 치환되어 독자적인 높은 수준의 기술을 만들어 냈다.

19세기 말에도 일본의 대표적인 모티브와 염직기술은 프랑스의 기술에 의해서 치환되어 표현되었다. 일본적인 염직이 구체적으로 도입된 것은 *가타가미型紙에 의한 염색과 견직물이었다. 가타가미에 의한 염색은 프린트로 비교적 쉽게 모방할 수 있는 표현이며 또한 상품가격이 저렴해 일반적으로 수용되기 쉬웠다. 생산지는 뮐루즈, 니스였다. 또한 견직물의 생산지는 리용이었다.

가타가미(型紙)
틀염색(型染)의 일종인 가타조메에서 문양을 찍어내기 위해 두꺼운 종이에 문양을 파내 만든 종이 틀로 고몽(小紋)·가타유젠(型友禅)·빈가타(紅型)에 사용됨.

1860년대 초에 프랑스 알자스 지방의 뮐루즈에서는 이미 일본취미 혹은 일본의 가타가미를 모방한 프린트 직물이 제작되고 있었다. 이는 뮐루즈의 프린트 업자가 일본시장용으로 제작한 것으로 *가타조메型染를 모방한 프린트 울 모슬린이었다. 현존하는 것을 보면 얇은 울 모슬린에 산앵두나무小梅 등의 일본적인 모티브가 프린트 되어 있다. 그 대개가 빨간색이며 자주도 있었다. 일본시장용이라 하면 일상의 여성용 속옷 예를 들어 쥬반襦袢 등에 사용되었을까. 과거 일본에서 '모스'라 불린 일상용 의료 직물이 사용되었는데, 그것과 매우 비슷하다. 뮐루즈의 업자는 일찍부터 시장을 확대하기 위해서 열심이었던 것 같다. 니스와 뮐루즈미술관의 큐레이터에 의하면, 뮐루즈 혹은 니스의 울은

가타조메(型染)
일본의 전통적 염색 기술로 날염(捺染) 중 하나. 나무틀이나 종이 등을 사용해서 염료와 호료 등의 방염제를 천이나 종이에 칠해 염색하는 기법.

에도시대부터 이미 일본에 수출되었다고 한다. 뮐루즈에는 1900년경의 유행이라 생각되는 셔츠용 목면의 샘플에 일본적인 모티브(기모노를 입은 일본 여성, 부채, 제비 등등) 등 가타가미를 모방한 디자인이 소장되어 있는데 그 모티브의 발상원이 가타가미, 지요가미千代紙 등에 관련된 것이라는 사실은 흥미롭다.

이처럼 일본풍 모티브가 나타난 것은 프린트 산업의 중심지인 뮐루즈가 리옹보다도 일렀다. 1863년에는 이미 티에리 미그Thierry-Mieg 공방이 일본에서 전통적으로 행해져 온 교염을 틀염색으로 모방한 모슬린을 제조한 것을 비롯해서, 슈타인바흐 케클랭Steinbach Koechlin 등에서도 일본풍 모티브의 모슬린이 제조되었다.(주3) 그러나 이들은 일본에 계발되었다고 하기보다 당시부터 시장 확대에 열심이었던 업자가 일본시장용의 수출품으로 만든 것으로 보인다.(주4) 1876~77년이 되면, 슈타인바흐 케클랭은 유럽시장에 판매하기 위해서 사무라이와 게이샤 문양을 낸 실내장식용 프린트 직물을 제조했다. 이 문양은 뮐루즈의 공업 디자인학교 도서관에 소장되어 있는 책과 루이 쇼엔오프트Rouis Schoenhaupt 등의 텍스타일 디자이너가 소유한 일본판화 등을 참고해서 만들어졌다.(주5) 프랭클린 광장에 있었던 상점 디트랑Dietlin의 1888년 광고에는 일본의 공예품이 판매되고 있었던 사실이 기재되어 있다. 또 당시 디자인의 밑그림 속에는 일본의 판화 등을 모방해서 한자까지 그려진 것이 현존하고 있다.(주6) 뮐루즈에서 제작된 일본풍 프린트 직물은 리옹보다도 빠른 시기에 등장하지만, 19세기 후반 패션의 중심적인 소재는 견직물이었기 때문에 이처럼 이른 시기에 제작된 일본풍의 직물은 패션으로 나타나지는 않았다. 어쩌면 있었는지도 모르겠지만 유감스럽게 이를 증명할 예는 발견할 수 없었다.

직물 디자인의 자포니슴

리용의 직물에 나타나는 '일본'이란 구체적으로 어떠한 것이었을까.

표면적인 표현이라는 점에서 일반적으로 직물과 가까운 관계에 있는 회화에 있어서 자포니슴이라 일컬어지는 표현은 평면적인 구조의 발견, 자연 묘사의 시점 차이, 계절감, 윤곽선의 감각, 세부의 강조, 색채의 풍부함, 구조의 비대칭성 그리고 대상물을 부분으로 잘라내는 등의 문제이다. 직물에서도 특히 자연에 대한 묘사의 차이, 색채의 풍부함, 구조의 비대칭성 등 마찬가지의 특징이 나타난다. 일본적 모티브를 갖는 직물은 특히 산업과 창작의 발로가 되었던 1889년, 1894년, 1900년 만국박람회에 리용의 많은 직물업자가 경쟁적으로 출전했는데, 이들의 대개는 리용역사염직미술관에 현존하고 있다. 이 미술관 자료를 중심으로 구체적인 예를 살펴보겠다.

• 자연주의적 측면

일본의 미술공예품이 갖고 있던 자연주의적 시선은 서구 사람들에게 자연을 다시 바라보게 하는 계기를 제공했다. 유럽에서도 식물은 오래 전부터 염직품 모티브로 빈번하게 사용되어 왔다. 그러나 자연에 대한 양자의 시선은 같은 것이 아니었다. 예를 들어, 일본에서 자주 사용되는 벼나 대나무 등의 벼과식물이 유럽에서 주역으로 등장한 적은 없었다. 이름도 없는 이러한 풀이 주역이라 할 수 있는 장미와 거의 동격으로 사용되는 것은 1889년의 만국박람회에 베로Béraud et Cie가 출품한 '나팔꽃과 벼 다발'에서 인상적인 예를 확인할 수 있다. 아이보리색의 견 새틴 직물에 나팔꽃과 벼과식물의 다발이 직조되었다. 올라니에 프뤼티 데쉐르Ollagnier Fructus et Descher가 1900년 만국박람회에 출전한 '벼과식물과 들꽃'은 아이보리 견 새틴 직물에 시네chiné로 벼과식물과 들꽃이 직조되어 있다.

국화, 벚꽃, 매화 등 일본을 연상시키는 직물은 그렇다 하더라도 벼과식물을 곧 바로 일본적이라고 단언하는 것은 피해야 하겠지만, 당시 출판된 『일본의 장식 디자인 입문』(주7)에 게재된 대나무 몇 종류의 그림과 『예술의 일본』에 게재된 벼과식물의 습작, 갈대를 그린 '들꽃' 등은 일본의 공예도안으로 소개되어 있다.

더욱이 일본의 공예품 수출을 목적으로 1873년에 설립된 기리쓰 공상회사의 공예도안 가운데도 이러한 모티브가 종종 등장하고 있어 세계 각지에서 개최된 만국박람회에 출전되어 많은 사람들의 눈에 비추어졌음을 짐작케 한다.

종래의 유럽에서 공예도안으로는 거의 쳐다보지도 않았던 이러한 모티브가 각광을 받으며 '일본'에 이미지를 중첩시키면서 사용되었다. 창포와 패랭이꽃, 백합 등 일본 회화와 판화, 가타가미 등이 자주 다룬 식물을 『일본의 장식 디자인 입문』, 『예술의 일본』, 『미술과 산업을 위한 소묘집』(주8) 등에서 많이 확인할 수 있다는 사실도 지적해 두어야겠다.

1900년 파리 만국박람회에 출전된 퐁세Poncet의 '꽃 피는 사과나무'는 엷은 회색 견 새틴 직물에 꽃이 피는 사과나무의 가지가 직조되어 있다. 이를 보면 우키요에에 경도되었던 고호의《꽃 피는 아몬드나무》가 오버랩 되어 있다. 고호 작품의 발상원이 일본의 우키요에라는 사실에 관해서

벼과 식물의 습작. 샤뮤엘 빙의 『예술의 일본』(1888년 5월, 1호)에 게재된 일본의 모티브.

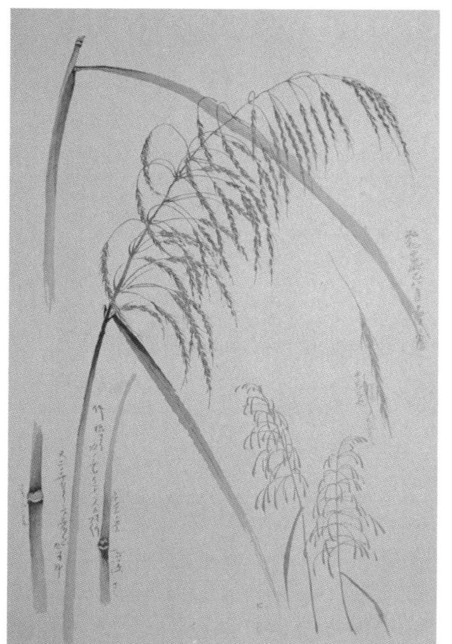

커틀러Culter의 『일본의 장식 디자인 입문』(1880)에 게재된 일본의 모티브.

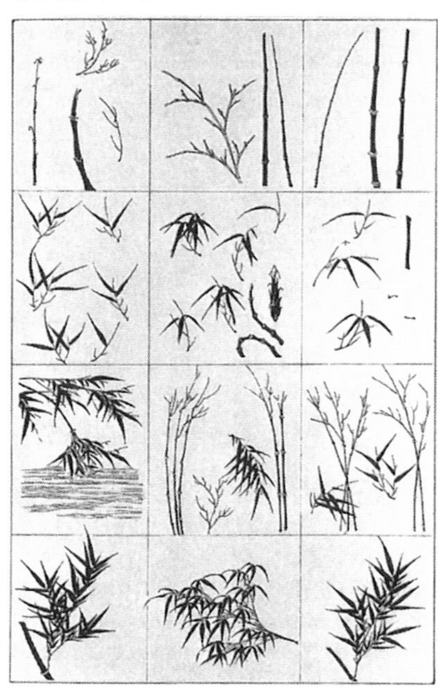

'꽃 피는 사과나무'
1900년 파리 만국박람회에 출전된 퐁세 제품.
리용역사염직미술관.

고호 《꽃 피는 아몬드나무》 1890년. 암스텔담 빈센트반고호미술관.

는 많은 연구가 있지만,(주9) 지금이 한창 때라는 듯이 꽃이 흐드러지게 피어 있는 가지는 그 일부만이 대담하게 화면 위에 절취되어 있다. 퐁세의 사과나무 가지도 생생하게 꽃이 피어 있어 고호의 작품과의 밀접한 관련을 느끼지 않을 수 없다. 아몬드 꽃, 사과 꽃은 모두가 벚꽃으로 우리의 연상을 증폭시킨다.

• 모티브

아몬드 꽃과 사과 꽃은 분명히 벚꽃이 아니다. 그러나 일본을 직접적으로 연상시키는 모티브도 많이 사용되었다. 국화는 이즈음 모티브로 빈번하게 사용되었다. 1889년 만국박람회에 출전된 비앙키니 페리에Bianchini et Férie의 '국화'는 갈색 견 새틴 직물에 국화가 직조되어 있다. 같은 해의 만국박람회에 출전된 브뤼네 르콩트 모아즈Brunet-Lecomte, Moïse et Cie의 '국화'는 흰 견 새틴 직물에 국화가 직조되어 있다. A. 스톡A. Stock과 H. 마틴H. Martin은 『1889년 만국박람회에서의 리용』에서 이 직물은 '매우 일본적인 취미이다'라고 평하고 있다.

서구에서는 '국화'라고 하면 곧 바로 일본을 연상시키는 모티브였다. 1873년에 개최된 빈 만국박람회의 일본관에서는 국화문장이 전시되었으며 마지막 날 밤에는 정원에 국화가 장식되었다. 국화의 묘종이 서구에 유입된 것은 1878년 파리 만국박람회 때 사무총장 격이었던 *마에다 마사나前田正名가 국화 묘종을 지참했던(주10) 것이 계기가 되었다. 유럽에도 국화가 없었던 것은 아니었지만, 이는 들국화의 종

마에다 마사나
(前田正名, 1850-1921)
메이지(明治) 시대의 관료이자 농업 정책가.

들꽃. 사뮤엘 빙의 『예술의 일본』(1888년 7월, 3호)에 게재된 일본의 모티브.

국화. 1889년.
만국박람회에 출전된 비앙키니 페리에 제품.
리용역사염직미술관.

류였다. 일본의 국화는 그들이 본 적 없는 화려한 큰 꽃송이와 섬세하고 복잡한 꽃잎과 색을 갖고 있었다. 사람들은 일본의 국화에 빠져 유럽에서는 '국화=일본'이라는 이미지가 형성되어 갔다. 1889년에 피에르 로티Pierre Loti의 『국화부인お菊さん』이 출판되자 구미에서 널리 읽혀 국화와 일본의 관계를 더욱 강화시켰다.

모티브는 식물에 그치지 않았다. 예를 들어 『혹사이 만화北斎漫画』에도 빈번하게 등장하는 제비나 참새 등도 일본풍 모티브로 인식되었다. 판화가 아베르 디스Habert-Dys의 장식화집인 『장식의 판타지』(주11)는 당시 유행했던 자포니슴의 영향을 받았는데, 수록된 47장의 플레이트에는 제비를 비롯해 학과 잉어 등이 도안화되어 있다. 1894년 리용 만국박람회에 출전한 클로드 조셉 보네Claude Joseph Bonnet의 '제비'는 모스그린moss green 견 새틴에 해변을 날아오르는 제비와 바위에 부딪히는 파도가 직조되어 있다. 이 직물은 오트쿠튀르의 디자이너인 비오네를 위해서 제작되었는데, 이를 사용한 이브닝코트의 디자인화가 현존하고 있다.

• 비대칭성

모티브가 일본적인가 아닌가와 상관없이 그때까지의 유럽 디자인에는 흔하지 않았던 일본의 회화나 디자인의 특징인 전체 구조의 비대칭성도 이즈음 직물 디자인에서 확인된다. 이는 개개의 모티브의 비대칭성과 전체적 균형의 비대칭성 중 어느 한쪽 혹은 양자 모두를 갖고 있다. 영국에서 일본의 모티브를 사용한 에드워드 윌리엄 고드윈은

아래의 직물을 사용한 워스의 코트.
1894년 만국 박람회를 위해서 리용직물협회가 발행한
칼라 팸플릿. 파리장식미술관 도서실.

'제비의 장식도안'
<장식의 판타지>(1886)
교토복식문화연구재단.

제비. 1894년.
만국 박람회에 출전된 클로드 조셉 보네 제품.
워스를 위해 제작. 리용역사염직미술관.

마(間)
P.235 저자의 설명 참조 바람.

'조밀한 부분과 공백의 부분을 미적으로 배치함으로써 일본을 표현했다'(주12)고 말하는 것처럼, 마치 일본적인 '*마間'를 느끼게 하는 듯한 비대칭성과 불균형은 일본의 이미지로 이해되었다. 그 예로 슈르츠가 1889년 만국박람회에 출전한 작품인 '난의 일출'은 아이보리의 견 새틴 직물에 다양한 색의 난꽃이 직조되어 있다. 모티브는 서양의 꽃이지만 구조는 어딘가 일출을 떠올린다. 프랑스어 'Soleil Orchides'라는 타이틀도 프랑스에서 '해가 뜨는 나라Soleil Levant'라 불렸던 일본을 기조로 하고 있는 것은 아닐까.

• 색채의 명쾌성

검정 바탕의 드레스는 확실히 이전부터 존재했다. 그러나 이즈음 유행했던 검정바탕에 화려한 색채를 배치하는 색의 대조 속에서 일본예술의 특성을 발견하는 것은 영국 빅토리아&알버트미술관의 린다 발리Lynda Bally(주13) 외에 많은 연구자들이다. 예를 들어 구르드Gourd et Cie는 검정 바탕의 견 새틴에 적색과 황색의 튜립을 배치한 '흔들리는 튜울립'을 89년 파리 만국박람회에 출전했다. 이는 검정색을 사용한 배색일 뿐 아니라 서구적인 튜울립이 움직임 있는 비대칭적인 다발로 묶여 좌우로 배치되었는데 좌우도 동일하지 않고 반전된 것도 아니다. 결과적으로 전체의 좌우비대칭적인 구조는 대담한 움직임을 나타낸다. 워스는 이 견직물로 유행하는 파리 모드를 대표하는 실루엣의 드레스를 제작했는데(1889) 이는 현재 미국의 브룩클린미술관에 소장되어 있다.

워스의 이브닝드레스. 1895 교토복식문화연구재단. 촬영: 리차드 호튼.
'일출' 을 연상시키는 모티브가 비대칭으로 배치되어 있다.

바슐라르Bachelard et Cie가 94년의 만국박람회에 출전한 '국화'는 검정 바탕에 국화 모티브, 모티브의 좌우비대칭이라는 점에서 지극히 일본적이다. 다시 워스가 이 견직물로 드레스를 디자인했던 사실이 전술한 견본 팸플릿에 의해서 확인되었다.

• 가타조메

함부르크, 드레스덴, 라이덴 박물관 등의 대규모 컬렉션을 비롯해서 유럽에 대량으로 건너간 일본의 틀염색용 가타가미도 염직품에 지대한 영향을 미쳤다. 앞서 뮐루즈의 예를 들었지만, 1903년 창설된 빈공방은 평면적인 가타가미의 디자인으로부터 코로만 모자, 요셉 호프만Josef Hoffmann 등에 의해서 독자적인 프린트 디자인을 발상했다. 1911년 빔머 비스그릴Wimmer Wisgrill은 빈공방에 패션부문을 독립시켰고, 1920년대 미술·공예 분야로부터 다고베르트 페셰Dagobert Peche, 막스 스니쉐크, 마리아 리카르츠, 에밀리 플뢰게Emilie Flöge 등 디자이너와 함께 '만인을 위한 예술'을 목표로 단순하고 참신한 패션을 만들었다. 빈공방은 프린트 직물을 많이 사용했는데, 프린트는 1920년대, 1930년대에 본격적인 패션 속에 등장했다.

20세기가 되자 패션은 큰 전환을 보였는데, 후술하는 바와 같이 그 전환기에 이질적인 발상을 갖는 기모노라고 하는 의상을 통해서 서구에서는 볼 수 없었던 평면적·비대칭적이며 넉넉하여 여유로운 의복 제작이 도입되어 갔다. 염직품에 대한 기호 경향도 극적으로 변화해 그때까지의 경

오른쪽 : 국화. 바슐라르 제품. 리옹역사직물미술관.
왼쪽 : 위의 직물을 사용한 워스의 드레스. 1894년 만국박람회를 위해서 리옹직물협회가 발행한 칼라 팸플릿. 파리장식미술관도서관.

직된 두꺼운 견 새틴과는 달리 아르데코가 선호한 기하학적인 디자인과 같은 계열로 마치 가사袈裟나 칠공예품을 연상시키는 듯 한 디자인을 지향하게 되었다.

• 발상원

이상과 같이 많은 자포니슴 견직물이 탄생되었다. 그 발상원이 된 것은 무엇이었을까. 생각할 수 있는 것은 다음과 같은 경우이다.

① 일본의 염직물. 실물을 직접 참조한 것과 일본의 염직물이 게재된 도판집을 참고로 한 것이 있다. 특히 실물을 참고로 한 경우, 디자인 뿐 아니라 기법에 있어서 발상의 전개도 적지 않았다. 리용은 이미 19세기 초기에 캐시미어 숄 제작에 있어서 디자인과 기법 모두에서 새로운 창조를 이끌어냈다.

② 일본의 염직품 이외의 미술·공예품. 이 경우, 평면성이라는 의미에서 가까운 관계에 있었던 우키요에와 회화뿐 아니라 전혀 질감이 다른 칠공예품, 도기, 자기 등에서도 발상을 얻었다.

두 경우 모두 당시 각지에서 개최된 만국박람회 외에 다양한 기회에 이들 품목을 텍스타일 디자이너와 쿠튀리에가 볼 수 있는 기회는 현실적으로 충분히 있었다. 이에 관해서 염직품 이외에는 이미 많은 연구가 있는데, 염직품에서는

리용역사염직미술관에 다음과 같은 일본의 염직품이 소장되어 있다.(주14)

1862년 레이보Raybaud가 464점 기증
1878년 만국박람회 후, 리용 상공회의소가 30점 구입
1880년 시볼트에게 구입
1889년 일본제국 만국박람회 위원회로부터 6점 구입
1897년 공쿠르로부터 10점
1902년 하야시 다다마사의 판매에게로부터 30점 구입
1903년 하야시 다다마사의 판매로부터 4점 구입
1906년 P·A·이사크로부터 14점 구입
1906년 빙으로부터 1점 구입
1906년 타카히라로부터 3점 구입
1907년 P·A·이사크로부터 16점 구입

여기에서 주목하고 싶은 것은 리용의 주요한 텍스타일 디자이너였던 레이보Raybaud가 극히 빠른 시기에 일본의 염직품을 대량으로 입수하고 있었다는 사실이다. 실제로 레이보가 일본적인 특징을 보이는 염직품을 제작했는지 어떤지는 알 수 없지만, 발상원의 하나로 일본의 염직품도 포함되어 있었던 듯 하다. 또 리용직물업계의 발전을 위해서 리용상공회의소에 의해서 설립된 리용역사염직미술관도 직물업자의 참고자료를 위해서 이른 시기부터 구입했다. 일본염직품의 내용은 16~19세기의 것이 포함되는 다음과 같은 것이다.

중국에서 수입된 고급 직물, 다도에 사용되는 직물

기모노 직물 (지리멘縮緬, 유젠友禅, 자수, 여絽, 사紗, 가스리絣, 명주, 틀염색)

오비 직물, 가사 직물, 실내장식용 직물

염직 관련품으로는 틀염색용 가타가미

흥미로운 예로 바슐라르가 1889년 만국박람회에 출전한 '눈 속의 나무'는 벽돌색의 견 새틴 바탕에 나무에 쌓인 눈이 표현되어 있다. 이 모티브는 모모야마桃山 시대에서 에도시대에 많이 이용된 염직 문양의 일종인 '유키모치雪持ち'를 바탕으로 한 것이라고 생각된다. 이 '유키모치' 모티브는 염직에만 나타나는 것이 아니기 때문에 바슐라르가 참고로 제작한 것은 염직품이 아닌지도 모르겠지만, 파리에서 활약한 미술상 하야시 다다마사林忠正의 판매에 의해서 소장된 일본의 염직품 견본집에는 '유키모치' 모티브의 갈색 서지serge가 소장되어 있다. 단, 이 견본집이 미술관에 소장된 것은 1903년으로 바슐라르의 제작 연도보다도 늦지만, 이 일본 염직품이 프랑스로 건너간 것은 이보다도 앞선다. 바슐라르는 당시 리용의 직물회사 가운데도 독자적인 디자인을 개발해 많은 메종의 선두적인 존재였다.

쿠뒤리에 프뤼튀스 에 데쉐르Coudurie Fructus et Descher가 1900년의 만국박물관에 출전한 '마가렛'은 은 라메의 새틴 바탕에 국화의 꽃잎과 줄기를 직조한 것으로 하야시 다다마사에게 구입한 전술의 견본집에는 유사한 갈색 직물에 국화와 잎 문양이 포함되어 있다. 특히 일본에는 많이 있지만

국화 모티브. 하야사 다다마사의 경매에 의한 일본의 견직물. 리용역사염직미술관.

마가렛. 1900년 만국박람회에 출전한 쿠뒤리에 프뤼튀스 에 데쉐르 제품. 리용역사염직미술관.

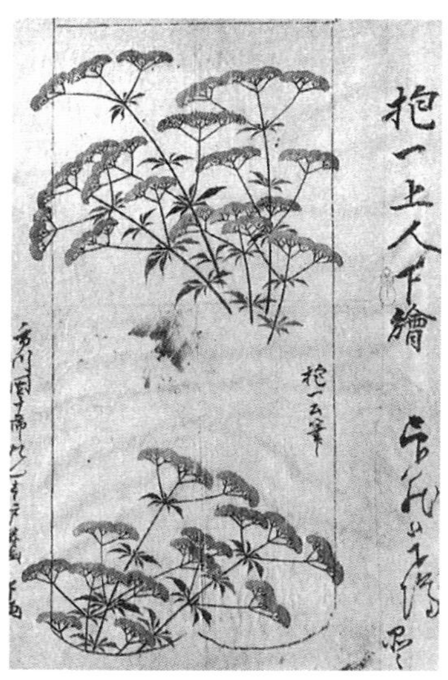

왼쪽 : 르네 랄리크René Lalique 《산화화서散形花序 문양의 빗》 1896~1898년경의 작품. 파리 장식미술관.
오른쪽 : 사카이 호이치酒井抱一의 '마키에 밑그림' 1801년경. 보스톤미술관.

유럽의 염직품에는 없었던 꽃의 뒷면이 도안되어 있는 점과 기법적인 면에서도 매우 유사하다. 오르세미술관의 마리 마들렌 마세Marie-Madeleine Masse는 1988년의 전시 '자포니슴'의 캐더로그에서 이 데쉐르의 염직품은 1889년 6월 14일호의 『예술의 일본』에 게재되어 있는 '디자인 모델–국화와 오동'을 유사한 예로 꼽고 있지만, 여기에서는 하야시 다다마사로부터의 염직품과의 유사성을 지적해 두고 싶다. 이 '마가렛'은 기하학적인 모티브의 배열, 은 라메를 사용한 얇은 직조 등이 그때까지의 리용의 견직물과는 전혀 다른 방향성을 나타내고 있다. 이들은 1920년대에 다수 제

무도회용 드레스. 1897. 파리시립의상미술관. 촬영: 리차드 보튼.
새틴에 패랭이꽃 문양이 직조되어 있다. 앞의 사카이 호이치의 밑그림과의 관련이 엿보인다.

작된 소재의 경향을 나타내는 전조였다.

또 19세기 후반부터 연이어 간행된 일본에 관한 서적에 염직품의 디자인화, 염직품 도판을 게재한 것이 있었다. 그 가운데 1888년 5월에 창간된 사뮤엘 빙 편집의 『예술의 일본』에는 빙 자신의 컬렉션과 그 외의 애호가들이 소장한 염직품 도판이 다수 게재되어 있다. 20세기 초가 되자, 『에토프 자포네즈ETOFFES JAPONAISES』(주15)와 『일본의 견직물』(주16) 등의 염직품 도판집이 간행되어 호평을 받았다. 각 직물업자는 당시 널리 유행하고 있던 자포니슴과 직접 관련되는 발상원으로 실물뿐 아니라 이러한 자료도 수집하고 있었다.

염직품 이외로는 우키요에와 회화도 같은 평면 표현이어서 발상원이 되었다. 전술한 마리 마들렌 마세에 의하면, 바슐라르가 1894년의 만국박람회에 출전한 푸르스름한 녹색과 베이지의 벨벳《종유동鍾乳洞》은 혹사이가 그린《여러 지방의 폭포 순회諸国瀧廻り》 시리즈 가운데《시모츠케국下野國 구로카미산黒髪山 기리후리폭포霧降滝》가 발상원이 아닌가 생각된다. 혹사이의 이 판화는 모네도 소장하고 있었는데 도쿄국립박물관 소장의 마쓰카타 컬렉션에도 현존하고 있다. 이는 1919년에 마쓰카타 고지로가 파리의 유명한 보석상이자 우키요에 수집가로도 알려진 앙리 베베르로부터 구입한 것이다. 베베르의 우키요에 컬렉션은 주로 파리의 미술상 하야시 다다마사로부터 구입한 양질의 것으로 이 우키요에도 다다마사로부터 입수했을 가능성이 있다. 어쩌면 하야시 다다마사로부터 베베르가 구입해 그 후 현재에 이르렀다고 짐작되는 그 경로가 매우 흥미롭다.

파리시립의상미술관 소장의 1897년 제작된 프레드Fred의 드레스는 모티브가 *사카이 호이치酒井抱一의 마키에 밑그림과 유사할 뿐 아니라 도예가 *르네 랄리크René Lalique 1896~1898년경의 작품《산화화서散形花序 문양의 빗》과도 유사하다. 더욱이 89년 제작된 비앙키니 페리에의 직물과도 매우 유사하다. 이들은 전혀 질감이 다른 칠공예품과 도자기 등의 도안에서 응용되기도 했었다는 사실을 말해준다. 세기말 워스를 비롯한 파리 오트쿠튀르의 메종에 의해서 유행하는 드레스에 나타난 것은 이러한 배경을 갖는 일본 모티브가 적지 않았다. ✼

사카이 호이치
(酒井抱一, 1761~1828)
에도 후기의 화가. 에도 중기의 화가이자 공예가인 오가타 고린(尾形光琳)에게 경사되어 림파(琳派)의 화풍에 섬세한 서정성을 가미하여 림파의 마지막을 장식했다. 대표작「夏秋草図屏風」.

르네 랄리크
(René Lalique, 1860- 1945)
19~20세기 프랑스 유리 공예가이자 보석디자이너로 아르누보와 아르데코 시대에 활약한 작가.

제 6 장

양장의 시작

양장의 시작

여성의 양장

파리 컬렉션은 오늘날의 세계 패션을 견인하고 있다고 할 수 있다. 매년 2회 정기적으로 개최되는 파리 컬렉션에는 전 세계에서 저널리스트와 바이어가 모여들고 있다. 게다가 이에 참가하는 일본인 디자이너들의 활약상은 괄목할 만하다. 한 업계지가 10년 이상 실시하고 있는 디자이너 인기투표에서는 프랑스인뿐 아니라 세계의 디자이너와 함께 일본인 디자이너는 10위 이내, 그것도 상위에 반드시 그 이름을 올리고 있다. 이처럼 파리를 예로 할 것도 없이 필자가 현재 착용하고 있는 것은 세계 공통의 의복 이른바 서양복이다.

일본의 전통적인 의복이었던 기모노着物 즉 화복和服을 일상생활에서 서양복으로 대체한 이후의 역사는 짧다. 서양복이 널리 생활에 침투한 것은 제2차 세계대전 후였지만 그보다도 앞서 유럽이 자포니슴에 눈을 돌렸을 때 일본은 '서양' 문화를 도입하는 데 주력했다. 패션도 이때 처음으로 일본에 본격적으로 도입되었다.

1868년에 시작된 메이지는 새로운 시대의 탄생이었다. 신정부는 5개조의 조약문을 통해서 국정의 방침을 정하고 널리 지식을 세계 선진국에서 추구하였다. 막부 말기, 구미에 파견된 사람들은 그 문화를 견문하고 귀국 후에는 정부의 요인이 되어 일본을 새로운 근대국가로서 건설하기 위한 활동을 개시했다. 진보적 사상을 갖는 이들은 일본의 장래를 예측해서 정치, 경제, 사회생활 등 모든 분야를 외국을 모방해서 바꾸려고 했다. 또 과학기술의 발견, 종교개혁 등이 일어나고 국민교육의 중요성을 이유로 남녀평등 교육이 시작되었다.

개국 후 밀물처럼 유입된 서구문명은 충분히 소화할 겨를도 없이 수용되었다. 서양문화에는 서구를 의미하는 '洋'이라는 한자가 주어져 양화洋靴, 양관洋館, 양식洋式, 양주洋酒, 양식洋食, 양품洋品, 양복洋服, 양풍洋風, 양장洋裝 등 종래의 일본풍 '和'와는 다른 새로운 매력적인 뉘앙스를 전달했다. 서구문화를 도입하는 것, 서구를 모방하는 것을 문명개화라고 칭하면서 이 시기의 거리에는 화양절충의 스타일이 팽배했다.

남성복에서는 1867년 막부가 이미 군복에 서양복을 채용했다. 메이지 정부는 성립 후 복제에 혼란을 보이면서도 관복을 서양복으로 규정했다. 1872년 재래의 예복 가운데 *이칸衣冠만

이칸(衣冠)
소쿠타이(束帯, 율령제로 규정된 남자의 조복)보다 약식. 소쿠타이에서 시타가사네(下襲)와 석대(石帯)를 빼고 겉에 입는 하카마(表袴)를 사시누키(指貫)로 바꾼 차림. 헤이안(平安) 시대에는 숙직할 때 착용하는 의복이었지만 후대에는 참조(参朝) 등에도 착용되었음.

을 제복祭服으로 남기고 나머지는 모두 폐지하는 한편 새롭게 서양복에 의한 예복의 신복제를 태정관포고太政官布告에 의해서 발령했다. 그러나 이러한 제도에 의한 서양복 채용뿐만 아니라 새로운 문화를 직접적으로 구현화하는 수단으로서 서양복은 혼란 속에서도 확실하게 메이지 사람들을 매료시켰다.

1868년 가타야마 준노스케片山淳之助(후쿠자와 유키치福沢諭吉)의 『서양의식주西洋衣食住』라는 서적이 발행되어 서양복에 대한 계몽에 박차를 가했다. 이즈음 『만국신문』 등에도 서양복, 모자, 셔츠, 구두 등의 판매광고가 활발하게 게재되었다. 문명개화의 대표적인 복장은 서양복에 단발, 양산, 구두, 모자였다. 그러나 이는 남성복에 한정되었으며 일반 여성은 여전히 기모노차림에 무거운 *마게髷를 하고 있었다.

문명개화와 함께 박래재단(서양복 가게), 구두, 시계, 서양사진, 인력차, 의자, 양산, 기계 등에 관련된 새로운 직업도 생겨났다. 남성의 *존마게丁髷는 잔기리 아타마散切頭라고 불리는 단발이 되었기 때문에 머리를 올리는 이발소는 산발소로 바뀌었다. 문명개화는 서양복에 앞서서 먼저 두발에서 시작되었다고 할 수 있지만 모든 사람이 머리를 자르기까지는 도쿄에서도 10년 이상의 시간이 걸렸다.

남성의 서양복이 확실히 침투한 것에 반해서 여성의 경우는 제도에서 제외되어 서양복이 착용된 것은 극히 일부 여성들의 특수한 경우로서였다. 14대 쇼군將軍 부인이 된 황녀 *가즈노미야和宮의 진귀한 양장차림 사진을 보면 페플럼

마게(髷)
머리카락을 머리 위로 올려 묶어 상투(髻)를 만든 것. 남성·여성의 머리형에 쓰이는 용어.

존마게(丁髷)
에도시대 남성의 머리형 중 하나. 이마 위쪽 부분의 머리카락을 밀고 뒷부분의 머리카락으로 상투(髷)를 만든 것.

가즈노미야
(和宮, 1846~1877)
닌코(仁孝) 천황의 황녀이자 고메이(孝明) 천황의 여동생. 공무합체운동(公武合体運動) 때문에 14대 쇼군 도쿠가와 이에모치(徳川家茂)와 혼인했음.

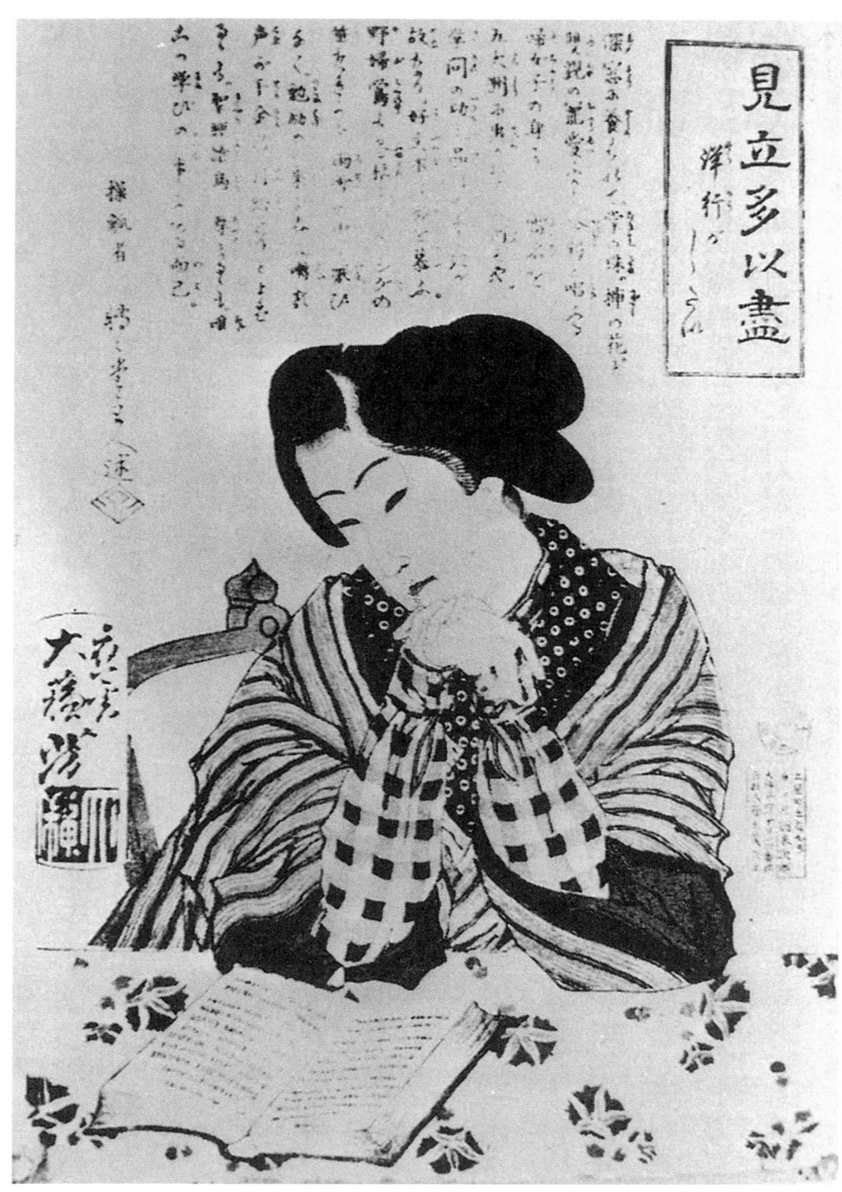

다이소 요시토시大蘇芳年 《미타테 다이즈쿠시 서양에 가고 싶어見立多似尽　洋行がしたい》 1878.
메이지 초기에 나타난 화양절충양식.

이 부착된 자켓, 주름장식이 있는 스커트와 오버스커트에 본네트를 쓰고 있다. 또 유녀가 도입한 서양복은 신문기사로 다루어져 크리놀린 스타일의 나가사키長崎·*마루야마丸山와 도쿄의 유녀 사진도 남아있다. 따라서 일본 여성이 처음으로 착용한 서구적인 서양복은 크리놀린 스타일이었다고 할 수 있다.

마루야마(丸山) 나가사키(長崎)에 있었던 집단 유곽.

신교육을 받으려고 하는 상류 가정의 자녀이자 진보적인 여학생도 국내에서 일찍부터 양장을 한 예이다. 부인을 동반해서 해외유학을 한 화족華族과 화족의 가정교사나 학교에 채용된 외국인 여성교사들에 의해서 양장은 비교적 원형에 가까운 형태로 도입되어 상류사회로부터 보급되어 나갔다.

문명개화는 이처럼 서구문화에 대한 개개의 단편적인 모방이었다. 그러나 1883년부터 1887년에 걸친 생활의 서구화는 메이지 정부가 그 선도적인 역할을 담당해 새로운 전개를 보이게 되었다.

로쿠메이칸鹿鳴館

1883년 말 로쿠메이칸이 도쿄 히비야日比谷에 낙성했다. 총리대신 이토 히로부미伊藤博文, 외무대신 이노우에 가오루井上馨의 발안으로 다음해 무도회가 개최되었다. 개관 이후 연회, 무도회, 바자, 음악회가 매일같이 펼쳐졌다. 로쿠메이칸에 출입하는 사람은 일찍이 없었던 외국풍이었는데 모두 남녀동반에 양장으로 규정되어 있었다. 여러 외국과 막부 말기에 체결한 조약은 일본에게 불평등한 것이었기 때문에 메이지정부는 이를 대등한 평등조약으로 바꾸고자 했지만 사태는 원만하게 해결되지 않았다. 이에 로쿠메이칸은 내외인이 친교를 깊이 하는 사교의 장인 영빈관으로서 막대한 비용이 투자되어 설비되었다. 건물은 일본정부의 초청에 의해서 방일해 훗날 일본 건축계의 아버지라고도 불리는 영국인 건축가 죠사이아 콘돌Josiah Conder(1852~1920)의 설계에 의한 벽돌식 네오 바로크스타일의 2층짜리 건물로 서구화의 상징인 백아白亞의 전당이었다.

이 정책의 주역이 된 것은 귀족과 상류계급, 정부요인의 부인과 영양들이었다. 특히 1871년 정부가 파견한 5명의 여자 유학생 중 한 명으로 10년 동안 미국생활을 경험한 후 귀국해 오오야마 이와오大山巖의 부인이 된 야마카와 스테마쓰山川捨松는 이토 히로부미 부인과 함께 사교와 복장의 측면에서 지도적인 역할을 하며 스스로 솔선해서 양장을 했다.

1887년경 상류층의 여성양장은 전성기를 이루며 이른바 로쿠메이칸 스타일이라고 불렸다. 이는 당초 구미에서 유행한 버슬 스타일의 의상을 그대로 모방한 것이었다. 이들 여성들은 갑자기 만들어진 양장차림에 당황한 나머지 반드시 정확한 모방이 가능했던 것은 아니었다. 당시의 『모시야소시もしや草子』에는

새로 맞춘 서양복의 치맛자락을 집오리의 엉덩이처럼 실룩실룩 흔들면서 흙이 묻어도 상관없다는 듯 한 태도를 보

요슈 지카노부楊洲周延 《개량 귀부인 경쟁》(부분) 1889. 교토복식문화연구재단.
중앙의 황후는 트레인을 끄는 버슬 스타일. 검정 드레스에 빨간색 언더 스커트를 착용하고 파란색과 녹색의 가슴 장식을 부착했다.

요슈 지카노부 《여관리 서양복 재단 그림》 1889. 가나가와현립박물관.
궁중 여관리들의 양재 연습을 황태자, 황녀와 함께 보는 황후. 황후는 서양복 채용에 열성적이어서 '思召書'로 국민에게도 서양복을 권장했다.

이는 것은 어느 댁의 영양인가. 나이는 40이 넘지만 앞머리 가락을 동그랗게 말아서 내리고 이마의 주름을 감추었으며 백분을 덕지덕지 바르고 입술을 새빨갛게 하고는 동행하는 신사의 손을 잡고 멀리서 들리는 양악의 소리에 맞추어 이상한 발짓을 하며 댄스 자랑하는 연배의 여성은 누구의 미망인인가. 불란서의 모자, 독일의 구두, 이태리의 코르셋, 오스트리아의 크리놀린, 영국의 리본, 스페인의 레이스 등등 서구 각국의 30년간 유행을 뭐든지 상관없이 닥치는 대로 취하는 것은 널리 만국의 장점을 취한다고 하는 취지라고 하니 좀처럼 평가를 내릴 수가 없다.

라며 신랄한 풍자가 나타난다. 화려한 양장의 시기는 이렇게 급조된 경박한 양장화라는 일면을 갖고 있었다. 유럽 최신의 지식이 있었는지 어떤지, 이 필자의 관찰은 예리하게 당시의 서양풍 모습을 전하고 있다. 한편, 이 시기의 사정은 어떠한 것이었을까. 1900년 이후가 되면 현존하는 실물의 서양복은 급속하게 증가하는데, 주로 사진과 니시키에를 통해서 로쿠메이칸 시대의 풍속을 알 수 있으며 당시에조차 드물었던 서양복이 현존하는 것은 매우 드물다.

이 가운데 사진자료는 당시 최신 유행하는 파리 모드와 매우 유사한 것도 적지 않다. 대표적인 예로 훗날 황족비가 된 산조 지에코三条智恵子의 1885년 촬영된 사진을 꼽을 수 있다. 이는 1885년경의 젊은 여성의 버슬 스타일이며 엷은 색의 얇은 소재로 제작된 포로네즈형으로 당시 최신유행을 거의 정확하게 재현하고 있다.

이러한 최신 유행 의상은 어떻게 제작되었을까. 첫 번째는 해외로 갔을 때 그곳에서 주문해 제작된 것이다. 예를 들어, 훗날 총리대신이 되는 하라 다카시原敬의 부인이 1886년 파리에서 찍은 사진을 보면, 벨벳의 자켓에는 모피의 트리밍이 부착되었으며 같은 모피로 제작된 머프를 들고 있으며 스커트는 드레이프를 허리 뒤쪽으로 끌어올려 그 아래 겹치는 주름이 보인다. 파리에서 주문한 당시 최신 유행의 스타일이었다. 이러한 여성들 가운데는 자신의 인대를 파리의 의상점에 두고 시즌마다 새로운 의상과 그에 따른 속옷을 제작하게 한 것도 있었다.

서양복의 재단은 이미 1860년대에 일본에서도 행해지고 있었다. 요코하마에는 외국인에 의한 남성복 재단점이 개업했으며 외국인에 의한 기술 전수도 행해지고 있었다. 일본인이 직접 외국에서 기술을 습득한 경우도 있었으며 그 후 서양복의 보급과 함께 점차로 중요한 산업이 되어 있었다. 서양복점 외에도 직물 상점(특히 플란넬), 구두 가게 등 관련 업종도 급속하게 증가되었다.

도쿄에서는 1872년 독일인 부인 사이젠이 양재 수업을 시작했다. 81년 나카오 도라키치中尾寅吉가 신사복 가게를 여성복점으로 바꾸고 와타나베 다쓰고로渡邊辰五郎가 유시마湯島에 일본 최초의 양재학교인 '화양전습소和洋傳習所'를 개설했으며, 83년에는 이지마 다미지로飯島民次郎가 쓰키지築地에 여성복 가게를 열었다.

현재의 니혼바시日本橋·도큐백화점東急百貨店의 전신인 시로키야 오복점白木屋呉服店은 1885년에 시로키야 양복점白木屋洋服店

이라는 서양복 가게도 함께 갖게 되었으며,(주1) 미쓰코시三越의 전신인 에치고야 오복점越後屋呉服店은 1888년에 서양복점을 개점했다.

도쿄여자사범학교가 1885년에 교복으로 서양복을 채용한 것을 시작해서 교사, 여학생에게는 서양복과 속발이 채용되었다. 여학교에서의 양재교육이 개시되었으며 재봉틀의 수입이 증가하고, 남성복뿐이었던 서양복 봉재서뿐 아니라 여성복 제작을 위한 서양복 봉재서가 연이어 간행되었다.(주2)

이러한 양재의 보급을 뒷받침이라도 하듯이 1880년대의 니시키에에서는 봉재에 관한 그림이 종종 확인된다.

궁중의 양장

궁중이란 고래부터의 전통을 지켜온 곳이지만 양장은 메이지 궁정에서도 추진되었다. 천황은 이미 1872년 서양복을 착용했는데, 이 해

> *짐은 지금 단연코 그 복제를 개정하고 그 풍속을 일신해 조종 이래 이어진 상무尙武의 국체를 세우고자 한다.*

라고 칙유하여, 새롭게 서양복에 의한 규정이 포고되었다. 그러나 이는 남성복에만 적용되었으며 여성의 공식 예복은 종래 그대로였다.

단, 황후 하루코美子(주3)가 1877년에 대례복 망토 드 쿠르 manteau de cour를 착용하고 있는 사진이 남아 있다. 그러나 법령으로 인정된 것은 1886년이기 때문에 여성의 공식적인 예복에 양장이 도입된 것이 언제부터인지는 확실하지 않다.

학문에 대한 조예가 깊었던 황후는 1887년 1월에 의복개량과 국산장려를 목적으로 한 복제에 관한 '思召書'를 내고 일본여성의 양장화에 열심이었다. 자신도 서양복으로 외출하는 경우도 많았는데 그 모습을 그린 도판도 적지 않다. 황후 자신의 양장화에 대한 열성과, 메이지 10년대 후반의 로쿠메이칸 전성기를 맞이하게 된 것 등으로 인해 궁정에서도 여성의 공식예복으로 서양복을 인정하지 않을 수 없게 되었다. 1884년의 내달內達에 있는 '서양복장에 관해서는 그때마다 통달한다', '경우에 따라서 서양복장을 함께 사용해도 무방하다'는 등을 내용으로 하는 구체적인 성문화는 1886년에 실시되었다.

대례복	Manteau de cour	신년식에 사용
	Robe decolletee	야회만찬 등에 사용
	Robe mi-decolletee	야회만찬 등에 사용
	Robe montante	옷자락을 길게 재단해 궁중의 낮

라 기록되어 있다.

망토 드 쿠르는 유럽의 궁정예복을 모방해서 드레스에 긴 트레인을 부착한 형식의 의상이다. 황후의 망토 드 쿠르는 현재 2점 알려져 있다. 양쪽 모두 긴 트레인이 달린 중후한 것으로 전체에 황실의 문장인 국화가 일본 자수의 기술로 자수되어 있는데, 그 중 한 점은 1895~96년경, 다른 한 점은 1906년경에 제작된 것이라고 생각된다.(주4) 로브 데코르테, 로브 미데코르테는 야회용이며, 로브 몽탕트는 스탠드칼라의 드레스로 주간용이었다. 이 용어들은 오늘날에도 궁중예복을 나타내는 용어로 남아있다.

궁정에서 황후의 여관들이 착용한 이러한 서양복은 외교관 부인, 화족 자녀, 직접 파리와 런던 등 해외에 부임해 당시의 최신 패션을 소화했던 사람들의 것에 비해서 유행을 도입하여 일본인의 손으로 제작된 일본적인 서양복이었던 것으로 보인다.

가라기누모(唐衣裳) 일반적으로 쥬니히토에(十二単)라 불리는 귀족 여성의 정장.

서양복으로 바뀌기까지의 궁중복은 일반 서민복과는 거리가 있는 독특한 복장이 규정되어 있었다. 이는 *가라기누모唐衣裳라고 하는 헤이안 시대 이후의 성장이었다. 이는 오늘날에도 궁중의 중대한 의식용으로 사용되고 있지만, 이 경우를 제외하면 양장으로 바뀐 궁정용 복장은 약식화되었다. 궁중예복에 규정된 의상은 주로 독일식을 모방한 것이었다.

그러나 궁중의례를 행하기 위해서 전혀 다른 관습의 의상을 궁정용으로 채택한 것은 일본의 의복이 양장화로 향하는 데 큰 영향을 미쳤다는 사실을 확인하지 않으면 안 된다. 한편 1888년경이 되자, 신문지상에서 양장폐지론이 활발하게 거론되어 갔다. 그 가운데서도 『도쿄일일신문東京日日新聞』의 지적은 매우 흥미롭다.

여성 서양복은 신사숙녀 한두 명이 주창하여 속발과 함께 유행하기 시작하였으며 이미 존귀한 곳으로부터 고유告諭도 있었다. 그에 이어서 이토伊藤 백작이 궁내대신이 되었을 즈음 빈번하게 장려하여 "우리나라의 문명을 구미와 경쟁하는 것은 여성의 품위를 높이는 데 있으며 그러기 위해서는 종래 깊은 창 아래 숨어 사람과 만나면 우선 부끄러워하는 것을 덕으로 삼는 아시아풍의 고루한 풍습을 타파해야만 했다. 그래서 그 첫 번째 착수는 무도회나 음악회, 귀부인 영양의 교제모임 등 춤추고 이야기 나누어라. 그에는 종래의 일본복은 어울리지 않고 반드시 서양복을 입어야 한다. 아, 서양복 서양복! 개화의 미풍을 진정 우리나라에 주입해서 서양인식으로 장족의 진보한 것에 놀랍다. 진정 다만 이것이 부인 서양복에 달려 있다"고 만방에 종용하셨다. 그리고 그 효험이 현저해서 세상은 이를 좇아 서양복의 세계로 진행되었다. 그 후 1,2년이 지난 요즘 배가 아프다, 어쩐지 식욕이 없다하니 이는 위병이다 자궁병이다 하며 출입하는 의사는 인상을 찌푸리고 "부인들의 병은 전적으로 코르셋이 흉부를 압박하는 데 원인이 있다. 지금 당장 보양하지 않으면 쉽지 않다. 부자유하게 될 수도 있다" 한다. 부인들에게 부자유를 느끼게 해서는 일대 사건으로 특히 새로 맞춘 의복의 비용에 당혹감을 느낀다.

『도쿄일일신문東京日日新聞』 1888년 8월 23일

필자는 자주성을 수반하지 않은 급격한 이문화의 흡수는 있을 수 없다는 자명한 점과 함께 19세기 말의 파리 모드가 내포하고 있던 모순 그 자체를 예리하게 간파하고 있다.(주5) 19세기 후반 파리 모드는 그 역사 가운데 가장 여성의 신체와 정신을 동시에 구속하는 것이었다. 그 얼마 후 여성은 코르셋에서 해방되고 19세기 패션은 해체되었다. 일본여성이 수용한 첫 서양복은 그 자체가 의복으로서 다양한 문제점을 안고 있었던 종말기의 의복이었다고 할 수 있기 때문에 어쩌면 이 시기에 일본 여성이 서양복을 수용하지 않았던 것은 올바른 선택이었다 할 수 있을 지도 모르겠다.

1889년 헌법이 반포되어 경박한 서양풍과 비굴한 대외적인 태도에 대한 비판적 여론이 높아져 이노우에 가오루井上馨의 사퇴 후 1890년 로쿠메이칸은 폐지되었다. 국수주의가 고양되어 같은 해 교육칙어가 발포되면서 로쿠메이칸 시대는 종결되었다.

개량복으로

청일전쟁(1894-95)은 무분별한 서양화의 풍조를 퇴조시켰다. 그러나 서양풍의 새로움, 경쾌함, 편리함은 이미 생활에 깊게 침투된 것이기도 했다. 그 대표적인 것이 여성의 머리형이었다. 전통적인 일본머리의 마게는 불편하고 청결하지 않은 비위생적인 데에 반해서 서양풍의 속발束髮은 이러한 결점을 갖지 않은 것으로 여기고 새로운 속발이 서양복과는 관계없는 생활을 하고 있던 일반 여성의 화복에도 시도되었다. 또 코트와 숄을 화복에 걸치고 구두를 신는 등

この秋の流行服

右は午後の外出着でスカートは適當に襞をとつて、鮮かな色の羅馬縞でかこまれてゐる。カラーと胸布片は白の繻子で黒のボタンで留めてゐる。

左は大形花模様の刺繍をしたもので、今秋の外出着として、おそらく一番持て囃されやうと言はれてゐる。

1924년 가을의 유행. 『부인 클럽』(1924년 10월호)
제2차 대전 후의 양장시대에 앞서 유행한 양장.

의 방식도 정착되어 있었다. 초기에는 호기심만으로 서양복을 도입해서 점차 서양복에 의해서 근대를 도입하기 위한 양식으로 이어졌으며 이후에는 문화로서의 서양복을 도입하는 데로 이어졌다. 여기에서는 '개량', '절충'으로서 독자적인 문화 속에 도입하고자 하는 자세를 엿볼 수 있다. 이즈음부터 '개량'이라는 말이 새로운 뉘앙스를 띠며 사용되기 시작했다. 여기에는 특정한 나라가 아닌 '서구'라고 하는 총괄적인 외국의 모방에서 시작되어 이를 소화하고 개량하고자 하는 양장화의 과정을 확인할 수 있다.

청일, 러일로 이어진 전쟁 후, 일본은 대외관계의 비약적인 상승과 근대사회로 발전을 이루는 길이 열려 과거처럼 흥미 본위였던 시대와는 달리, 다이쇼시대 후기에 서양복은 점차로 생활 속에 확실하게 뿌리를 내리게 되었다. 이는 1920년대가 되어 현대복으로 크게 변모한 서구의 여성복은 구조와 착장법 등 19세기까지의 것과 달리, 여성을 둘러싼 환경의 변화에 호응한 기능성을 갖기 시작한 시기였다. 일본 여성이 전통의상이 아니라 서양복을 완전히 선택하는 생활은 제2차 세계대전 후에 찾아왔다. ✲

JAPONISME in Fashion

제 7 장

오키쿠상과 사다얏코, 이질적인 미의 발견

오키쿠상과 사다얏코, 이질적인 미의 발견

작은 새의 식욕

처음 파리에 간 것은 아주 오래 전이다. 그 때 내가 파리에서 만난 것은 도시의 아름다움과 자유로운 패션, 그리고 일본에 있을 때는 경험한 적이 없던 일본인 나를 향한 '타자의 시선'이었다.

그 가운데는 다양한 시선이 있었다. 그러나 그러한 가운데 흥미로웠던 것은 일본 여성에 향해진 타자의 전형화된 시선이었다.

파리에는 일본에서 알게 된 패션잡지의 디렉터인 프랑스인 여성이 있었는데, 어느 날 그녀의 남편과 함께 프랑스 요리 레스토랑에서 식사를 하게 되었다. 그는 극작가였는데 유명한 극장에서 상연되는 무대의 각본을 쓰는 사람이었다.

"남편은 한 번도 일본에 가 본 적 없지만 일본에 흥미를 갖고 있습니다." 하고 몇 번인가 일본에 온 적이 있는 부인이 나에게 말했다. 그녀가 말한 대로 남편은 식사하는 중에 한자가 어떻게 만들어졌는지 일본인 여성은 정말로 남성의 뒤를 쫓아 걷는지를 묻기도 하고 왜 동양인의 눈이 가늘고 올라가 있는가에 관해서 그의 지식을 피력하기도 했다. 우리 일본인의 눈은 서구 사람들이 보면 상당히 치켜 올라간 것처럼 보이는 듯하다. 그에 의하면 일본인의 선조가 모래와 먼지가 흩날리는 황하 상류 부근에 아직 살고 있었을 즈음 모래와 먼지를 피하기 위해서 눈을 가늘게 떠야만 했기 때문에 일본인의 눈이 가늘게 올라갔다는 것이다.

그런 재미있는 이야기를 하며 식사를 즐겼다. 그런데 나는 본고장의 프랑스 요리의 양이 얼마나 되는지를 그때까지 전혀 파악하고 있지 못했다. 당연히 주문한 나의 요리가 남아 버렸다. 드디어 지배인이 "마음에 들지 않으셨나요?" 하고 물어왔다. 그때 나를 도와서 그가 이렇게 말했다.

"이 사람은 작은 새만큼 먹습니다."

어째서 내가 작은 새인가, 나중에 그가 작은 새라고 말한 이유는 이러한 것이 아니었나 하고 짐작하게 된 것은 피에르 로티Pierre Loti의 소설 『국화 부인』을 읽었을 때였다.

이미지로서의 일본 여성, 오키쿠상

프랑스 해군대위였던 줄리앙 비오Julien Viaud(1850-1923)가

해가 떠오를 때 겨우 아득한 저쪽에 보이기 시작하는 일본에 도착한 것은 1885년 여름이었다. 그는 그 후 나가사키에서 오카네상おかねさん이라고 하는 18세의 여성과 1개월 정도 생활했다. 프랑스로 돌아간 후 이때의 추억을 바탕으로 해서 피에르 로티라는 필명으로 저술한 소설 『국화 부인』이 1887년에 파리에서 출판되어 전 세계에서 호평을 받게 된 것은 당시의 구미에 일본열기·자포니슴이 보급되어 있었기 때문이었다. 이 소설은 그 후 1893년 오페라로도 만들어져 '오키쿠상お菊さん' 이라는 일본 여성의 이름은 널리 알려지게 되었다. 세기말적인 이국취미 소설이라 간주되는 이 작품에는 구미에게 아직 두터운 신비의 베일에 싸여 있던 일본의 생활과 일본 여성에 관해서 쓰여 있다. 이러한 사실이 자포니슴을 수용하고 있던 당시의 구미에서 인기를 불러일으켰던 것이다. 지금은 프랑스에서도 일본에서도 잊혀진 듯 한 이 작품을 읽어 보면, 우리에게 이미 먼 과거가 되어 버린 백 년 전의 일본 풍경과 풍속이 향수를 불러일으킨다. 뿐만 아니라, 해군 장교로서 일정한 거주의 땅을 갖지 않는 로티라는 인간이 시간의 경과에 몸을 맡겨 지내면서 나무와 종이, 방석으로 상징되는 일본과 오키쿠상이라는 일본 여성이 변화해 가는 것을 목마른 눈으로 바라보고 있었음을 확인할 수 있다.

그런 작가의 무상감이 전해지는 이 소설 가운데 빈번하게 사용되는 것이 '작다' 라는 의미를 갖는 다양한 형용사와 '요정', '인형' 이라는 명사이다. 식사에 관한 묘사에서는 작은 인형 같은 일본 여성의 식욕은 작은 새 같아서 오

피에르 로티 『국화 부인』의 삽화. 1883. 교토복식문화연구재단

키쿠상은 작고 아기자기한 식기에 담긴 요리의 3/4를 남기고 만다.

지금은 'MISHIMA'(미시마 유키오三島由起夫)도 'KAWABATA'(가와바타 야스나리川端康成), 'INOUE'(이노우에 야스시井上靖)도 프랑스어로 번역되어 있으며, 또 그 이상으로 실제의 일본 여성이 유럽에 나가고 있기 때문에 우리 일본 여성에 대한 프랑스인의 눈도 바뀠다고는 하지만 그들의 의식 밑바탕에 오랫동안 일본 여성에 관한 전형화된 이미지를 형성한 로티가 본 '오키쿠상'이라는 이미지는 오늘날에도 완전히 불식되었다고 말할 수 없다.

이 소설에서 로티는 일본 남성들이 서양풍의 자켓과 소프트 모자 등의 의복을 착용하고 있는 당시 나가사키의 다소 혼란스러운 복장을 잘 관찰하고 있다. 한편 여성은 대개 수수한 기모노를 착용했다는 사실을 확인할 수 있다. 그리고 "긴 옷(기모노)과 벨트(오비) 를 벗기면 일본 여성은 작고 노랗고 다리가 굽었으며 서양 배 모양의 풍만한 가슴을 갖은 존재"라고 쓰여 있는 등 너무나 정확해서 그 여성들의 손자의 손자 벌에 해당되는 우리로서는 기쁘다고는 말할 수 없는 부분이 있기도 하다.

기모노에 관해서도 빈번하게 묘사되어 있는데, 다음의 부분에는 기모노에 대한 그의 관찰이 요약되어 있다.

> 우리는 이를 보는 것이 매우 기분 좋았다.…특히 그녀들이 입고 있는 기모노는 너무 클 정도로 넉넉했다. 소매도 매우 컸다. 그녀들에게는 등도 어깨도 없다고 말해도 좋을 정

도였다. 기모노는 작은 꼭두각시인형의 살 없는 신체에 입혀진 듯 헐렁거리고, 그녀들의 호화로운 신체는 이 넉넉한 기모노 속으로 사라져 버렸다.…

로티가 기모노에서 발견한 것은 넉넉함이었다. 단, 로티는 '기모노'라는 말을 이 소설에서 사용하지 않았다. 그는 일본의 옷이라는 말을 사용했다.

'기모노'의 등장

회화 속에 일본 여성의 기모노가 표현된 빠른 예는 이미 제3장에서 살핀 대로이지만, 여기에서 다시 한 번 휘슬러의 《장미색과 은 도기의 나라의 공주》,《발코니》, 《금병풍》, 《화가의 아틀리에》, 티소의《목욕하는 일본 아가씨》,《일본의 물건이 있는 상점에 있는 여성》, 로세티의《가장 사랑한 사람》, 지라르의 『일본의 화장』, 모네의《라 자포네즈》 등을 떠올렸으면 한다.

처음 기모노를 입고 있는 일본인을 본 19세기 후반 사람들의 대개가 드레이프의 아름다움, 엘레강스, 신체를 압박하지 않고 자유롭다는 것을 기모노에 대한 인상으로 보았다. 한편, 착장법의 여유로움은 반대로 말하면 에로틱한 면과도 통하는 것이었다. 이는 화가들이 기모노에서 직감한 점이기도 했다는 사실이 그림을 통해서 보면 분명하다. 그들은 의복으로서 기모노가 갖는 본질적인 특성을 간파하

극장에서 상연 중이었던 『미카도』 로부터의 스케치.
『일러스트레이티드 런던 뉴스The Illustrated London News』 1885년 4월 4일호

고 있다. 이렇게 해서 당시 유행하던 자포니슴이라는 이국취미의 의복 '기모노'에 이국취미와 동시에 여유로움과 개방성을 간파한 당시의 서구 여성들은 실내복으로서 기모노를 도입하기 시작했다.

1880년대부터 '일본'이라는 말이 실내복과 관련되면서 등장한 것은 이러한 이유에 의한 것이리라. 1898년의 『라 모드 플라틱크』 8월호에는 일본 여성의 의복, 목욕하는 방법, 머리 손질, 화장법, 속옷과 기모노의 착장에 관한 기사가 실려 있다. 프랑스인이 쓴 것인데, 이는 에도시대 여성에 관한 호기심에 넘친 기술이다. 예를 들어 "남편이 파산해 버릴 정도로 머리 손질 비용이 많이 들기 때문에 좋은 부인은 복잡하게 만들어진 머리가 헝클어지지 않도록 잠을 잔다. 어떻게? 엎드려 자든가 그렇지 않으면 머리에 높은 베개를 대고 잔다"는 식이다.

이에 사용된 일러스트도 파리에서 발행된 자포니슴 잡지 『예술의 일본』에 게재된 스즈키 하루노부鈴木春信와 가쓰시카 혹사이葛飾北斎 등의 우키요에가 밑그림이 되어 있다. 최근까지도 존마게丁髷의 일본인이 출현하는 어느 나라 초등학교 교과서와 비교하면 그다지 나쁘지 않다고 할 수 있다. 이 기사에 기모노와 오비가 설명되었는데 용어도 'Kimono', 'Obi' 가 그대로 사용되었다. 현재 프랑스어의 사전에는 'Kimono', 'Obi' 라는 말이 게재되어 있는데 여성잡지에 등장하는 'Kimono', 'Obi' 로는 이것이 이른 시기의 것이라 생각된다.

1870년대부터 일본 혹은 일본 여성이 오페라와 연극의 주제가 되기 시작했다. 19세기 말, 사람들에게 중요한 오락 중 하나는 오페라와 연극이었다. 이는 오늘날의 영화와 티브이 이상이었다고 할 수 있을 지도 모른다. 여기에 일본적인 의상 디자인이 나타나는 것은 1870년대 파리의 괴테좌로 보이는데, 이후 점차로 일본을 제재로 한 연극과 오페라가 상연되었다. 1885년에 런던의 사보이 극장에서 상연된 오페라 『미카도』는 위트가 넘치는 희극으로 윌리엄 길버트William Gilbert가 각본을 쓰고 아서 설리반Arthur Sullivan이 작곡하여 크게 히트했다. 그 가운데는 대규모로 본격적인 일본적 의상이 등장한다. 의상 디자인은 피쳐Pitcher가 맡았으며,(주1) 일본품을 판매하는 상점으로 유명했던 '리버티 상회'가 제공하는 일본의 직물이 사용되었다. 파리에서도 『미소 팔기La Marchande de sourires』(1888), 『꿈』(1890), 『국화 부인』(1893), 『게이샤』(1898) 등에서 일본풍 의상이 착용되었다. 안드레 메사제André Messager에 의한 오페라 『국화 부인』은 일본과 일본 여성을 세계에 소개하는 성공을 거둔 피에르 로티의 소설 『국화 부인』이 오페라로 만들어진 것이다. 1900년에는 인기 여배우 레잔Réjane(1857-1920)이 『내 친구Ma Camarade』에서 기모노를 착용했다. 이렇게 해서 일본, 일본의 로브(기모노, 기모노풍의 옷)는 점차 널리 알려지게 되었다.

더욱이 파리 만국박람회가 거행된 1900년에는 가와카미 사다얏코가 파리에서 공연했으며, 1904년 『국화 부인』에 힌트를 얻어 쓰여진 푸치니의 『나비 부인』이 밀라노의 스칼라좌에서 초연되었다. 이때의 코스츔 디자인화에는 의상과 소도구의 디자인뿐 아니라 일본인의 인사 방법, 앉는 방법 등이 스케치와 함께 설명되어 있다.(주2) 회화와 소설 이상으로 무대 위에서 보는 일본풍의 것, 특히 살아 있는 인간이 착용하는 '기모노'는 예술가와 일부 수집가의 범위를 넘어서 일반 여성들에게 친근하게 실재하는 것으로서 흥미를 불러일으켰다. 무대를 직접 보지 않은 여성들에게도 이즈음에 유행했던 패션 잡지가 그 인기기사 중 하나로 연극과 오페라를 다루었기 때문에 이를 취재한 여성 기자들의 자세한 의상에 관한 기술은 일반 여성들에게 일본의 기모노를 보다 알기 쉽게 널리 인식시킨 역할을 했다.

사다얏코의 영향

1900년 가와카미 사다얏코川上貞奴의 파리 공연은 패션에 큰 영향을 미쳤다.

일본 최초의 여배우인 가와카미 사다얏코는 1872년 도쿄 니혼바시日本橋에서 태어났다(~1946). 6살부터 요시쵸葭町의 화류계에서 자라 기명妓名을 얏코라고 한 사다는 22세에 가와카미 오토지로川上音次郎와 결혼했다. 1899년 세계 순회에 나선 남편 오토지로 일좌와 함께 샌프란시스코에서 첫 무대에 선 사다얏코는 미국을 순회하고 런던에서 공연했다. 이때 일좌의 공연을 본 무용가 로이 풀러Loie Fuller의 권유로 사다얏코가 일행 19명과 함께 파리에 도착한 것은 1900년 파리 만국박람회가 한창이었던 7월이었다. 만국박람회장의 한 편에 세워진 로이 풀러 극장에서 공연한 것은 〈무

사와 게이샤〉, 〈가사와 성원〉 등이었다. 이 타이틀에서 연상되는 것처럼 전자는 '*사야아테鞘当'와 '*도조사道成寺'를 혼합한 것이고 후자는 선 채로 배를 가르는 다치바라立ち腹가 볼 만한 것이지만 연극적 가치를 따지는 것은 아니었다. 미국 공연에 의해서 여배우로서 무대에 서게 된 그녀의 여배우 이력은 일천한 것이었지만 요시쵸의 대표 게이샤였던 그녀가 훌륭하게 착용한 기모노의 완전히 이질적인 아름다움은 그녀의 미모와 아울러 파리를 매료시키는 데 충분했다.

요컨대, 이 공연이 호평을 받게 된 것은 사다얏코와 그녀가 착용한 기모노의 매력에 의한 것이라고 해도 과장이 아니었다. 신문 『르 피가로』가 다룬 것을 비롯해(주3) 연극잡지 『르 테아트르』의 표지를 무대모습의 사다얏코가 장식했다.(주4) 피카소는 기모노로 춤을 추는 그녀를 움직임이 있는 스케치로 남겼으며 공연을 6번이나 보았다는 앙드레 지드를 비롯해서 로댕, 모로Moreau, 클레Klee, 클림트 등도 그녀의 무대모습에 매료되었다. 혹평을 한 것은 『당근』으로 잘 알려진 작가 쥘 르나르Jules Renard 정도로,(주5) 그녀에게 매료되는 것이 파리의 유행이라고 일컬어졌을 정도였다.

1901년 10월 1일호의 『페미나』의 기사 '연극과 여성'에 소녀시절 런던 만국박람회를 본(1881) 이후 일본에 매료되어 자신도 기모노를 입기도 했던 당시 인기 극작가 쥬디트 고티에가 사다얏코에 관해서 집필하고 있다. 기사는 이때의 연극과 일본에서 사다얏코의 상황 등을 정확하게 설명

사야아테(鞘当)
본래는 무사가 길을 지날 때 칼이 서로 닿은 것을 계기로 싸움이 벌어지는 것을 말하는데, 이것이 가부키(歌舞伎)에 도입되어 희곡에 새로운 변화를 주기 위한 취향(趣向)으로 구성됨.

도조사(道成寺)
사랑을 맹세한 승려 안친(安珍)에게 배신당한 기요히메(清姫)가 분노한 나머지 뱀이 되어 쫓아가서, 도조지(道成寺)의 종(鐘) 속에 숨어 있는 안친을 태워버린다는 줄거리로 도조지 전설에서 소재를 얻어 노(能), 조루리(浄瑠璃), 가부키(歌舞伎) 등에 전승되었음.

레오네토 카피엘로Leonetto Cappiello 『사다얏코, 일본의 여배우』 『르 레르Le Rire』 1900년 9월 15일자 306호 뒤표지에 게재된 『무사와 게이샤』의 사다얏코.

잡지의 표지를 장식한 사다얏코.
『르 테아트르Le Theatre』
1900년 10월 11일호.

하고 있으며, 사다얏코가 연기하는 『무사와 게이샤』에서 게이샤의 인상적인 사진이 게재되어 있다.

사다얏코는 일약 파리 사교계에서 주목 받아 여성잡지에 화제의 인물로 다루어졌다. 사다얏코를 빗대어서 '얏코' 향수와 '기모노 사다얏코'라고 이름 붙여진 실내복이 판매되었다.

이렇게 실내복으로 알려지게 된 것이 기모노였는데, 1903년경부터 폴 포와레는 이를 모드에 도입했다. 그는 외출용 기모노 코트를 디자인하는 데 이어 1906년 코르셋의 해방을 선언했다.

1905년 러일전쟁으로 일본은 전승국이 되었다. 러불동맹에 의해서 제휴되었을 뿐 아니라 대국 러시아와 오랜 옛날부터 깊은 관계에 있었던 프랑스가 이 극동의 작은 나라 일본에 대해서 더욱 관심을 갖게 되었다고 해도 이상한 일이 아니었다.

1907년은 포와레의 드레스, 베르Beer(주6)의 로브 드 디네, 잔느 파캥Jeanne Paquin의 망토 자포네 등이 연이어 발표되었다. 이 해 패션 가운데는 '기모노풍의 소매Manshu Kimono', '일본적인 라인forume Japonaise', '일본풍의A La Japonaise' 등이 매우 빈번히 등장한다. '일본'은 큰 유행이었다고 할 수 있다. 『레 모드LES MODES』는 패션에 나타나는 일본의 영향에 관해서 흥미로운 시평을 게재하고 있다. 조금 길기 때문에 그 부분을 요약해서 살펴보기로 하자.

KIMONO SADA YACCO

ÉLÉGANTE

ROBE DE CHAMBRE

en étoffe authentique du JAPON

12 fr. et 18 fr.

Expédition en Province contre mandat 0 fr. 85 en plus

Mesure : de la nuque à terre

AU MIKADO

41, Avenue de l'Opéra

A la suite du grand succès obtenu par le

KIMONO SADA YACCO

nous mettons en vente:

Kimono doublé pour l'hiver 18, 25 et 40 francs.

Kimono en très belle *Soie de Nagasaki* diverses nuances, très beaux dessins, doublée de soie, garanti au lavage : 65 francs.

Kimono en *beau crêpe de soie* diverses nuances, entouré de *belles broderies*, doublée soie, 120 francs.

Robe en belle soie Nagasaki, 65 francs.

La même, pour deuil.

얏코 드레스의 광고. 실내복 상점 '오 미카도'가 사다얏코에 관련지어 '기모노 사다얏코'를 출시했다. 『페미나』 1907년 11월호.

파리의 (연극) 무대에 침입한 일본에 의해서 파리와 파리 사람들은 '황화黃禍'에 침범 당했다. 이 매력적인 '황화'는 모드에도 영향을 미치고 있다. 우선, 기모노 소매 그리고 앞길 좌우의 겹침. 이것이 너무 일본적이지 않은가 하는 걱정 따위는 없다. 지금 유행하는 엠파이어 스타일에 잘 어울려 지극히 파리적이다. 그리고 일본의 자수와 무엇보다도 코드. 거의 평면적인 코트는 여유롭고 부드럽게 신체를 감싼다.… 지금 입고 있는 모드의 자포니슴은 매우 독창적인 것이기 때문에 주목할 필요가 있다.

『레 모드』 1907년 3월호

『사랑스런 공주』의 무대풍경. 『르 테아트르』 1907년 2월호. 교토복식문화재단.

LE FAVORI
Mme Sada Yacco et Mary, un petit chien bouledogue qui ne la quitte jamais.

général, nous autres étrangers, lorsque nous arrivons à Paris.

« Le Japon a beau être loin de Paris, nous savons que Paris existe, et d'après tout ce qu'on nous en dit, tout ce que nous attendons de lui, nous finissons par nous l'imaginer comme un point lumineux, comme un autre paradis. Aussi, lorsque nous le voyons enfin, si notre admiration n'est pas moindre, notre étonnement est moins grand.

« C'est Paris, nous disons-nous. Il ne fait, après tout, que mériter sa réputation. » Et nous trouvons très naturel qu'il soit ce qu'il est.

« Ce que je peux assurer, c'est qu'il ne m'a pas déçue, ah! cela, non! il ne peut pas décevoir... Il est bien, en effet, la ville élégante et gaie entre toutes; les Français y sont admiratifs et aimables; quant aux Parisiennes, à quoi bon répéter ou constater seulement ce qu'on sait aux quatre coins du monde : qu'elles possèdent au plus haut degré l'art de s'habiller et de faire valoir leur beauté ? A cause d'elles, la mode n'est jamais grotesque, tant elles ont le don de la rendre adorable : grands ou petits chapeaux, mis en avant, en arrière, sur le côté, prêts à tomber ou enfoncés dans la tête; robes unies ou trop fanfreluchées, manches exagérément larges ou trop courtes; tout leur sied, tout les rend délicieusement jolies, de tout elles s'accommodent. Et, voyez encore dans vos théâtres ! vos artistes ont plus ou moins de talent; élégantes, elles le sont toutes.

« Mais ce que j'admire surtout à Paris, ce sont les arts. Il est vraiment la cité où les arts — tous les arts — fleurissent le plus et le plus abondamment. Vos monuments, vos tableaux, vos statues, tout cela est merveilleux. Tout est, chez vous, d'un goût exquis, tout Parisien est artiste, même s'il ne l'est pas par profession. L'art dramatique réunit chez vous des auteurs de talent et des artistes remarquables.

« Et c'est pour cela, que je suis venue étudier ici. Où pouvais-je prendre de meilleures leçons ? Presque chaque soir je vais au théâtre, avec mon mari. Je ne comprends guère les paroles qui se disent sur la scène, mais le jeu des acteurs est si expressif que j'arrive à suivre l'idée de la pièce.

« Je vous ai déjà dit combien j'ai toujours aimé le théâtre.

« Je suis fille d'un commerçant de Tokio, mais toute petite, ma mère, qui aimait la danse, m'apprit à danser. J'ai donc été *geisha*, c'est-à-dire danseuse. Ayant épousé Kawakami, j'ai essayé de jouer la comédie. De Tokio je suis allée en Amérique, puis à Londres, puis en France, en 1900.

Les riches Kimonos, aux couleurs éclatantes, brodés d'or, valent bien les robes de soie de nos Parisiennes..., au Japon tout au moins.

Mon mari a un théâtre à Tokio depuis dix ans. Il va en avoir un second. C'est lui le premier qui eut l'idée de prendre des troupes mixtes d'acteurs, car au Japon, les théâtres sont composés uniquement d'hommes ou de femmes, aussi voit-on des hommes jouer des rôles de femme et vice versa.

« Mon mari eut aussi l'idée de monter des pièces européennes, que nous jouons en habits européens.

« Répondant à une de vos questions : Pourquoi donc ne jouerions-nous pas les comédies de vos auteurs modernes ? Ne sommes-nous pas là pour étudier l'art dramatique français dans toutes ses manifestations ? J'avouerai cependant que, en ce qui me concerne, je préfère la tragédie et le drame à la comédie.

« Voilà, Mademoiselle, le résumé de ce que je vous ai dit lorsque j'ai eu le plaisir de vous voir.

« Ah! pourtant j'oublie une chose. Vous m'avez demandé, je crois, si les Japonaises étaient aussi trompeuses que les Parisiennes lorsqu'on leur demandait leur âge. Moins peut-être... Tout de même elles mentent aussi... J'ajouterais que, pour moi, lorsqu'on m'interroge à ce sujet, je dis la vérité, si je ne craignais de vous voir sourire et penser : « Mais toutes les femmes (aussi bien Japonaises que Françaises) disent la vérité ».

« Recevez, Mademoiselle, l'assurance de mes sentiments de gratitude pour votre aimable visite.

« SADA YACCO. »

Mme Sada Yacco préfère le drame à la comédie; elle n'en est pas moins une comédienne amusante, et une musicienne pleine de fantaisie.

Les Parisiennes se souviennent sûrement encore des petits frissons d'angoisse qu'elles ressentirent au théâtre de la rue des Nations, à l'Exposition, où tout Paris venait l'admirer et l'applaudir, lorsque Sada Yacco, interprétant la *Geisha et le Chevalier*, pièce japonaise plus terrifiante qu'aucun drame « Grand Guignol », se poignardait à la fin de la représentation. On se souvient de ses convulsions d'un obsédant réalisme, alors que des lumières heureusement combinées, tantôt blafardes, vertes et violettes, faisaient passer sur son visage grimaçant les angoisses les plus atroces, les plus cruelles, jusqu'aux affres de la mort... Depuis, on a pris goût à ce genre de spectacle terrifiant, et l'on recherche même assidûment ces émotions violentes.

Sada Yacco, repartie au Japon après ces représentations, n'a jamais plus été entendue à Paris, malgré les sollicitations nombreuses et pressantes dont la charmante artiste a été l'objet depuis qu'elle est de nouveau parmi nous.

Il faut souhaiter cependant qu'elle se laissera fléchir et que l'on pourra revoir ses petites mines, ses gestes menus, et aussi ses émouvantes et tragiques mimiques, qui firent sa réputation.

Et, tandis que le thé, préparé dans un bol par la maîtresse de maison elle-même, passait à la ronde parmi nous, nous ne pouvions nous défendre d'évoquer ces boîtes laquées, ces éventails bariolés et surtout ces paravents japonais qui nous environnaient et dont Mme Sada Yacco et sa suivante semblaient être descendues.

MARIE LAPARCERIE.

잡지에 소개된 사다얏코. 『페미나』 1907년 11월호.

위 인용문에서 무대에 일본 선풍이 일었다고 표현한 것은 1907년 보드빌좌에서 상연한 쥬디트 고티에의 『사랑스런 공주』와 비슷한 시기 상연된 오페라 코믹인 『나비 부인』 등을 말한다. 또 같은 해 영국을 본거지로 활약한 하나코花子라는 일본인 여배우가 모리 오가이森鴎外의 1910년 소설 『하나코』를 파리의 소극장에서 공연해 매우 화제를 모았다는 기사도 여성 잡지가 소개하고 있다.

다시 사다얏코가 파리에 4개월 동안 머물게 된 것은 그해 후반이었다. 이때 그녀는 그 다음해인 1908년에 오토지로와 함께 제국여배우양성소를 설립하기 위해서 여배우 양성과 극장 시설의 시찰을 목적으로 했기 때문에 무대에 서지는 않았지만 『페미나FEMINA』는 사다얏코에게 인터뷰를 했다. 그 기사 가운데 "사다얏코가 입고 있는 기모노에는 매화, 대나무, 삼나무(소나무를 말하는 듯 하다) 등의 문양이 옷자락에 배치되어 있다. 얏코는 다른 한 장의 기모노를 보여주었는데 이는 화려한 자수가 있는 이브닝용 기모노였다"고 기모노에 관해서 자세하게 관찰하고 그 아름다움에 감탄의 목소리를 높이고 있다.(주7)

기모노가 포와레 등의 주도에 의해서 파리 모드 가운데 기모노풍 코트로 도입되어 기모노에 나타나는 현저한 특징인 형태의 여유로움과 직선적인 형태를 모방한 패션으로 더욱 확장되어 나가는 것은 1910년 이후가 된다. ✲

제 8 장

유럽의 「뒤돌아보는 미인」

유럽의
'뒤돌아보는 미인'

《라 자포네즈》

보스톤미술관이 소장하는 모네의 《라 자포네즈》(1876)에는 기모노를 착용한 금발 여성이 서 있는 모습이 그려져 있다. 실물을 보면, 사진 등으로 익숙한 이 그림의 231.5×142 센티미터나 되는 대형 화면은 상상보다도 훨씬 크다. 무엇보다도 이 그림은 보는 사람에게 강렬한 인상을 준다. 눈에 맨 먼저 들어오는 것은 새빨간 기모노와 펼쳐 든 부채이다. 배경에는 부채와 일본의 방석, 그리고 기모노를 장식한 *오쿠비에大首絵가 보인다. 그런 도구만으로도 벌써 일본인인 필자로서는 회화 감상 이전에 메시지를 무심결에 읽어내려 하고 있었다. 게다가 칼을 손에 들고 당장이라도 누군가에게 달려들 것만 같은 무사가 입체적인 수법으로 장식

오쿠비에(大首絵)
우키요에 한 형식으로, 인물의 상반신을 크게 하고 표정을 강조해 그린 것. 샤라쿠(写楽)의 배우그림(役者絵), 우타마로(歌麿)의 미인화 등이 유명함.

모네 《라 자포네즈》 1876. 보스톤미술관.

된 드라마틱한 의상을 착용한 것은 뒷모습을 보인 채 미소를 지으며 몸을 약간 비틀어 정면을 향한 금발의 여성이다.

그런 세부 하나하나에 신경이 쓰이면서도 드디어 여느 때와 마찬가지로 의복에 눈을 돌리고는 놀라지 않을 수 없었다. 모네의 눈은 빨간 기모노의 바탕 문양도, 일본자수의 금사를 빨간색 색사로 고정시키는 에도기의 기술적인 특징도 어느 것 하나 간과하지 않고 정확하게 표현하고 있다. 예전에 18세기의 섬세한 수편 레이스와의 차이를 정확하게 구분해서 묘사한 프랑소와 부셰François Boucher도 놀랄 만하지만, 훌륭한 화가가 한 순간에 대상물의 특징을 간파하는 관찰력의 예민함과 정확도 그리고 물론 그것을 재현하는 붓의 힘에도 새삼스럽게 놀랄 뿐이었다.

그러한 디테일에 감탄하면서 다시 대화면의 전체모습에 눈을 두자, 뒷모습을 보이면서 돌아보는 여성 즉 화가의 아내인 카미유가 서 있는 모습이 너무나 인상적이어서 그 이후로 왠지 나를 떠나지 않게 되었다.

파리의 장식미술관 도서실에서 한 장의 우키요에를 만난 것은 그 후 조금 지나서였다. 이 그림은 파리에서 1878년에 개최된 만국박람회의 작업을 한 후 파리에서 일본품을 판매해 당시 유럽에 꽃 피운 '자포니슴'이라는 움직임과 뗄래야 뗄 수 없는 인물이었던 하야시 다다마사의 경매첩(주1) 중의 한 장이었다.

여기에는 에도 중기의 우키요에 화가 우타가와 구니사다歌川国貞의 제자인 구니히사国久에 의해서 당대 인기 가부키 배우였던 세가와 미치노스케瀬川路之助(1782-1811)의 모습

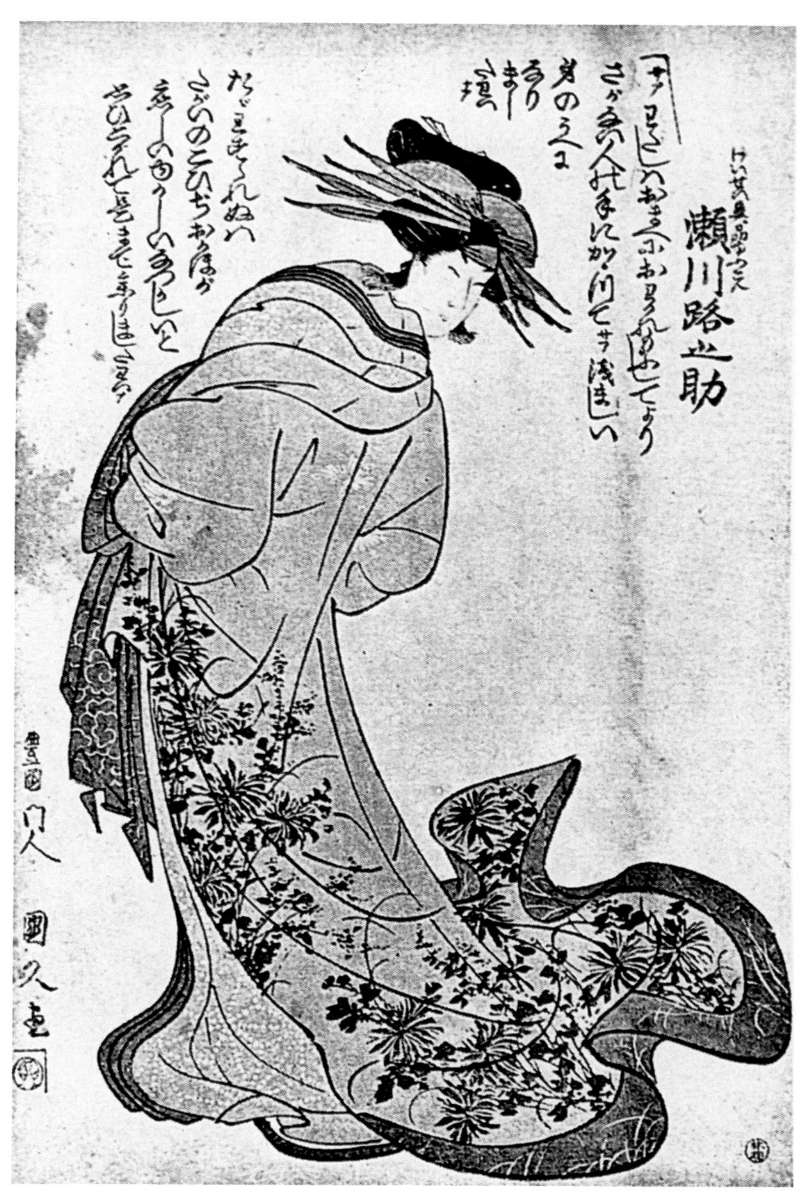

우타가와 구니히사歌川国久 《세가와 미치노스케瀬川路之助》 19세기 초. 하야시컬렉션.

이 그려진 우키요에가 그 도판과 함께 이름을 올리고 있다. 세가와 미치노스케는 본래 세가와 기쿠노스케菊之助라 하며 *온나가타女形를 전문으로 하는 인기 배우였지만 요절했으며 사후에 4대 기쿠노죠菊之丞가 되었다. 그림 속에서 온나가타인 미치노스케가 뒤 돌아 선 채 몸을 돌려서 얼굴을 이쪽으로 향하고 있다. 이른바《뒤돌아보는 미인見返り美人》이라 불리는 그림이다. 이 때였다. 여기에 필자는《라 자포네즈》의 카미유 포즈를 중첩시켰다.

그때까지도 유럽에 건너간 우키요에 특히《뒤돌아보는 미인》을 비롯해서 미인화를 수없이 보아왔다. 그럼에도 불구하고 19세기 후반에서 20세기 초에 걸쳐서 패셔너블한 여성들이 취한 자세에 일련의 공통성이 있지 않나, 그리고 그 핵심이 우키요에가 즐겨 다룬《뒤돌아보는 미인》이지 않았나 하고 생각하게 된 것은 어리석게도 그때가 처음이었다. 예를 들어,《라 자포네즈》를 보더라도 나다르Nadar가 촬영한 사진 '그레퓔 부인Madame Greffulhe'을 보더라도 혹은 조금 후의 조르쥬 레파프Georges Lepape나 바르비에Barbier의 일러스트를 보더라도 모두 그렇지 않은가. 필자가 19세기 후반에서 20세기 초반의 패셔너블한 여성의 자세가 어쩌면 '뒤돌아보는 미인'이 아닌가 하는 망상을 하게 된 것은 '19세기 후반의 파리'→ '하야시 다다마사'→ '만국박람회 후의 일본품 경매첩' 등 자포니슴을 엮어내는 실타래에 의한 것인지도 모른다. 세기말의 파리를 무대로 일본열기를 조성한 미술상이었던 하야시 다다마사는 파리의 많은 예술가와 문화인과 관련되어 있었다.

온나가타(女形)
가부키(歌舞伎)에서 여성 역할을 연기하는 남성 배우. 에도 초기에 여성 가부키(女歌舞伎)가 금지된 이후 생겨났음.

나다르 촬영 <그레퓔 부인>(부분) 1896. 드레스는 워스의 디자인. 세기말 사교계의 꽃이었던 부인은 프루스트의 『잃어버린 시간을 찾아서』의 게르망트Guermantes 공작부인의 모델이라고 일컬어진다.

주의해서 보면 그 후 점차 유럽판 '뒤돌아보는 미인'이 필자의 앞에 나타났다. 그것들은 회화, 사진, 포스터 혹은 잡지 속의 패션 플레이트에서 확인되었다.

유럽의 '뒤돌아보는 미인'

19세기 중반의 구미에서는 사실주의에 만족하지 못하게 된 화가들이 새로운 방향을 모색하기 시작했다. 쇄국 중의 에도문화 가운데 독자적으로 발전한 우키요에는 사실성의 무시, 음영의 결락, 원근법의 자유로운 왜곡, 단순명쾌한 색채 등 그들의 회화에는 없는 독특함을 갖고 나타나 그들에게 이국취미 이상의 새로운 발상원이 되었다. 많은 후기 인상파 화가들이 자신의 표현 속에 이러한 시점을 도입했던 사실은 잘 알려져 있다.

휘슬러, 모네, 티소를 비롯한 그 외의 많은 화가들도 일본의 물건을 파는 상점에서 기모노를 사 자신의 그림 속에 그려 넣었다. 이들의 그림 속에서 기모노를 입는 것은 모두가 백인 여성이다. 그러나 필자가 찾는 '뒤돌아보는 미인'은 찾아볼 수 없었다.

1864년 티소도 《목욕하는 일본 아가씨》, 《일본의 물건이 있는 상점에 있는 여성》에서 기모노를 착용한 여성을 묘사하고 있다. 《일본의 물건이 있는 상점에 있는 여성》에서 기모노는 80년대에 《방탕아들》에서 사용한 것과 같다.

1872년경의 알프레드 스티븐스Alfred Stevens의 《일본의 기모노》에서 기모노는 오브제로 취급되어 있는데, 실내복으로 착용되는 기모노를 예견하고 있는 듯 하다. 영국에서는 로세티가 이른 시기에 《가장 사랑하는 사람》에서 일본의 기모노 직물로 제작된 듯 한 짙은 녹색에 빨간 자수로 보이는 의상을 모델에게 입히고 있다. 그러나 이 역시 필자가 찾고 있던 미인은 아니었다.

그렇다면 '뒤돌아보는 미인'은 서두에서 설명한 모네(1840-1926)가 1876년에 그린 《라 자포네즈》가 가장 빠른 예로 보인다. 모델을 맡은 것은 화가의 아내 카미유였다. 모네는 같은 카미유를 모델로 해서 66년에 유럽풍의 유행복을 착용한 카미유를 그린 《녹색 옷의 여자》도 그렸다. 이 두 장의 그림은 한 쌍이라고 지적되고 있는데, 이러한 포즈는 앵그르가 묘사한 등을 보이는 여성상과는 취향이 다르며 종래의 회화에서 반드시 빈번하게 볼 수 있었던 것은 아니라고 생각된다. 1860년 이후 패션은 크리놀린, 버슬 등 점차로 스커트의 뒷부분에 디자인의 중점이 놓이게 되었는데, 이 사실과 우키요에의 《뒤돌아보는 미인》의 포즈와는 긴밀한 관계를 갖게 되었는지도 모른다.

《라 자포네즈》의 기모노는 모네 자신이 어느 비평가에게 보낸 편지 속에 '일본 배우의 의상'을 그렸다고 말한 것처럼 통상의 기모노가 아니라 가부키의 의상이다. 구스타프 클림트도 기모노를 좋아해 아틀리에에 가부키 의상을 포함해서 기모노가 장식되어 있었다고 지적되고 있는데, 몇 년 전에 파리의 의상 경매에서 클림트가 소장했다고 일컬어지는 가부키 의상풍의 의상이 매물로 출품되기도 했다.

히시카와 모로노부菱川師宣 《뒤돌아보는 미인》 17세기 말. 도쿄국립박물관.

스소문양(裾模様)
기모노의 치맛자락 부분에 문양이 배치된 것

히시카와 모로노부(菱川師宣, ?~1694)
에도 전기의 우키요에 화가. 판본(版本)의 삽화, 에혼(絵本)을 다수 제작했으며, 독자적인 미인양식을 확립했다. 또한, 가부키와 요시와라(吉原)의 풍속 등을 육필화로 제작해 우키요에 판화의 시조로 일컬어짐.

무대의상의 대담함이 화가의 흥미를 모았던 것이다.

카미유가 착용하고 있던 기모노에는 대담한 *스소문양裾模様이 있었는데, 모네는 이 디자인을 보이기 위해서 카미유에게 뒤를 향하도록 한 것일까.

우키요에 혹은 니시키에錦絵라 불리는 정교한 다색 판화는 18세기 중반에 등장했다. 우키요에의 시조라 일컬어지는 *히시카와 모로노부菱川師宣(?-1694)는 육필 우키요에로서 있는 미인화를 확립했다. 그 가운데도 우표가 되기도 했던 《뒤돌아보는 미인》(도쿄국립박물관)은 모로노부 미인화의 대표작이다. 모로노부는 미인을 묘사하고 있지만 이 그림에 묘사된 것은 미인이 아니라 미인이 입고 있는 의상이었다. 돌아보는 여성의 얼굴에는 어느 그림에도 특별히 개성이 느껴지지 않는다. 얼굴은 치장된 검은 머리칼과 함께 아름다운 의상을 돋보이게 하고 있는 데 지나지 않는다. 이에 비해서 의상과 이를 착용한 차림의 매력은 압권으로, 장식성이라는 면에서 회화의 매력이 충분히 발휘되어 있다. 모로노부의 다음의 우키요에 화가에 의해서 뒤돌아보는 미인도가 많이 그려지게 되었는데, 이들은 기모노의 문양 디자인을 보이기 위한 패션 플레이트로서의 역할을 담당하고 있었다.

모네의 자포니슴 초기 작품인 《라 자포네즈》는 일본취미의 작품이라고 단정지어 버리는 경우가 많지만, 우키요에의 장식성, 그 가운데도 《뒤돌아보는 미인》이라는 디자인성을 표면에 내건 포즈를 카미유에게 취하게 하면서 회화의 장식성을 끌어내는 시도를 이 그림에서 실행하고 있

게이사이 에이센渓斎英泉의 《구름 타고 올라가는 용 문양이 있는 우치카게를 착용한 오이란雲龍打掛の花魁》을 사용한 『파리 일루스트레PARIS ILLUSTRE』 1886년 5월 1일호의 표지. 본래 그림은 좌우 반전되어 있다.

고호 《자포네즈리, 오이란》 1887. 암스텔담 고호미술관.

다. 우키요에에 한정하지 않고 일본의 예술은 일상성과 분리하기 어려울 정도로 관련되며 장식성을 중시하고 있는 점을 그는 예리하게 간파하고 표현하고자 했던 것이다.

《라 자포네즈》보다도 조금 늦은 시기에 파리에 온 고호가 우키요에를 그림 속의 그림畵中畵으로 그리면서 우키요에에 직접 영향을 받은 작품을 남기고 있는 사실은 잘 알려져 있다. 그 중 하나인 《자포네즈리, 오이란Japonaiserie: Oiran》은 『파리 일류스토레』 1886년 5월 1일호에 게재된 *게이사이 에이센渓齋英泉의 《구름 타고 올라가는 용 문양이 있는 우치카게를 착용한 오이란雲龍打掛の花魁》을 모사한 것이었다. 에이센의 그림은 잡지에 인쇄될 때 좌우가 반전되었다고 지적된 바 있다. 그 때문에 에이센의 오이란과 고호의 미인은 좌우 반대 방향을 바라보고 있지만, 고호의 그림에서도 역시 뒤돌아보면서 옷자락이 끌리는 우치카게를 보이고 있다.

게이사이 에이센(渓齋英泉, 1790~1848) 에도 후기의 우키요에 화가. 유녀나 게이샤 등 농염하고 퇴폐적인 미인 오쿠비에(大首絵)를 특기로 했음.

일본적인 오브제로서의 기모노가 아니라 구미의 유행복을 착용한 여성들의 포즈에 '뒤돌아보는 미인'이 나타난 빠른 예는 워스의 드레스를 우아하게 착용한 그레퓔 부인을 나다르가 촬영한 인상적인 사진으로 보인다. 19세기 후반 최고의 쿠튀리에였던 워스는 일본을 의식하고 일본에 이미지를 추구한 의복을 제작했다. 그러나 일반적으로 말하면 패션에 '일본'이 출현한 것은 러일전쟁 전후였다.

세기의 전환점인 이 시기에 코르셋으로 조른 의복에서 새로운 20세기 의복으로 변화고자 했던 패션 자체가 기모노의 영향을 받아서 그때까지의 의복과는 다른 여유로운 형태를 띠기 시작했다. 포와레를 선두로 하는 이즈음의 패

마티알&알망Marcial & Alman의 코트. 『레 모드LES MODES』 1912년 11월호.

워스의 드레스. 『가제트 뒤 봉 통』 1920년 6월호.

파캥의 '망토 자포네' (메트로폴리탄미술관) F.J. 『가제트 뒤 봉 통』 1912년 1월호.

션은 마치 우키요에 속에서 우치카게打掛를 *누키에몽抜き衣紋으로 착용한 듯한 착장으로 재단도 직선적이며 그때까지의 유럽 옷에는 찾아볼 수 없었던 여유로움이 나타나기 시작했다. 아니, 기모노는 조여서 착용하는 것이 아닌가 하고 반론을 하는 사람이 있을지도 모르겠다. 그러나 예를 들어 피에르 로티의 관찰에 집약되는 바와 같이 구미인의 대개가 우키요에에 그려진 기모노 혹은 실물의 기모노에서 본 것은 드레이프의 아름다움과 엘레강스였던 동시에 신체를 압박하지 않는 자유로움, 착장법의 여유로움 그리고 바꾸어 말하면 에로티즘이었다. 확실히 성장으로만 남겨진 기모노를 착장교실식 착장법으로 착용하는 오늘날의 기모노는 신체를 압박하는 것이 틀림없다. 그러나 우리 할머니, 증조할머니는 기모노를 일상적으로 착용하고 있었다. 이는 본질적으로 기모노가 신체를 압박하는 것이 아니라는 사실을 말해 준다. 더욱이 우타마로와 기요나가清長를 비롯해 우키요에에서는 언제나 자유롭게 착용된 기모노의 표현에 놀라게 되지만, 메이지 시대의 낡은 사진 속에서도 여성들은 기모노를 헐렁하게 착용하고 있다. 즉 기모노가 신체를 압박하는 듯 단정하게 착용되는 것은 아무래도 지극히 현대적인 착장법이라고 말할 수 있다.

1907년경부터 유행하는 패션 용어로서 언급된 것은 '기모노 소매', '기모노의 여밈', '일본의 형태' 등의 용어이다. 당시 '뒤돌아보는 미인'은 여성잡지의 패션 사진, 일러스트 등에 매우 빈번하게 나타나기 때문에 그 예는 얼마든지 들 수가 있다. 모네나 고호의 시대로부터는 이미 많은 시간

누키에몽(抜き衣紋) 일본옷의 깃 뒷부분을 끌어내려 뒷목이 보이도록 착용하는 착장법.

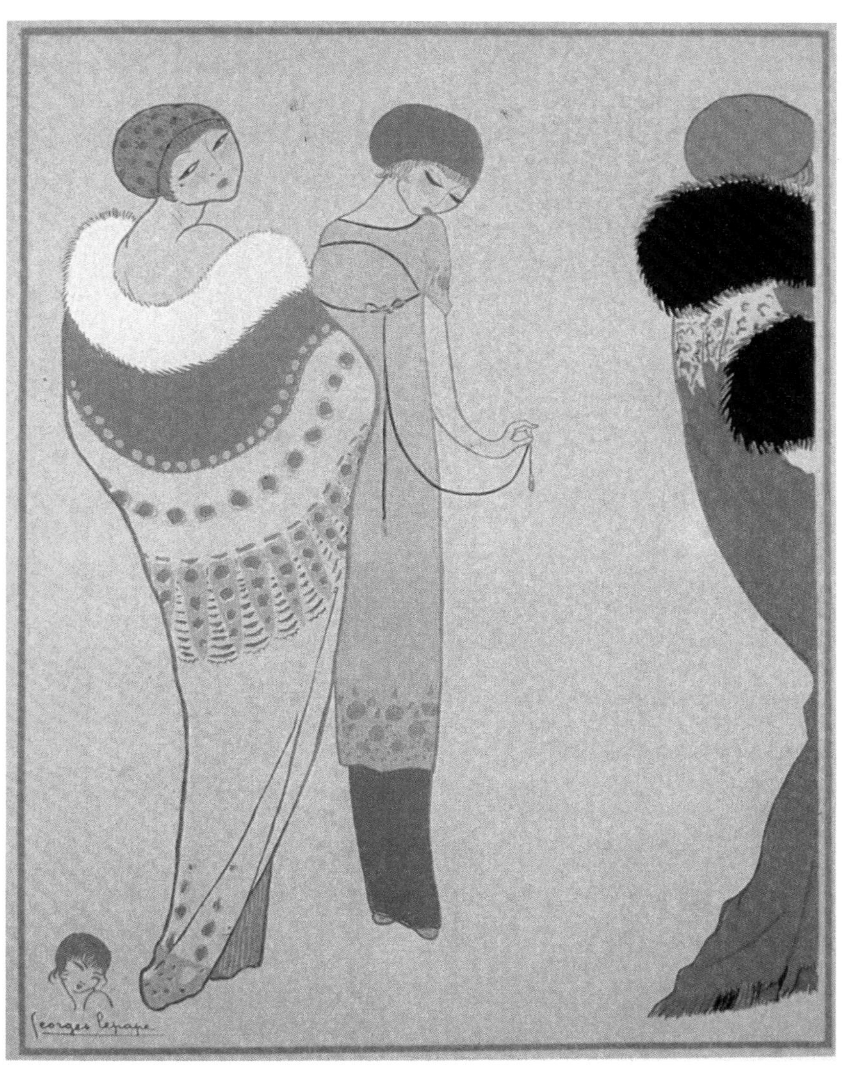

포와레의 드레스. 조르쥬 레파프Georges Lepape(1887~1971) 그림. <CHOSE DE PAUL POIRET> 1911년.

이 경과되었다. 그러나 1911년부터 파리장식미술관에서 우키요에 전시가 몇 차례인가 개최되어 큰 반향을 불러일으켰으며, 또 19세기 후반에 개최된 만국박람회 후 미술관에 소장된 일본의 염직품 문양이 칼라 사진으로 수록되어 있는 『에토프 자포네즈ETOFFES JAPONAISES』와 같은 호화로운 책으로 출판되었다.

패션이 본격적으로 그리고 적극적으로 '일본'을 도입한 이 때, 르파프, 바르비에 혹은 조금 뒤 1920년대의 일러스트레이터들의 대개도 또한 '뒤돌아보는 미인'에 매료되었다.

파리 모드에 확장되는 자포니슴

기모노와 서양복의 차이는 수납할 때 가장 분명하다. 서양복은 벗어서 옷걸이에 걸어둔다. 서양복은 입고 있을 때와 그다지 차이가 없는 형태로 옷장에 걸어두는 것이다. 이에 비해서 기모노는 입고 있을 때는 입체인 신체에 따라 형태를 이루고 있지만, 벗으면 바로 직물이 된다. 이 직물을 사각으로 접어 완전히 평면이 된 기모노를 옷서랍에 넣어둔다. 우리 일본인의 대개는 습관적으로 이를 알고 있다. 융통성이 있다고 해야 할지 주체성이 없다고 해야 할지 기모노는 애매한 의복이다.

서양의복을 수집하고 있는 필자는 어느 날 일하고 있는 재단의 소장고에 여느 때와 마찬가지로 들어갔다. 소장고는 오래된 의상을 가능한 한 양호한 상태로 보존하기 위해서 온도 20℃, 습도 50%로 유지시킨 대규모의 옷장 같은 곳이다. 그때 샤넬이었는지 비오네였는지 기억나지 않지만 아무튼 1920년대 작품을 조사하고 있었다. 작품 하나를 꺼내려고 할 때, 그것이 옷서랍에 들어있다는 사실을 새삼 의식하게 되었다. 이는 전형적인 20년대의 드레스로 이 시대 특유의 평면적인 제작의 의복이기 때문에 당연하게 생각하고 있었다. 그런데 그 순간 웬 일인지 다른 의복은 모두가 옷걸이에 걸려 있어도 몸에 입혀진 것과 같은 형태인데 이 시대의 의복은 왜 기모노처럼 서랍에 보관될 정도로 평면적인가 하는 것이 마음에 걸렸다.

그러고 보니 이정도로 분명한 차이를 지금까지 간과하고 있었던 것이 이상할 정도로 1920년대 의복은 다른 시대의 서양복과는 달랐다. 특히 그 전 시대의 것과는 의복의 구성방법에 큰 차이가 있었다.

그러나 지금은 이 의문을 잠시 이대로 두고 파리 컬렉션에 자포니슴이 등장하는 19세기 후반으로 돌아가 보겠다. 이즈음 파리의 최고 디자이너라고 하면 오트쿠튀르의 창시자인 워스를 빠뜨릴 수가 없다. 파리는 물론 러시아 귀족과 미국 부호를 고객으로 했던 워스가 디자인하는 유행의 케이프와 사브리에 라인 드레스에는 국화, 일본의 투구, 벚꽃, 수면에 떠오른 수련 등 어떻게 보아도 일본의 문양으로 장식된 작품이 다수 남아있다. 이는 이미 살펴본 것처럼 이국취미의 실내복이나 가장 의상 등 사회적인 제약이 강하지 않은 장소에서가 아니라 사회와 직접 연결되어 있는 패션 속에 일본적인 것 혹은 기모노의 이미지가 표현되었다는 것을 의미한다.

제5장에서 살핀 바와 같이, 당시 파리 오트쿠튀르의 소재를 거의 독점적으로 공급했다고 해도 과언이 아닌 리용은 고급 견직물 생산으로 알려져 있었다. 새로운 디자인 개발에도 적극적이어서 독자적으로 혹은 워스 등 파리의 디자이너 의사에 따라서 새로운 디자인의 견직물을 개발해 기술과 디자인을 만국박람회 등에 누차 출전했다. 그러한 디자인은 파리를 통해서 당시의 첨단 디자인으로 보급되어 나갔다. 1880년대부터 1900년경의 리용 직물 디자인에는 마치 *니시진西陣의 오비가 아닌가 생각되는 것이 많다. 또 워스의 것뿐 아니라 그즈음 드레스에는 그러한 직물이 많이 사용되었다. 얼마 후 패션이 변화되어 부드러운 직물이 주류를 이룬 1910~1920년대에는 승려의 호화로운 가사나 마키에蒔絵로 장식된 칠기를 방불케 하는 파리 모드가 된 리용의 직물에 종종 만나게 된다.

워스는 이처럼 의복의 형태를 서양적인 것으로 그대로 둔 채 일본적인 모티브를 도입했다. '자포니슴'은 이렇게 워스라고 하는 패션 리더에 의해서 패션 속에 분명히 그 흔적을 남기게 되었다. 그러나 20세기가 되어 자포니슴은 더욱 패션과 긴밀한 관계를 맺게 되었다.

니시진(西陣)
교토의 니시진(西陣)에서 생산되는 직물의 총칭으로 '西陣織'의 약자. 주로 비단(錦), 수자(繻子), 금란(金襴), 단자(緞子) 등의 고급 견직물을 말함.

폴 포와레의 발상

1903년 폴 포와레는 기모노 코트를 발표했다. 이는 그가 아직 워스의 가게에서 일하고 있었을 때의 일이었다. 후에 ‘모드의 술탄sultane’이라 일컬어지며 20세기 초 파리 모드를 주도하게 되는 포와레는 1879년 파리의 유복한 직물상 집안에서 태어났다. 예술에 매료된 소년이었던 포와레는 아버지의 의사로 17세에 우산 가게에 들어갔다. 그러나 여기에서 일에 적응하지 못하고 디자이너가 될 꿈을 실현하고자 디자인화를 그려 이를 판매하기도 했다. 이 때의 제작된 디자인화는 1896년 벨 에포크 분위기를 잘 전하는 우아한 패션이었다. 그즈음 인기 있는 메종이었던 자크 듀세의 가게에 들어가 활동을 개시했다. 그리고 워스의 가게로 옮긴 것은 1900년이었다. 워스의 가게는 메종을 설립한 샤를 프레데릭으로부터 그의 아들 장 필립이 뒤를 잇고 있었지만 파리 제일의 유명한 메종이라는 사실에는 변함이 없었다. 그러나 워스 상점의 상류계급 고객들조차도 19세기풍의 무거운 장식 드레스를 선호하지 않게 되었다. 상점의 판매가 떨어지면서 시대에 부합된 간결한 의복 부문에 주력해야만 하는 상황 속에서 포와레가 고용된 것이다.

워스의 가게에서 1903년에 제작한 것이 포와레의 자서전 가운데 “검정 라사로 제작된, 큰 사각형 모양의 기모노로 검정 새틴으로 테두리를 둘렀다. 소매는 크고 중국의 코트 소매처럼 자수로 장식되었다”(주2)고 기록된 코트였다. 실물은 남아있지 않기 때문에 상상할 수밖에 없지만 아무래도 파리시립의상미술관에 현존하고 있는 1904년에 발표된 ‘공자 코트’에 가까운 것으로 보인다. 이 코트는 워스의 마음에 들지는 않았다. 그런데 고객의 평판은 매우 좋았다

포와레의 코트. 1904~05 파리시립의상미술관.

고 한다. 이 코트를 제작한 후 얼마 지나지 않아 1903년에 포와레는 독립하고 그때부터 연이어 일본적인 작품을 발표했다. 여기에서 '일본적'이라 표현했지만, 자서전에서 그가 사용한 '기모노'라는 말을 보아도 포와레는 일본과 중국의 차이를 정확하게 파악하고 있었다고는 생각되지 않으며, 19세기 말부터 알려진 '기모노'라는 말이 애매한 것이었을지도 모르지만 그렇다 하더라도 넓은 의미에서 일본의 영향을 받은 것이라는 정도이다. 만약 현대의 인기 디자이너 고티에에게도 해당되는 듯한 '위대한 절충주의자', 그것이 『포와레』의 저자인 복식사가 이반느 데란드르의 포와레 평이다. 그렇다면, 포와레가 '기모노'라고 한 말의 진의를 굳이 따질 필요는 없는 듯하다. 그러나 데란드르가

> *포와레에게 오리엔탈 그것은 막연하게 이란에서 일본까지였으며 그들의 형태를 그대로 재현하는 것이 아니라 '정신'—신체로부터 떨어진 의복 즉 유럽의 전통과 완전히 대립하는 것—을 번역한 것이었다.*
>
> (이반느 데란드르, 『포와레』, 1986 파리)

이라고 말하는 것처럼, 중요한 것은 포와레가 기모노에서 발상을 얻어 직선적인 재단과 여유로움을 패션에 추구했다는 점이다.

1904년에는 '공자 코트'라 이름 지은 작품을 발표했다. 1906년에는 코르셋을 사용하지 않은 패션을 제안했다. 이는 복식사상 잊을 수 없는, 패션의 일대 전환을 촉구하는

포와레의 이브닝드레스. 1907. 파리의상예술미술관/UFAC. 검정 튈tulle에 비즈가 자수되어 있다.

사건이었다. 정확하게 말하면, 프랑스 혁명 직후의 코르셋을 사용하지 않았던 시기를 제외하고는 르네상스 이후 계속된 코르셋이 비로소 본격적으로 추방된 것이다. 산업혁명의 빛나는 성과라고도 말할 수 있겠지만, 이즈음 여밈을 고정시키기 위한 다양한 개량품의 특허가 연이어 신청되었다. 그 덕분에 끈으로 조일 수 있을 만큼 졸라 착용했던 코르셋은 여성에게 혹독한 고문기구가 되어 있었다. 코르셋을 착장해 꿀벌처럼 허리가 잘록한 당시의 미인이 독특한 취향을 가진 사람을 제외하고는 현재의 눈에는 조금도 아름답게 비치지 않는다.

20세기를 향해 크게 변하고자 했던 패션은 이렇게 코르셋으로 속박되고 허리를 지점으로 구성된 19세기의 의복을 폐기하고 여유로운 의복을 향하고 있었다. 포와레가 기모노에 향했던 것은 이러한 배경이 있었던 사실을 충분히 고려해야만 한다.

코르셋으로부터의 해방

포와레가 활동을 시작했을 즈음 크리놀린으로 스커트를 부풀리기도 하고 버슬로 뒷부분을 부풀리는 등 갖은 방법을 써서 허리를 지점으로 하는 구성의 디자인을 전개했던 패션은 이제 완전히 디자인적으로도 출구를 잃어버렸다.

이보다 앞서 19세기 후반의 영국에서는 고대 그리스·로마에 미의 이상을 확인한 번 존스Burne-Jones, 로세티 등 라파

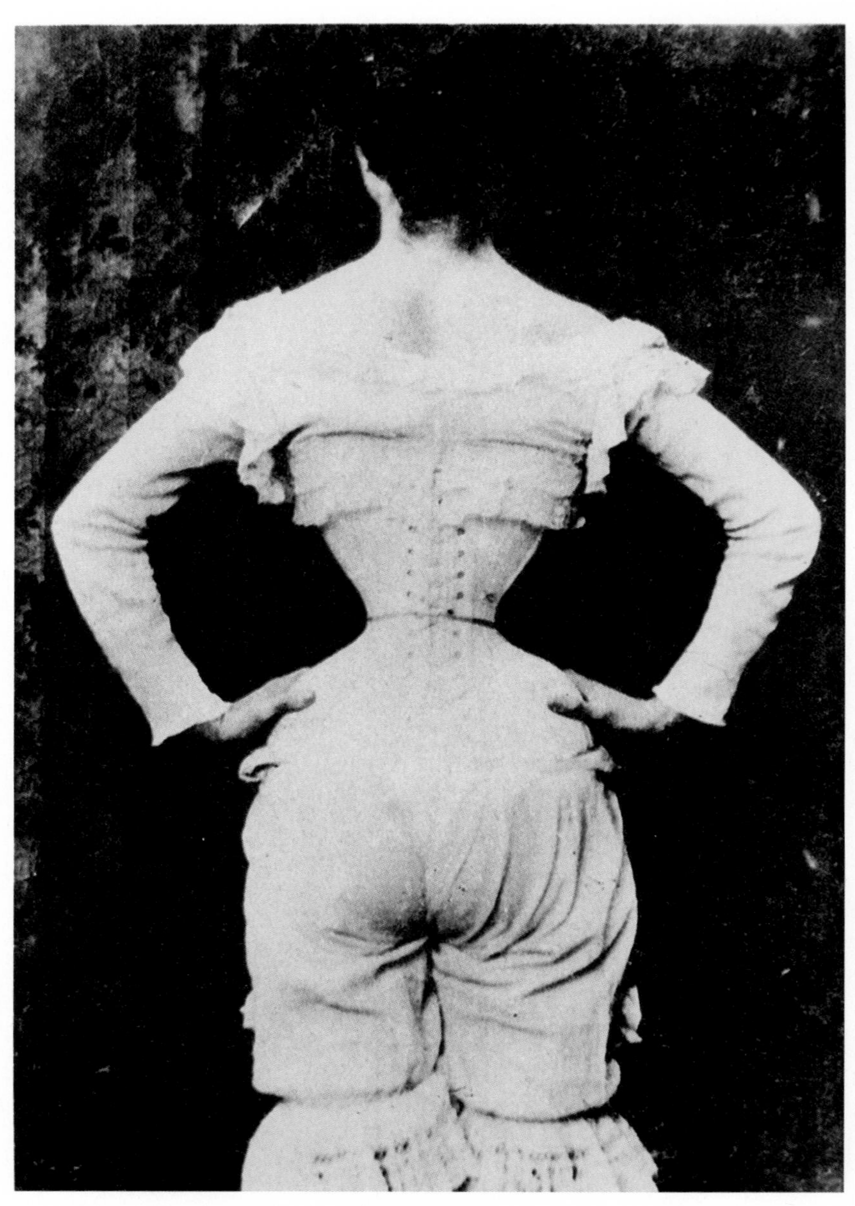

41㎝의 허리를 자랑하는 '카페 콩세르café-concert'의 가수 포레르Polaire의 잘록한 허리. 1902년.

엘전파의 화가들이 코르셋을 사용하지 않는 드레스 디자인을 자신들의 그림 속에 묘사했다. 이는 건축가이자 디자이너였던 고드윈 등이 제창한 레이셔널 드레스 운동으로 확장되어 나갔으며 런던의 리버티 상회는 그러한 조류를 탄 실내복으로 호평을 받았다.

또 빈에서는 클림트, 코로만 모저Koloman Moser, 브뤼셀에서는 반 데 벨데van de velde 등이 폐색된 패션의 돌파구를 열고자 시도하고 있었다. 그러나 그들의 과감한 시험에도 불구하고 유감스럽게 이러한 시도가 한정된 좁은 범위로부터 조금도 보급되지 못한 것은 그 시기가 너무 빨랐기 때문이다. 또한 패션에 영향력을 미치기 위해서는 파리라는 배경이 없어서는 안 되었다는 점에서 포와레의 등장을 기다려야만 했다.

19세기 패션에 기모노는 발생의 전환을 촉구하는 것이었다. 이는 19세기의 신체에 밀착된 복장에 대해서 이미 몇 차례 예를 들었던 것과 같이 타자의 눈으로 촉구된 기모노는 여유로운 의복이었다. 그리고 또 그즈음 서양의 복식은 분명히 조형적으로 부자연스럽고 장식과다에 빠져 있었다. 쇠라Seurat가 《포즈를 취하는 여인들Les poseuses》(1886)에서 지적하고 싶었던 것도 자연과 인공 즉 착의와 나체를 대비시켜 그리면서 속옷으로 구속된 드레스 아래에 있는 자연스러운 여성의 신체이며, 그리고 그 자연스러운 모습을 회복하는 것이 아니었을까. 혹은 프루스트가 『잃어버린 시간』에서

DEUXIEME LIVRAISON DIMANCHE 20 SEPTEMBRE 1874

LA DERNIÈRE MODE

FAMILLE

PARIS | DIRECTEUR : MARASQUIN 9, Rue de Chateaudun, 9 | FRANCE

PARAIT

LE 1er ET LE 3e DIMANCHE DU MOIS

NOUVELLES & VERS

MUSIQUE

TOILETTES DE PROMENADE

SOMMAIRE

DEUXIEME LIVRAISON : 20 SEPTEMBRE 1874

작가 스테판 말라르메Stéphane Mallarmé는 당시 고급복식잡지『라 데르니에르 모드LA DERNIERE MODE』를 발행했다. 사진은 1874년 9월 20일호의 표지.

한편 그녀의 몸은 정말 훌륭한 체격이었지만 그 신체의 연속된 선을 표현하는 것은 어려웠다 (이는 당시 유행 때문으로 그녀는 파리의 베스트 드레서 중 한 사람이었다). 코르사쥬가 복부 위에 얹혀진 듯 튀어나와 있고 게다가 그 아래의 이중 스커트는 풍선처럼 부풀려 있었다. 또 프릴이나 치맛자락의 장식도 특이한 디자인과 직물에 의해서 각각 제각기여서 조금도 당사자의 몸에 맞지 않았다. 본인은 그 기묘한 장식들의 조합이 몸의 선에 너무 꽉 맞거나 혹은 너무 떨어짐에 따라서 동작이 어색해져 버렸기 때문이다.

「스완의 사랑」

라고 묘사하고 있는 것도 이러한 점이었다.

이에 반해서 일본의 기모노는 소재를 중시하며 예술적인 아름다움을 존중하고 있다고 그들의 눈에는 비춰졌다. 그러나 그 이상으로 중요한 것은 기모노는 허리를 포인트로 한 것이 아니라 어깨가 의복을 제작할 때 기점이 된다는 점이다. 어깨로 옷을 입는다. 그러면 직물이 어깨에서 자연스럽게 흐르듯 떨어져, 직물이 갖는 자연스러운 드레이프를 아름답고 부드럽게 만들어낸다. 이 점에 있어서 기모노는 그때까지의 서양복에는 없는 특징을 갖고 있었다.

분명히 직선적인 재단으로 그리스의 키톤과 이슬람의 카프탄 등도 마찬가지로 새로운 발상을 진작시키는 것으로서 같은 시기 내적인 변화를 갈망하던 유럽의 의복에 직접적인 영향을 끼쳤던 사실을 인정하지 않을 수 없다. 포와레가 1906년에 발표한 작품은 고대 그리스풍이었다. 그러나 그러한 사실을 인정하면서도 기모노는 변용해 나가는 20세기 패션의 직접적인 이미지를 자극한 것으로서 이제까지 생각했던 것 이상으로 중요한 요인으로 꼽을 수 있지 않은가 하고 필자는 생각한다. 그것은 무엇보다도 자포니슴이 몇 차례 있었던 고전주의에 비해서 강하고 넓은 범위에 보급되었다고 하는 시대적인 배경을 고려하기 때문이다. 그리고 『레 모드』의 기자가 적절하게 표현하는 것처럼(주3) 기모노 자체가 이제까지 이미 알려져 있던 키톤이나 카프탄 등에는 없는 신선한 것이었기 때문에 흥미가 배가되었던 것이다.

1907년은 포와레와 베르Beer, 파캥Paquin 등에 의해서 일본적인 이미지의 드레스가 연이어 발표되었는데, 이 해 패션 가운데는 '기모노풍의 소매Manshu Kimono', '일본적인 라인forume Japonaise', '일본풍의A La Japonaise' 등이 매우 빈번히 등장한다. 1905년에 일본은 러일전쟁에서 전승국이 되었고, 1907년에는 일본을 제재로 한 연극이 몇 편이나 상연되었으며 이즈음 파리에는 '황화'라고 표현될 정도의 일본 붐이 일었다. 그 후 기모노 소매, 기모노풍의 여밈, 드레이프를 살린 여유로운 절개를 비롯해서 누에고치 모양Cocoon shape이라 불리는 형태, 뒷자락의 끌림, 누키에몽, 뒤돌아보는 미인 등 기모노와 착장법은 파리 모드 속에서 더욱 확장되어 나갔다. 초기에 일본의 모티브를 수용한 패션은 기모노의 형태에 이어서 착장법에 착안해 이를 섭취했다. 기모노는 이국취미에 의한 하나의 창조원 이상으로 20세기 패션의 전환을 크게 뒷받침했다. ✲

제 9 장

발견된 아름다운 신체

발견된 아름다운 신체

1920년대 패션

여성에게서 코르셋을 해방시킨 것이 폴 포와레라고 하는 것은 틀리지 않다. 그러나 패션이 바닥에서부터 큰 변화를 보였을 때 그것이 디자이너 한 사람의 행위에 의한 것이 아니라 사회적인 상황 변화에 의한 것이라는 사실은 이미 역사에 드러난 대로이다. 수백 년간 여성과 함께 한 후 포와레에 의해서 '사형'을 선고받은 코르셋이 도저히 회생할 수 없게 된 것은 제1차 세계대전 후의 사회 변화에 의한 것이었다.

전쟁 후의 사회는 여성의 역할을 크게 바꾸었다. 여성의 참정권이 인정되고 사회진출이 활발하게 이루어지면서 아무 것도 하지 않은 채 지내는 것이 아니라 여성도 사회를

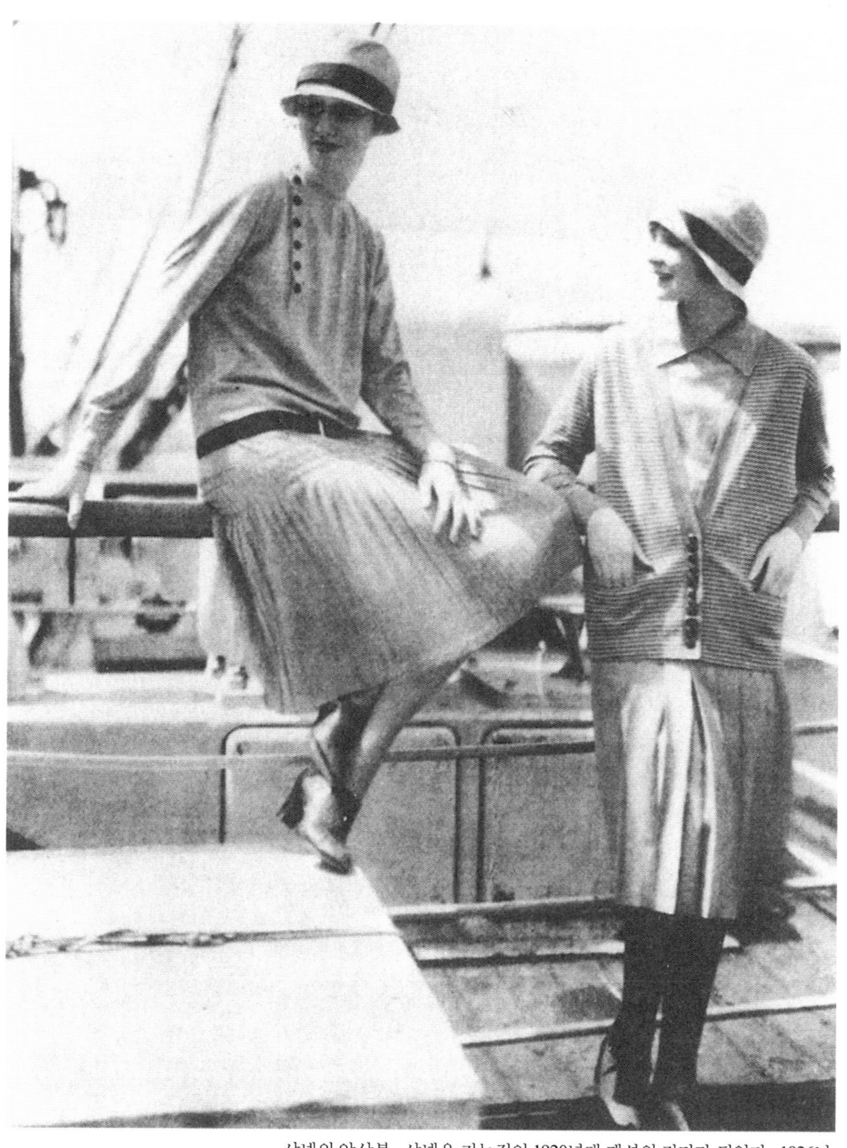

샤넬의 앙상블. 샤넬은 기능적인 1920년대 패션의 리더가 되었다. 1926년.
촬영: 에드워드 스타이켄.

위해서 일하는 것이 당연하다고 여겨지게 되었다. 활동하는 여성상, 이는 그때까지 패션에는 존재하지 않았던 전혀 새로운 이미지였다. 그 새로운 여성상을 복식에 구현한 것은 코코 샤넬, 마들렌 비오네 등 재능이 넘치는 여성 디자이너들이었다. 그녀들은 그때까지 없었던 새로운 창조적인 의복을 연이어 제안해 1920년대 패션 리더가 되었다.

전쟁 전 '모드의 슐탄sultan'이라 불렸던 포와레에 의해서 주도된 패션은 우타마로나 혹사이의 우키요에 미인이라고 착각될 정도의 누에고치 모양의 실루엣에 발레 뤼스의 강렬한 색체를 겸비한 현실에서 벗어난 듯 한 분위기를 강하게 느끼게 했다. 그런데 1920년대가 되자 패션은 기능성을 명확히 시야에 두고 실제 생활을 직시하고자 하면서 과거와는 반대 방향을 향했다. 드레스의 실루엣은 불필요한 드레이프를 깔끔하게 정리하고 그때까지의 서구적인 재단에는 찾아볼 수 없었던 직선적인 재단선이 만들어 내는 장방형의 단순한 실루엣으로 바뀌어 갔다. 스커트 길이가 완전하게 무릎 위까지 올라가 여성은 처음으로 일상 속에서 다리를 보이게 되었다. 머리칼도 짧게 자르고 스포츠로 몸이 단련되었으며 몸짓마저도 그때까지와는 크게 달라졌다.

형태가 변한다는 것, 그것은 의복의 구성과 재단법의 변화이며 또 동시에 소재의 변화이기도 했다. 코르셋으로 정리한 신체에 직물을 맞추어 나가는 19세기 의복에 요구되는 것은 힘이 없는 기모노 직물처럼 부드러운 촉감을 갖는 것이 아니라 오비처럼 경직되면서도 드레이프성이 있는 직물이 필요했다. 그러나 1900년 이후 리옹의 유력한 직물회

폴 포와레의 코트 <소매> 1921. 파리기록보존소. 촬영: G. 르네.

사인 타시나리Tassinari가 그러했던 것처럼, 가볍고 부드러운 직물에 대한 선호에 대응하기 위해서 1900년대에는 공장 설비를 완전히 변경해야만 했던(주1) 상황이 조성되어 있었다. 샤르무즈charmeuse나 쉬폰처럼 얇고 부드러운 직물로 아르누보 취향의 흐르는 듯한 S자형 스타일에 이어서 코르셋을 입지 않는 누에고치 모양의 유려한 드레이프가 아름다운 드레스와 코트가 제작되었다.

그러나 1920년대가 되자 통형의 단순한 의복이 유행하기 시작하였고 이를 위해서 텍스타일 디자인에는 칠기와 마키에의 디자인처럼 보이는 질감이 많이 사용되게 되었다. 오트쿠튀르에 그러한 예는 많이 확인된다.

1925년에 파리에서 개최된 '국제장식미술전'에 의해서 훗날 아르데코라 불리게 되는 1920, 30년대의 장식예술의 중요한 양식이 수렴되어 그 특징을 현저하게 했다. 간단한 선이 특징적인 아르데코가 선호한 질감 중 하나는 일본의 칠공예에 발상원을 구한 것으로 매끄럽고 광택 있는 검정에 금은을 배치한 칠의 질감이었다. 공예가인 아일린 그레이Eileen Gray(1878-1976), 장 앙리 뒤낭Jean Henri Dunant(1828-1910) 등에 의해서 이러한 질감 표현이 시도되었는데 그레이와 듀낭이 칠공예의 지도를 받은 것은 '스가와라'라고 하는 일본인이었다고 한다. 유감스럽게도 스가와라라고 하는 일본인에 관해서는 그다지 알려져 있지 않다.

장식예술이라는 장르에서 1920년대의 중심 소재였던 칠은 오트쿠튀르의 디자이너에게도 영향을 미쳐 이즈음 리용의 텍스타일에도 칠 특히 마키에의 디자인 그리고 화려한 가사袈裟에 발상을 얻은 듯 한 것이 디자인의 주요한 경향이 되었다. 이러한 소재에 의해서 1920년대 평면적 구성의 드레스와 코트는 독특한 인상적인 표정을 나타내게 되었다.

대표적인 예로서 포와레의 1920년대 작품은 전쟁 전의 경향을 반영하는 한편 1920년대의 유행경향에 대응하면서 신체에도 소재에도 일본 디자인의 직접적인 영향을 읽을 수 있는 것이 다수 확인된다. 현존하는 예도 적지 않은데 파리의 기록보존소에 등록된 디자인 등을 보면 절충주의자 포와레의 일본취미—그러나 그것이 언제나 극동취미라고 표현하기에는 다소 엄밀함에 결여된 것이라는 사실도 분명하지만—에 새삼 놀라게 된다.(주2)

그때까지 속옷용 소재라 여겨졌던 저지를 유행복의 소재로 도입한 코코 샤넬은 20년대 전형적인 실루엣을 나타내는 간결한 드레스에 마키에와 같은 견직물을 사용한 일련의 작품(권두화, 메트로폴리탄미술관)을 남기고 있다. 더욱이 이러한 디자인은 에드워드 모리누Edward Molyneux(1984-1974), 베르 등 파리의 쿠튀리에에 한정하지 않고 널리 구미 각지에 유행으로 파급되었다. 그리고 이러한 유행은 일본에도 소개되었다.

일본에서는 메이지 중기에 일어난 서구화에 대한 반동도 진정되어 다이쇼大正부터 쇼와昭和 초기 '모가·모보' 시대라 불린 1920년대에 서양복을 착용하게 되고 여성용 잡지도 발행되기 되었다. 1924년 간행된『부인 클럽』에 "프랑스의 Deauville(?)에서 개최된 유행복 경연대회에서 호평을 받은 의상입니다"라고 소개된 것은 학이 디자인 된 드레스이다.

모리누의 드레스. 1922-24. 맨체스터시립미술관.
흰색 실크 크레이프에 소나무, 학, 태양을 프린트했다.

같은 잡지에는 그 후에도 일본적인 이미지의 애프터눈 드레스와 코트 등이 소개되었다.

본론에서 조금 벗어나지만, 1910년대부터 유행하기 시작한 모피 깃의 기모노 코트와 모피 숄이 당시 파리에서 유행했다. 몇 년 전 겨울, 일본의 성인식인 1월 15일 프랑스에서 친구가 찾아왔다. 그녀는 종종 일본에 왔지만 일본에서 거의 볼 수 없어진 기모노 모습을 이 날처럼 많이 그것도 젊은 여성이 착용하고 있는 것을 볼 기회가 그때까지 없었다. 그녀는 젊은 여성들의 아름다운 기모노 차림에 매우 기뻐했지만 큰 오비에 모피 숄을 걸친 일본 여성들의 기모노 차림이 그녀의 할머니 시대의 파리 모드를 떠올리게 한다는 감상을 털어놓았다. 그녀가 본 것은 파리에 건너가 받아들여졌던 기모노가 역수용되어 일본에 돌아와 다시 일본화된 모습이었던 것일까. 자포니슴이라는 이 책의 주제에는 일방적인 방향성뿐 아니라 상호 방향성이 있다는 것을 염두해 두어야만 한다.

비오네와 포르튜니

1920년대 특히 자포니슴에 깊이 관련된 것은 마들렌 비오네와 마리아노 포르튜니Mariano Fortuny였다.

마리아노 포르튜니의 대표작 가운데 하나인 플리츠 작품도 그리스 키톤이 아이디어 원천이라는 사실은 잘 알려져 있다. 파리가 아닌 베네치아를 제작의 본거지로 했던 포

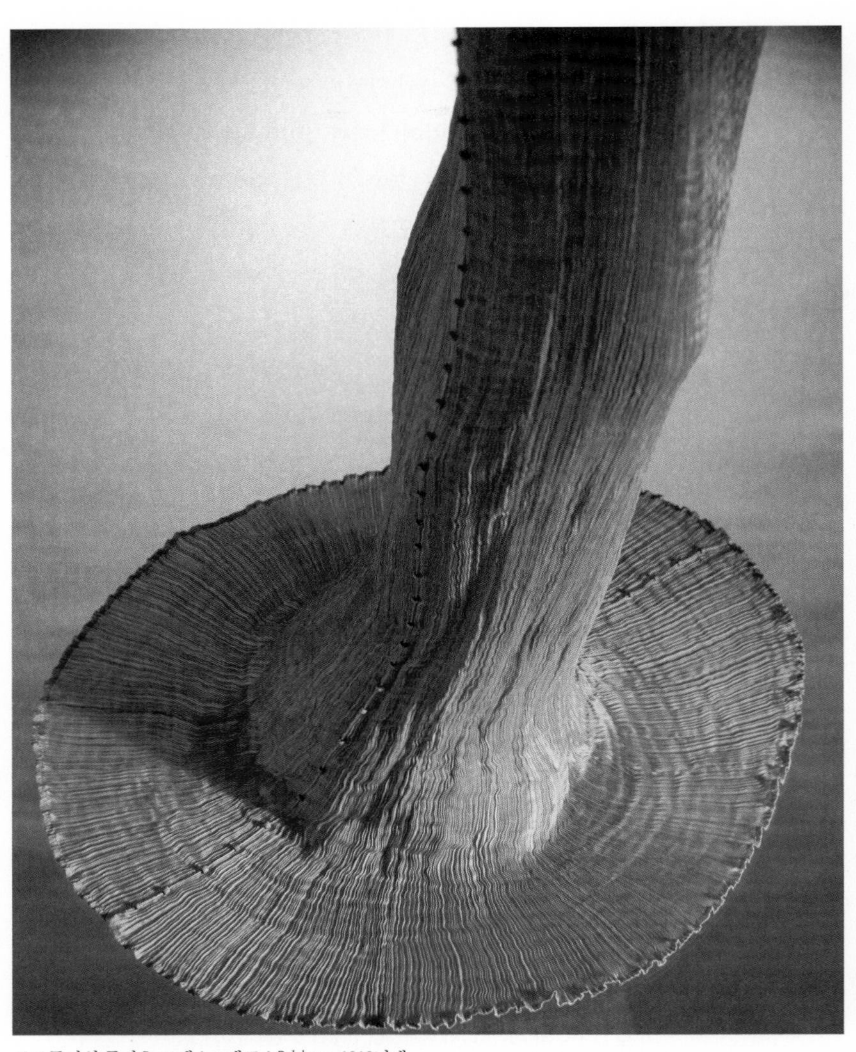

포르튜니의 플리츠 드레스 <델포스Delphos> 1910년대.
교토복식문화연구재단. 촬영: 히로카와 야스시.

르튜니는 어깨에서 지탱되는 직물이 신체에 따라서 흘러내리는 <델포스Delphos>라는 드레스를 1907년경에 발표했다. 또 다른 대표작인 스텐실 프린트 코트와 가운은 넉넉한 의복, 카프탄이나 우치카케와 같은 혹은 토가를 떠올리게 하는 관의이다. 이것은 벨벳 위에 일본의 가타조메 기법에 영향을 받은 스텐실 프린트로 처리된 원단으로 제작되었다. 또한 포르튜니는 문양의 디자인 아이디어를 다양한 것으로부터 전용하고 있다. 그 자신이 수집한 일본의 가타가미와 직물도 예외는 아니었다. 1910년에 파리에서 발표된 『에토프 자포네즈』 속의 디자인 하나를 포르튜니가 독자의 기법으로 재현한 코드가 현존하고 있다. 이는 벨벳에 접시꽃과 나비 문양이 있는 우치카케와 유사하다. 이 책은 당시 사우스켄징톤미술관, 파리장식미술관, 리용역사염직미술관 등이 소장하고 있던 17~19세기 일본의 견 염직품을 칼라로 인쇄한 호화본이다. 서문에는 디자인, 색채, 기술, 품질에 있어서 일본의 염직품에는 라이벌이 없다고까지 상찬되어 있다. 포르튜니는 그 가운데 하나인 에도시대 오비 직물의 문양을 전용하면서도 색채를 독자적으로 바꾼 견직물로 코트를 만들었다. 같은 직물이 빙의 『예술의 일본』 1811년 1월호에 게재되어 있지만 이것은 하야시의 컬렉션 중 하나이다.

그의 부친이자 같은 이름인 마리아노 포르튜니는 스페인의 유명한 화가였다. 그의 1874년 작품 《일본풍 거실에 있는 화가의 아이들》(프라도미술관) 가운데 아들 포르튜니가 그려져 있다. 그림 속에서 그와 여동생 주위에 펼쳐져 있는 것은 기모노이다. 이러한 환경 속에서 자라난 마리아노 포르튜니는 일본적인 것에 강한 흥미를 갖고 있었다.

20세기의 패션에 있어서 포르튜니의 중요성은 신체 그 자체의 아름다움을 전면적으로 강조한 의복에서 확인되고 있다. 그의 대표작인 <델포스Delphos>에서 나타나듯이 베네치아 운하의 잔물결처럼 섬세한 플리츠 드레스가 그러하다. 이 드레스를 구현하기 위해서 그는 일본의 견을 사용했다. 그러나 그러한 직접적인 일본과의 관련을 초월해서 모티브나 형태의 인용에 그치지 않고 '인간은 살아있는 조각으로서 존경받는다'고 하는 20세기 이후의 예술이념에 근거한 포르튜니의 의복이 구현화되었을 때, 자포니슴과 그는 그리스 키톤과 같은 의복의 이상적 개념을 기모노에서도 발견했다.

1918년 제1차 세계대전 종결 후의 본격적인 활동을 시작해 그때까지의 의복 재단법을 근본부터 전복시키는 발상을 도입해서 그 후 20세기 패션에 큰 영향을 미친 마들렌 비오네도 기모노를 진지하게 응시하고 있던 한 사람이었다.

이보다 앞서 1890년 파리의 국립미술학교에서 개최된 '일본미술전'은 우키요에 이외에 다양한 판화, *에혼繪本, 회화를 전시해서 큰 반향을 일으켰다. 이때 자포니슴을 견인한 사뮤엘 빙과 함께 에드몬 드 공쿠르가 조직위원의 한 사람이었다. 공쿠르의 친구인 제르베르Gerevert 부인은 이 전람회를 보고 깊은 감명을 받은 한 사람이었다. 제르베르 부인 밑에서 마들렌 비오네가 일하고 있었다. 비오네도 이때 본 일본 판화에 대한 인상이 깊어서 훗날 우키요에를 수집하

에혼(繪本)
에도시대, 그림을 위주로 한 통속적인 책.

게 되었다.

그의 초기 작품을 보면 직선적인 기모노의 구성법, 오비의 효과, 그리고 특히 기모노의 소매 재단법에 강한 영향을 받은 사실이 명확하다. 그러한 직선적인 구성법의 정점을 나타내고 있는 것 중 하나는 차분한 색조인 모스 그린의 크레이프 데신crêpe de Chine으로 제작된 1925년 작품(교토복식문화연구재단 소장) 이다. 장방형 길과 소매에 의해서 구성되었는데 규칙성을 갖는 파도처럼 세밀한 핀터크를 상반신 전체에 배치해 신체의 볼륨을 흡수하고 입체를 만들어내는 다트의 기능을 핀터크로 대치해 기능을 장식으로 화려하게 변환시킨 이 드레스는 틀림없이 20세기 패션 디자인의 정점을 나타내고 있다. 한편 이것을 보고 있으면 모래의 흔적에서 바다를 보는 선사禅寺의 석정石庭이 아닌가 하는 착각마저 드는 것은 필자뿐은 아닐 것이다. 넉넉함이 승화되어 여성의 신체는 완전히 추상화되었다.

이 작품이 제작된 전년인 1924~25년의 파리 오트쿠튀르 컬렉션의 평으로 1920년대의 대표적인 패션 잡지 『가제트 뒤 봉 통GAZETTE DU BON TON』은

> *비오네는 미래의 모드를 예언한다. (중략) 비오네는 고대 그리스 의복이 그러했듯이 형이상학적인 직물을 사용해서 의복을 제작한다. 경사지게 사용된 장방형의 직물은 여성의 부드러운 신체의 곡선을 호화롭게 빛나게 하고 조금도 낭비 없이 형태를 분명하게 드러낸다.*
>
> 『가제트 뒤 봉 통』 Jul. 1924

우키요에를 장식한 아틀리에에서 직물을 보고 있는 비오네. 1930년대 중반.

비오네의 드레스. 1925년경. 교토복식문화연구재단. 촬영: 리챠드 호튼.
기능성과 장식성이 훌륭하게 융합된 파장형의 핀터크를 잡은 통형 실루엣.

라고 기술하고 있는 것처럼 기모노에 충실하다고도 할 수 있는 직선적인 재단으로부터 점차 해방되어간다. 그러나 이 때도 아마 그녀는 자연스럽게 직물에 여유를 주는 기모노의 특성을 잊지는 않았을 것이다. 그녀가 도입한 재단법에서 획기적인 아이디어인 이른바 '바이어스 컷bias cut'라고 불리는 재단법도 그것을 구축해 나갈 때의 토대가 된 것 중 하나가 기모노의 직선적인 재단이었다고 『비오네VIONNET』(주3)의 저자인 베티 커크Betty Kirke는 지적하고 있다. 직물을 바이어스로 사용했을 때 직물이 늘어나서 신체에 따라 아름다운 드레이프가 생긴다. 비오네가 고안한 재단기술에 의해서 20세기의 의복은 더욱 자유로운 디자인을 발상하고 패션 디자인은 분방하게 전개되게 되었다.

형태를 고정하고 정교한 직물을 사용한 다음에 다시 과잉하게 프릴, 레이스, 꽃, 자수, 비즈 등을 장식한 19세기까지의 의복으로부터 신체 자체의 아름다움을 발견하고 또 그 신체를 직물이 감싼다고 하는 새로운 미의 발견으로 패션 디자인은 180도 전환되었다. 기능은 장식을 겸비한다고 하는 20세기의 디자인 원리를 보는 듯 한 그녀의 작품은 착용자가 움직일 때 신체에서 유리되어 독자적으로 움직이는 직물의 움직임에 의해서 의복은 예상치 못했던 동적인 아름다움을 나타낸다. 1931년에 게오르그 호닝엔 휴네George Hoyningen Huene이 『보그』를 위해서 촬영한 비오네의 드레스 사진은 그러한 사실을 영상에 분명히 남기고 있다.

세기말부터 무용가 로이 풀러와 이사도라 덩컨이 키톤이나 기모노를 이상으로 하면서 무대 위에서 추구했던 아름다운 신체의 움직임을 증폭시키는 의복은 드디어 비오네와 포르튜니에 의해서 현실의 것이 되었다. 이는 신체에 대한 넉넉함을 구조의 중심으로 한 기모노와 같은 개념의 의복이었다. '기능'이라는 문제에 대해서 한 사람은 바이어스로 접근하고 다른 한사람은 플리츠에 의해서 풀어나갔다. 이는 '기능'이 즉 '장식'이기도 한 의복의 등장이었다. 신체를 정리하는 코르셋도 브래지어도 필요하지 않고 신체 그대로의 존재를 돋보이게 하는 의복의 등장이었다.

1920년대 패션은 직선적인 재단과 여성의 신체 형태를 추상화하는 실루엣을 갖는다. 이는 착용되었을 때 자연스럽게 신체에 따르지만 일단 관계를 단절하면 본래의 직물로 돌아가 버리는 기모노와 어딘가 이미지가 중첩된다. 패션의 역사에 기념될 만 한 극히 특이한 이 한 순간이 어쩌면 서양의 의복과는 이질적인 개념을 갖는 기모노라고 하는 의복에 의해 발상의 전환이 촉진된 결과일지도 모른다는 생각이 드는 것은 그런 때이다. 20세기 초 패션이 응시한 일본과 기모노에 대한 시선이 뜨겁고 진지한 것이었다는 사실을 알면 알수록 그런 생각을 떨쳐버리기가 어려워진다.

그러나 1930년대에 들어 일본적인 영향은 급격하게 자취를 감춘다. 이것은 구미사회의 일본에 대한 시선의 변화에 의한 것이었다. 정치적인 정세도 급박했다. 19세기 후반 이후 유럽에 그렇게 신선한 대상이었던 일본은 이미 모든 분야에서 그 신선함이 소화·흡수되어 있었다. 게다가 유럽은 모든 장르에서 독자적인 방향성을 찾고 주저 없이 앞으로 나아가고 있었다. 패션에 있어서도 1920년대에는 신체의 라인이 애매해지고 추상적인 형태의 서구적 문맥 위에 있는 패션을 완성시켰지만 다시 신체를 추상화하지 않고 신체 그대로를 본 뜨며 허리가 들어간 패션으로 선회하게 되었다. 이렇게 해서 허리가 추구되고 넉넉하고 여유로움은 배제되었다.

넉넉하고 여유로움이 다시 추구되는 것은 1970년 이후 일본인 디자이너로부터 발신된 패션이 커다란 확대를 미칠 때였다. ✽

동과 서를 넘어서

동과 서를 넘어서

일본으로부터의 발신

패션에서 일본이 다시 서구의 주목을 받게 된 것은 1960년대였다. 그러나 이때는 더 이상 종래와 같이 서구의 눈으로 이해하여 수용된 일본이 아니었다. 메이지 이래로 서양복을 수용했던 일본에서는 제2차 세계대전 후 급속하게 서양복이 보급되었다. 일본의 패션은 경제의 번영과 보조를 맞추면서 산업으로서의 힘을 갖고 큰 진전을 보이고 있었다. 이 장에서 다루고자 하는 것은 일본인 디자이너들이 세계를 향해서 자신들의 디자인을 발신해 나가는 자포니슴의 새로운 전개에 관한 것이다.

실마리를 제공한 것은 모리 하나에森英恵였다. 1965년 모리 하나에는 일본인 디자이너로서 처음으로 뉴욕에서 서구

모리 하나에의 작품. 뉴욕 컬렉션.
촬영: 호소에 에이코細江英公. 모델: 이리에 미키入江美樹. 사진 제공: 하나에 모리.

의 전통적 권위 하에 있는 사회에서 인지될 수 있는 드레스를 발표했다. 이 드레스는 메이지 이후 일본의 섬유산업을 견인해온 견이라는 소재에 일본의 전통적인 우아한 화조풍월花鳥風月의 문양을 나타냄으로써 탁월한 개성을 분출했다. 모리 하나에는 일본인으로서는 처음으로 1977년에 전통이 있는 파리 오트쿠튀르의 멤버로 영입되었다. 60년대는 변모하고 있었기는 했지만, 아직 패션은 1950년대에 황금시대를 맞았던 오트쿠튀르를 정점으로 하는 계층주의에 의해서 지배되고 있었다.

70년대에 등장한 다카다 겐조高田賢三, 미야케 잇세이三宅一生 등 일본인 디자이너의 파리에서의 활약에 필요했던 것은 1968년의 '5월혁명' 이후 반체제로 크게 흔들린 70년대의 패션 상황이었다. 이러한 상황의 도움으로, 일본의 패션 디자인은 1970년대 이후 다른 어떤 디자인 장르와 비교하더라도 급격한 전개를 보이며 전 세계에서 그 독자성을 확고히 했다.

다카다 겐조는 그러한 70년대에 종래의 패션과는 이질적이고 민속적인 일본의 의복·기모노에 발상을 구한 '의복'을 파리에서 제작했다. 그리고 조금 후 파리에서 데뷔한 미야케 잇세이가 '한 장의 천'이라는 컨셉으로 의복을 제작해, 파리 모드에는 기모노의 직물과 모티브가 나타나고 기모노의 여밈, 직선적인 재단이 도입되었으며, 겹쳐서 입는 기모노의 착장법은 'layered', 'superposé' 라는 영어와 불어로 일컬어졌다.

그러나 그처럼 일본적이라고 생각되는 것 가운데도 패션

에 끼친 중요한 일본의 영향이라 할 수 있는 것은 의복의 '넉넉함', '여유로움'에 대한 생각에 유연성을 부여한 것이었다. 새로운 방향성을 모색하고 있던 70년대 패션은 그때까지의 패션에는 찾아볼 수 없었던 넉넉한 오버사이즈의 의복을 허용했다. 이야말로 의식적이던 무의식적이던 간에 기모노라고 하는 의복과 그 개념을 잠재적으로 발상의 근원으로 삼았던 일본인 디자이너에 의해서 시작된 것이었다. 70년대 패션잡지를 살펴보자. '넉넉한' 혹은 '넉넉함'의 의미인 프랑스어 'ample', 'ampleur'가 오버사이즈의 드레스와 코트의 사진이나 일러스트 옆에 범람하고 있다. 여기에서 일본의 문화가 갖는 '마間'라는 사고의 영향이 중요하지만 간접적이어서 드러나는 것이 아닌지도 모르겠다. 그러나 이는 70년대 기조를 이루고 있었다.

필자는 어떤 일 때문에 다카다 겐조와 함께 그의 70년대 작품을 보게 되었다. 그때 그가 70년대 초의 드레스를 만지면서 혼잣말처럼 이렇게 말했다.

"이것을 만들었을 때, 나 자신이 옷감의 여유분을 아주 많이 주었고 그래서 그때 헐렁헐렁한 옷이라고 『엘르』와 같은 잡지에서 매우 혹평을 받았는데, 지금 보니 꽤 밀착되어 있군요. 60년대의 옷은 몸에 달라붙을 정도로 딱 맞았으니까, 내가 만든 기모노 소매의 스웨터는 헐렁하게 보였던 거죠."

그의 말대로 그때부터 점점 옷이 넉넉해져갔다. '바디 컨셔스body conscious'라고 불리며 다시 신체에 밀착되는 의복으로 되돌아간 80년대조차도 60년대, 50년대의 넉넉함과는 비교할 수 없는 것이 되었으며 넉넉함, 여유분에 대한 감각은 70년대를 경계로 해서 크게 달라져 있었다.

'5월혁명'이라고 하는 사회를 뒤흔든 큰 사건이 일어난 1968년을 경계로 프랑스에서는 모든 것이 바뀌고 있었다. 패션도 크게 변화하고 있었다. 이는 프랑스만의 문제가 아니라, 60년대 베트남전쟁에서 시작되어 변동한 세계적인 사회의 움직임이었다. 정통, 전통적인 것에 이의를 제시하기 시작한 것이다. 반체제의 슬로건 하에 체제와 교육은 물론이며 패션도 절대적인 권력을 자랑하는 오트쿠튀르가 아니라 새로운 세력인 프레타포르테가 급속하게 성장하고 있었다. 그러한 새로운 흐름을 적절하게 파악하고 있던 『엘르』와 『마리클레르』 등의 잡지가 많은 지지를 얻었던 것은 당연한 귀결이었다.

다카다 겐조는 1970년 자신의 작은 부티크 '정글 잡Jungle Jap'에서 첫 컬렉션을 개최했다. 그것은 일본의 *유카타浴衣 직물과 아사쿠사浅草에서 파는 무용의상용 직물 혹은 벼룩시장에서 발견한 직물로 제작되었다. 다카다는 단지 그러한 직물이 값쌌기 때문이라고 말했지만, 그의 컬렉션은 그 후 1970년대의 키워드가 되는 '값싸고 개성 있는 멋cheap chic' 그 자체가 되어 버렸다. 그가 의식했던지 그렇지 않았던지 간에 그 후 1970년대의 패션의 방향을 예견한 것이었다. 그 컬렉션 중 하나인 마의 잎사귀 문양의 셔츠는 발표된 직후 잡지 『엘르』의 표지를 장식했다.(주1)

젊은이들의 혁명으로 달아오른 60년대에 급속하게 대두한 젊은이를 위한 패션을 표방하는 프레타포르테를 디자

유카타(浴衣)
목면으로 된 홑겹 기모노. 여름철의 평상복이나 목욕 후 착용하는 의복으로 이용되었음.

잡지 『엘르』의 표지로 다루어진 다카다 겐조의 작품. 1970년 6월 15일자.
겐조는 마잎 모양의 일본 직물로 셔츠라는 서양복을 제작했다.

인하는 새로운 디자이너들은 '스타일리스트stylist(주2)'라 불리고, 당시의 잡지 편집자들—즉 시대가 향하고 있는 취향의 대변자—은 새로운 재능, 지금까지와는 다른 감각을 그들 속에서 발견하고자 했다.

겐조는 오트쿠튀르를 대신하는 프레타포르테의 주역으로서 데뷔했는데, 60년대까지의 디올, 발렌시아가 등에 대신해서 70년대에 생로랑과 함께 세계에서 가장 많이 복제되는 디자이너 중 한 사람이 되었다. '겐조'가 제안하는 패션은 이국취미라고 하기보다는 서구적인 전통의 시점에서는 거리가 있는 이질적인 문화권 다시 말해서 주변성에 주목한 70년대의 정서와 호응하고 있었다. 일본의 의복, 그것도 일상복에서 이미지를 얻은 데에 1970년대 패션의 방향과 평행한 새로움이 있었다. 그리고 그것은 이렇게 입지 않으면 안 된다고 규정되어 온 서구적인 규범과는 상이한 새로운 '겹입기'였다.

19세기 말 서구가 일본문화와 접하며 자포니슴이 생겨났다. 이때 기모노가 유럽에 전해져 서양인에 의한 기모노의 해석이 서구의 의복에 큰 영향을 미쳤다. 겐조는 서구의 의복 세계에 일본인 디자이너로서 기모노의 현대적 해석을 도입했다. 그의 일본은 과거의 포괄적인 일본 이미지였던 화조풍월이라는 이국취미가 아니라 세계적으로 보편성을 갖는 노동복을 통해서 서민적이며 일상적인 일본을 이미지 근원으로 삼았다. 다카다 겐조가 만들어 낸 것은 이미 그 이전과는 크게 달라진 70년대 패션이 추구했던 시대성과 '행복한' 동조를 이룬 것이다.

미야케 잇세이도 5월혁명이라고 하는 이 가치관의 대변혁을 그 눈으로 목격했다. 그때까지의 전통이 소리를 내며 붕괴되었고, 패션계의 아카데미즘인 오트쿠튀르가 프레타포르테라고 하는 신흥세력에 그 지도력을 양보하려 하고 있었다.

미야케 잇세이가 패션 작업을 개시한 것은 파리의 오트쿠튀르였지만, 마침 이러한 변동의 시기에 있었던 그는 프레타포르테가 앞으로의 세계에서는 보다 중요할 것이라고 느꼈다. 그 후 뉴욕으로 건너갔으며, 다시 파리라는 장소에서 첫 쇼를 개최한 것은 1972년이었다. 그리고 76년에 도쿄에서 '한 장의 천'이라는 제목으로 컬렉션을 발표했다. 이는 그 후 활동의 방향을 결정짓는 중요한 장이 되었다. 70년대 작품이 90년대 그의 창작과 깊은 관련이 있다는 사실은 분명하며 지금 보아도 흘러넘칠 듯한 에너지가 생생히 전해진다.

오트쿠튀르를 정점으로 하는 서구적인 의복은 평면인 직물을 입체인 인간의 신체에 맞추는 것이어서, 신체의 구조로부터 유리되지 않는, 말하자면 '팩키지'라고도 표현할 수 있는 것이었다. 미야케 잇세이는 이른바 서양복의 재단과는 달리, 한 장의 천을 자신이 형태를 만들어 가는 과정에서 새로운 구성의 독자적인 의복을 창조해 나갔다. 그 발상은 일본의 기모노라고 하는 의복이 갖는 개념과 같은 뿌리에 있는 것이었다. 서양복은 평면인 직물을 입체인 인간의 신체에 맞추어 잘라내 가는 것이지만, 기모노는 직물을 평면 그대로 신체에 맞추면서 생긴 여분은 잘라내지 않고

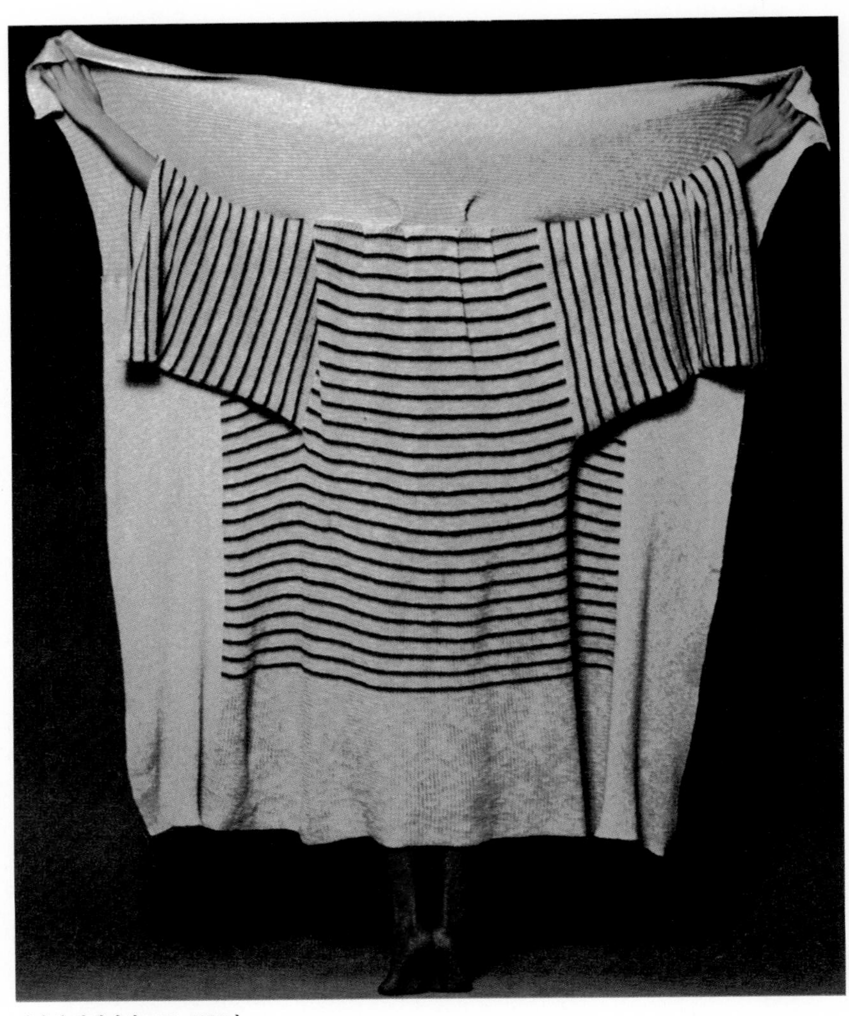

미야케 잇세이의 코트. 1976년.
마·면 혼방 니트로 된 '한 장의 천'. 촬영: 요코스카 노리아키横須賀功光.

그대로 남겨 활용한다. 이것이 여유 즉 '마間'가 되는 것이다. 마間는 일본어로 여유, 릴렉스를 동시에 의미한다. 잇세이가 만드는 의복은 이러한 '마間'를 갖는다. 그러나 그가 만들고자 한 것이 기모노를 전개하는 것이 아니라는 사실은 분명하다. 그것은 결코 기모노가 아니며 동시에 그때까지 서양복이라 일컬어졌던 것도 아닌 잇세이에 의한 새로운 조형물이었다.

그는 의복에 여유를 주고 소재의 중요성을 전면으로 부각시켰다. 일본의 전통적인 소재라고는 해도 고급스러운 견으로 제작된 기모노 직물이나 오비의 직물이 아니라, 일본의 각지에서 손에서 손으로 전수되면서 패션이라는 말과는 그다지 어울리지 않는다는 이유로 방치되어 있던 *시지라오리しじら織, *하나가스리花絣, *단젠丹前 등의 전통 소재에 새로운 디자인을 부여해 생명을 불어넣었다. 물론 여기에 생명을 불어넣을 수 있는 것이 현대의 기술과 생산체계라는 사실도 잊지 않았다. 그가 표현한 것은 소재와 형태와 기능이 유기적으로 관련된 것으로 그때까지 어디에도 없었던 '옷'이었다. 그리고 이는 미래의 기본적인 의복이라 일컬어지는 '잇세이의 플리츠'에 결착한 현재에 이르기까지 그의 디자인 철학을 선명하게 관철하고 있다.

70년대 일본인 디자이너에 의한 이러한 토대 위에 80년대에는 가와쿠보 레이川久保玲, 야마모토 요지山本耀司 등의 일본인 디자이너가 파리로 진출했다.

시지라오리(しじら織)
표면에 주름이 있는 것처럼 짠 직물. 도쿠시마현(徳島県)에서 생산된 아와시지라(阿波しじら) 등이 유명함.

하나가스리(花絣)
긁힌 듯한 부분을 규칙적으로 배치하여 꽃처럼 만들어낸 문양. 또는 그러한 문양의 직물.

단젠(丹前)
방한을 위한 실내복의 일종으로 두꺼운 솜을 넣은 광수(広袖)의 기모노.

미야케 잇세이의 플리츠 드레스. 1990. 잇세이는 스테데릭미술관 (암스텔담)에서 개최된 전시 '에너지'에 세계의 현대 아티스트 16인 중 한 사람으로서 패션계 부문에서 선발되었다. 평면을 강조하는 독창적인 전시가 주목을 모았다.

재패니스 디자인, 검정의 충격

80년대에 들어, 일본의 패션 산업의 성장에 뒷받침 받아 파리 컬렉션에 참가하는 디자이너나 저널리스트와 바이어가 급증했다.

'일본인이 파리에 몰려들었다'고 『헤럴드 트리뷴』의 에베 도르세Hebe Dorsey는 81-82년 추동의 파리컬렉션을 전하는 기사를 시작하고 있다.

가와쿠보 레이(콤므 데 갸르송Comme des Garçons)와 야마모토 요지(요지 야마모토Yohji Yamamoto)가 파리에 데뷔함으로써 이미 그 이름이 알려져 있던 일본인 디자이너들에 이들 두 사람의 대담한 접근이 더해져 83년부터 일본의 패션 디자인 파워는 더욱 더 주목을 받게 되었다.

1982년 10월, 가와쿠보 레이와 야마모토 요지는 파리에서 2번째 쇼를 개최했다. 낡아빠진 헝겊이 매달린 듯한 가와쿠보 레이의 검정색 작품은 파리의 체제파 신문 『르 피가로』의 기자로부터 '원폭의 잔존과 같다' 라고 혹평을 받았으며, 야마모토 요지의 작품은 '폭탄을 맞고 갈기갈기 찢어진 듯한 옷은 세상의 종말과 같다' 고 평가되었지만, 반체제파인 『리베라시온』의 젊은 저널리스트와 바이어들에게는 열렬한 지지를 얻었다.(주3) 두 사람의 접근은 구미에서 상반되는 평가를 받은 채 '거지 룩' 이라 일컬어졌다.

80년대 새롭게 가와쿠보 레이와 야마모토 요지가 제안한 것은 *브루노 타우트Bruno Taut가 일본의 전통적인 건축물에서 본 것과 같은 재료와 구조, 무장식성 등의 특징을 갖는 것으로 그때까지의 디자이너들과는 전혀 다른 일본의 미의 개념을 패션으로 구현한 것이었다.

이것은 구미에 패션의 '재팬 쇼크' 라 불린 충격을 일으켰다. 검정을 기조로 한 헝겊이 찢긴 듯이 비대칭으로 달린 옷을 입은 채 새파란 얼굴에 입술도 칠하지 않은 마네킹. 의복의 형태는 신체의 라인과는 무관계하게 존재해서 서구적인 '신체와 의복이 만드는 구축적인 아름다움' 의 시각에서 보면 형태를 갖지 않는 그러한 옷이었다. 그러나 그것은 불완전성, 의식적인 완벽성의 결락, 허름함을 용인하는 *와비わび, *사비さび 등 극히 일본적인 미와 통하는 것이었다.(주4) 검정이라는 색에 대한 애착도 서구의 눈으로 보면 예사로운 것은 아니었다. 인상적인 재패니스 패션은 '검정의 충격' 이라는 표현으로 요약되었다. 검정을 기본색으로

브루노 타우트
(Bruno Taut, 1880-1938)
독일인 건축가이자 도시계획가. '철의 기념탑', '유리 집', '색채건축', 베를린의 집합주택 건설로 주목을 받았지만 나치스정권을 피해 1933년 일본을 찾았음. 자포니슴과 아르누보를 통해서 일본에 관심을 갖았던 그는 가쓰라리큐(桂離宮) 등 일본의 전통적인 건축미를 높게 평가해 다수의 연구서를 남겼음. 대표 저서 『일본미의 재발견(日本美の再発見)』, 『일본문화사견(日本文化私観)』.

와비(わび)
소박함 속에 발견되는 청징(清澄)·한적(閑寂)한 취향. 중세 이후에 형성된 미의식으로 특히 다도에서 중시되었음.

사비(さび)
고담(枯淡)하고 예스런 아취.

한 것에 관해서 야마모토 요지는 그것이 안티테제이며 경향에 도전하기 위한 색이었기 때문이라고 말하며 사람들이 근대적이 되고 지적이 될수록 어두운 색을 필연적으로 착용하게 되어 있다고 설명했다(JOURNAL DES TEXTILES n°1111).

일본의 패션 디자인이 왜 파리에서 이 정도로 주목을 받았는가. 그 이유를 정리해 보자. 서구적인 패션에는 장식한다고 하는 요소가 기본에 있다. 착용하는 옷의 표면에는 이미 문양이 잔뜩 들어 있으며 그 위에 다시 프린트되고 또 프릴, 레이스, 드레이프 등이 장식된다. 물론 악세사리가 그 위에 몇 종류나 가해진다. 그것은 19세기 말에 정점에 달해 졸라, 말라르메Mallarmé, 프루스트 등의 문필가들이 이러한 엄청난 장식을 붓으로 표현한 것에는 놀랄 따름이다. 20세기가 되어 이질적인 일본의 기모노 등에서 자극을 받아 점차 검소한 미, 기능적인 미가 부각되었다고는 하지만 유럽적인 사고의 근본에 있는 것은 장식을 더해가는 것, 즉 플러스 논리였다. 한편 일본인 디자이너의 표현 특히 80년대 초의 표현은 말하자면 마이너스의 논리에 근거한 것이었다. 액세서리가 제거되고 의복의 형태 또한 신체와 무관계하게 존재해서 의복 자체는 서구적인 개념에서 보면 신체를 갖지 않는 것이었다. 색은 검정이나 흰색, 즉 색을 갖지 않는 색이었다. 그 결과로 소재 자체의 중요성이 강조된다. 게다가 이때 이들 소재는 와비, 사비 등 극히 일본적이라 지적되는 미의 장르에 상통하는 것이었다.

1985년경이 되자, 재패니스 파워를 빼고는 패션을 말할 수 없을 정도의 영향력을 일본인 디자이너가 갖게 되었다. 마침 일본 경제가 번영이라는 말밖에는 알지 못하는 듯 한 기세 속에서 일본의 패션은 산업으로서 힘을 갖게 되었으며 일본인 디자이너는 한 번의 참가에 막대한 경비가 드는 연 2회의 파리 컬렉션에 대거 참가하게 되었다.(주5) 참가하는 모든 디자이너가 반드시 앞서 언급한 듯 한 명쾌한 컨셉하에 의복을 제작한 것은 아니었지만, 그 수를 불문하더라도 '일본'이라는 인식을 인상지은 것은 분명했다. 1970년대 유행을 정착시키는 사람으로서 세계 패션에 큰 영향을 미친 것은 입 생로랑과 일본인 다카다 겐조였다고 할 수 있는데, 80년대는 그때보다도 '일본'이라는 인식이 더욱 구체적인 것이 되었다. 80년대 중반 패션 트렌드는 일본 디자이너들의 영향을 크게 받으며 세계적으로 그들의 복제가 성행했다. 그 결과, 요즘 파리, 런던, 뉴욕의 패셔너블한 거리에는 일본인 디자이너의 부티크가 생기고, 거리에는 온통 검정색으로 차려입은 여성을 적잖이 볼 수 있다. 파리의 레 아르Les Halles에는 하라주쿠原宿의 염가 물건을 파는 가게 '오모테산도OMOTESANDO'도 등장했다.

그러나 80년대 후반이 되자, 일본적인 파워가 아니라 유럽의 전통적인 문맥이 다시 패션을 견인해 나갔다. 신체와 의복이 만들어내는 구축적인 아름다움이 재고되기 시작한 것이다. 재패니스 패션에 뜨거운 시선이 집중되었을 때도 장 폴 고티에와 클로드 몽타나는 결코 이 사실을 잊지 않았으며, 아즈딘 알라이아Azzedine Alaia는 극단적인 '구속복'을 제작했다. 단지 이때 새로운 '스트레치' 소재가 사용되었

가와쿠보 레이(콤므 드 갸르송) 의 작품.
93년 춘하 컬렉션.
오른쪽은 그 패턴.
사진제공: 콤므 드 갸르송.

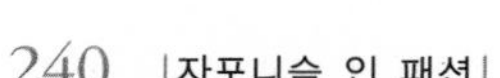

가와쿠보 레이 (콤므 드 갸르송) 의 작품. 1982. 일본적 미의 개념을 나타냈다고 평가 받았다.
사진제공: 콤므 드 갸르송.

기 때문에 의복은 유연성이 있어서 실제로 착용감은 신체를 심하게 구속하고 있는 듯이 보이는 정도는 아닌 점이 극히 현재적이었다. 이렇게 해서 80년대 후반 다시 유럽적인 '구속'의 의복으로 회귀하기 시작했다.

이러한 방향 속에서 일본의 디자이너가 제안한 컨셉은 점차 표면 아래로 가라앉게 되었다. 그러나 패션이 과거의 구축적인 방향으로 회귀하기는 했지만, 패션에는 쾌적성을 결코 방해하지 않는 신축성 있는 소재가 도입되었고 재단은 해부학적으로 재검토되었다. 보다 착용하기 쉽고 인간의 신체 움직임에 보다 친숙하게 하고자 하는 시도가 대담하게 추구된 것은, 말하자면 의복이 유연하게 존재할 수 있다고 하는 일본인 디자이너가 유럽의 의복에 도입한 가장 중요한 시점이었다고 할 수 있지 않을까. 그리고 소재에서부터 의복의 제작을 시작한다고 하는 접근은 앞서 언급한 장 폴 고티에 외에도 로메오 질리 등 일본인 이외의 많은 디자이너들에게 나타나는 90년대 패션의 중요한 방향 중 하나가 되었다. 또 순수한 여성스러움 다시 말해서 20세기 초에 코코샤넬이 시도하고 보급시킨 이성적인 미의 가치는 가와쿠보 레이에 의해서 80년대적인 의미를 명확해 하면서 미래로 계승되었다.

의복의 상징착용을 해체하는 일본의 패션

70년대 이후, 일본의 패션 디자인이 제안한 개념은 다음과 같이 요약할 수 있다. 첫째로, 미야케 잇세이에 의해서 명쾌하게 제시된 바와 같이, 한 장의 천을 유기적인 '의복'으로 조형하는 사고이다. 그것은 서구적, 동양적이라는 틀 속에는 그치지 않는 새로운 '옷'의 창조이기도 했다. 다음은 평면적인 의복에 있어서 소재가 형태에 우선한다고 하는 점이다. 예술과 공예가 명확한 경계선을 갖지 않는 일본의 전통에서는 소재의 단계부터 이미 디자인이 시작되고 소재 자체의 중요성을 패션 디자인 위에 환기시켰다. 그리고 세 번째로, 의복이 성적인 대상으로서의 여성femme objee을 장식하는 것이 아니라, 이성적인 의복 그 자체로 존재할 수 있다는 것을 나타냈다는 점이다. 서구의 기본적인 사고와 같이 여성의 신체를 조소彫塑하는 의복이 주체가 되는 것이 아니라, 기모노와 같이 형태다운 형태를 갖지 않는 의복이 인간에게 착용되어 형태를 만들어낸다. 다른 말로 하면, 의복을 제어하는 것은 인간이며, 또 그것이 극히 관능적이며 멋지기도 하다는 것의 발견이었다. 또한 이는 모두 19세기까지 서구적 의복의 상징작용을 해체하는 것이었다. 일본의 패션 디자인은 20세기의 의복이 수렴하고자 하는 방향 즉 주체가 되는 것은 인간이며 의복은 인간에게 착용된다는 사실에 부합되는 것이었다.

그러한 의미에서 마르탱 마르젤라Martin Margiela, 앤 드뮐미스터Ann Demeulemeester 등 90년대의 새로운 디자이너들은 일본인 디자이너의 영향선상에서 등장했다고 할 수 있다.

또한, 미야케 잇세이가 1980년대 후반부터 진행시키고 있는 플리츠 의복은 고대 이집트 이후 이어진 발상이지만,

그는 직물에 플리츠를 가공하고 이를 의복의 형태로 재단해 봉재하는 통상의 순서를 바꾸어서 재단하고 봉재한 의복에 플리츠를 가공했다. 이러한 발상의 전환에 의해서 플리츠에 의한 넉넉함은 의복의 조형에 지금까지 없었던 확장을 가져다주며 예술적으로 표현되었다. 그리고 그의 디자인 파워는 세계적인 높은 수준에 있는 일본의 화학섬유 기술과 융합되어 그 표현은 점차 완성도를 높이고 20세기말 드디어 누구나 어디에서라도 착용할 수 있는 궁극적의 일상복에 도달하였다. 미야케 잇세이는 미래의 세계라고 하는 시야 속에 그 위치를 분명히 남겼다.

만약 일본의 패션 디자인이 세계를 자극했고 또 앞으로도 그렇다고 한다면, 그것은 일본의 독자적인 디자인과 개념의 전개가 있기 때문만이 아니라 미야케 잇세이의 제작에서 확인할 수 있듯이 단지 패션이 아닌 의복 그 자체이도록 국경과 성별 그리고 패션 시스템의 틀을 초월해서 앞으로의 세계가 추구하고 있는 미래적인 의복을 제시하고 있기 때문이 아닐까.

그것은 메이지 이후 유럽의 옷을 도입한 일본의 의복문화가 도착한 결론이며, 여기에는 이제 일본과 서양을 대립시키고자 하는 사고는 사라지고, 동과 서를 넘어서 문화의 상호성에 의한 현재적인 패션 디자인이라고 하는 의미에 있어서 세계성이 있을 뿐이다. ✻

에필로그

패션의 시점에서 본 자포니슴 독해

17세기부터 현재에 이르기까지 '일본'을 종사縱絲로 해서 엮어진 패션을 부감했을 때 드러나는 것은 무엇일까. 여기에서 다시 한 번 이제까지의 전개과정을 되짚어보면서 패션에서 나타나는 자포니슴을 총괄해 보기로 하자.

우선 첫 번째로 패션의 자포니슴은 이국취미로서의 수용이었다고 할 수 있다. 19세기 후반 화가들의 캔버스 위에 오브제로서 수용된 기모노가 있었으며, 이는 실제로 구미의 여성들에게 실내복으로 전용되어 착용되었다. 그 이전에 에도시대에 동인도회사를 통해서 네덜란드로 건너간 기모노는 17~18세기 남성용 실내복으로 전용되기도 했다. 또 후지야마, 게이샤 혹은 한자 등을 모티브로 사용한 T셔츠와 드레스 등 일본과 서구의 절충도 있었다. 이야말로 싫던 좋던 간에 대다수의 사람들이 자포니슴이라는 말에 떠올리는 공통적인 이미지이다. 지금도 파리 컬렉션의 무대에 등장하는 많은 작품들은 이러한 전형이라 할 수 있다. 이국취미의 표현으로서 도입된 모티브는 19세기 말 새로운 기술을 수반하면서 더욱 주의 깊게 수용되어 갔다.

두 번째로, 패션의 자포니슴은 모티브와 그 기술적인 모방으로 전개되었다. 19세기 후반의 만국박람회를 계기로 해서 리용에서 제작된 일본적인 모티브의 견직물은 파리 오트쿠튀르의 유행품으로 제작되어 패션의 중심으로 부각되었다. 더욱이 패션은 그때까지 서양복이 갖지 않았던 일본적 미학의 요소인 비대칭성을 간파하고 흥미를 갖기 시작했다.

세 번째로, 기모노의 조형성이 수용된 점을 꼽을 수 있다. 이는 19세기 말에서 20세기 초 코르셋에서 해방되고자 했던 상황 속에서 패션은 기모노에서 발견한 조형성, 즉 어깨를 지점으로 하는 의복구성과 이에 의해서 만들어지는 '넉넉함' 이 서양복으로 소화, 흡수되는 형태로 나타났다. 어쩌면 이때의 패션을 변용시키는 원인이 된 것은 기모노 이외의, 예를 들어 고대 그리스의 키톤과 같은 의복이었다고 하는 반론이 있을지도 모르겠으며, 또한 테일러드와 같은 남성복처럼 서구의 이론에 적합한 이성적인 재단이었다고 하는 견해도 가능할 수 있다. 그러나 그렇다 하더라도 19세기까지의 여성복은 새로운 해체작업을 행하는 이외에는 더 이상 지속할 수가 없었으며 여기에서 기모노가 폭발제로서의 역할을 수행했던 사실은 아마 아무도 부정할 수 없을 것이다.

게다가 1920년대의 패션은 비오네 등의 우수한 디자이너들에 의해서 서구적인 문맥을 벗어나지 않고 직선을 표현해 냄으로써 '넉넉함'을 훌륭하게 승화시켰다. 이때 형태에 그치지 않고 기모노의 착용방법과 포즈 등 인간과 의복이 일체가 되어 표현되는 미학이 동시에 수용되었던 사실에도 주목하고 싶다.

그리고 네 번째로, 일본적 미학이 갖는 개념에 대한 흥미가 일었던 것을 꼽을 수 있다. 이는 의식하던지 아니던지간에 일본인 디자이너들에 의해서 구체화되었다. 메이지 이후 서양복을 수용, 보급시켜온 일본으로부터 1970년대 이후 세계를 향해서 발신된 일본적 미학에 근거한 패션 디자인은 높은 평가를 받았다. 그리고 이에 의해서 자극되어 영향을 받은 현대 패션은 지금 일본인 디자이너를 빼고는 논할 수가 없다. 이는 건축과 비주얼 디자인 등 다른 어떤 디자인 분야와 비교해도 결코 뒤지지 않는다.

그 뿐 아니다. 미래의 새로운 의복 디자인에 방향성을 시사하는 역할으로서 자포니슴 현상은 아직 끝나지 않았다. 이는 일본인 디자이너의 이러한 활동이 그 정의를 확대해 나가고 있는 '자포니슴' 연구의 흥미로운 예 중 하나라고 할 수 있다.

한편 필자는 이제까지 패션의 자포니슴을 일본의 전통적인 의복 '기모노'로 한정시키지 않았다. 그러나 여기에서 기모노와 패션의 관계에 관해서 생각해볼 필요가 있다. 왜

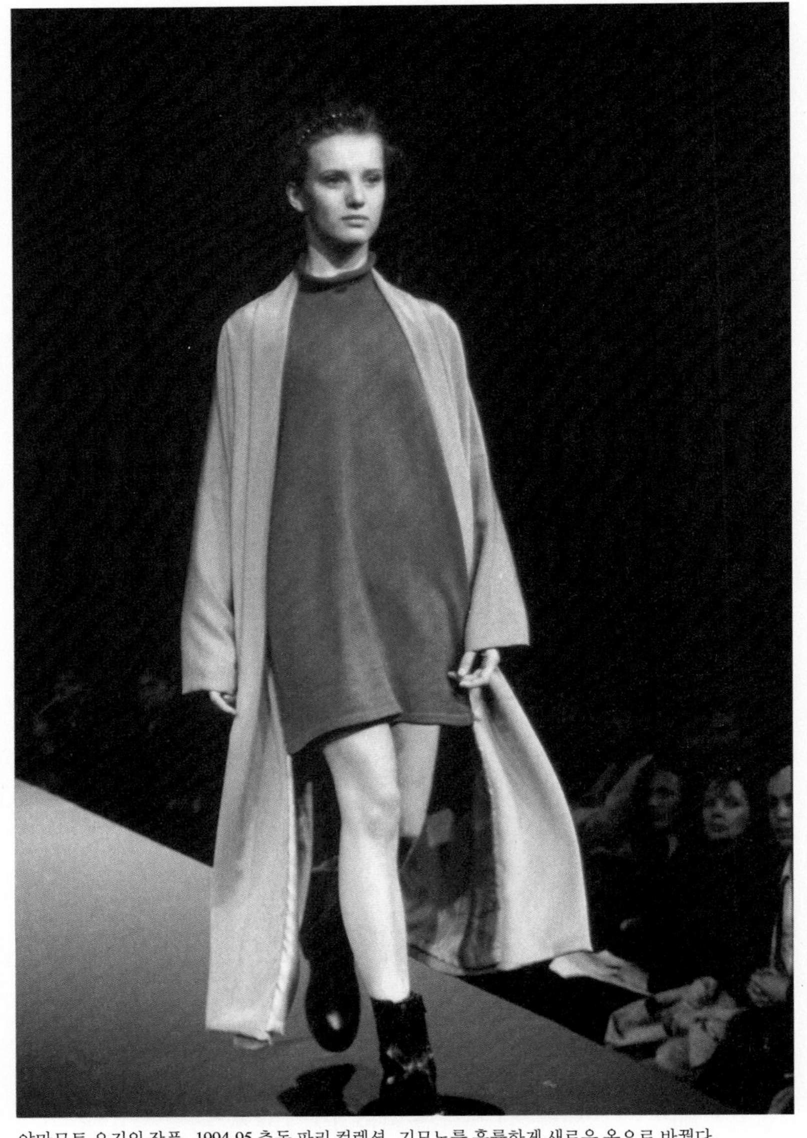

야마모토 요지의 작품. 1994-95 추동 파리 컬렉션. 기모노를 훌륭하게 새로운 옷으로 바꿨다.

냐하면, 1993년 추동의 다카다 겐조, 94년 추동의 야마모토 요지가 기모노에서 발상을 얻은 컬렉션을 연이어 파리 컬렉션에서 발표했기 때문이다. 두 사람의 디자이너와 각각 이야기할 기회가 있었을 때, 이들 두 사람이 이 테마에 접근한 것에 관해서 지금이라면 기모노를 발상원으로 해서 새로운 옷을 만들 수 있다고 생각했기 때문이라고 각각 말했다. 야마모토 요지는 "20세기 초, 서구의 디자이너가 기모노를 보고 일본인보다도 좋은 옷을 만들었다. 반대로 일본인은 서양의 옷을 흉내 내는 데 급급해 왔던 것을 보고 이대로 좋을까 하는 생각이 계속 머리에 있었지요. 자신들의 과거에서 가져온 것, 일본문화의 연장선 위에 있는 현대의 의복을 만들고 싶다는 마음을 의복을 만들기 시작했을 때부터 갖고 있었지만, 이제 지금이라면 가능하다, 일본인이 실현할 필요가 있다고 생각한 것이 기모노를 주제로 한 컬렉션이었던 것이지요"하고 말했다.

신체를 두르며 감아 착용하는 기모노의 유연성의 매력은 반대로 기모노의 난이성 특히 착용의 어려움으로 이어지는 양의성을 내포하고 있다. 현대사회의 일상 속에서 살아남는 것은 팩키지라고도 표현할 수 있는 간편성을 갖는 의복이라는 사실은 분명하다.

20세기 초 경직된 서양복에 기모노의 유연성을 도입한 서구. 거기에서부터 현대의 의복이 탄생한 것이다. 현대가 필요로 하는 간편성을 부여하지 않고, 전통이라는 이름하에 경직되어 있는 기모노. 의복이 시대와 함께 변화해 나간다는 사실은 역사에 나타나 있는 것을 보아도 의복으로서의 기모노가 놓여 있는 입장은 자명하게 이해된다.

이상과 같은 전개를 나타내는 패션에서의 자포니슴. 패션을 단서로 문화 상호성의 일예를 실증적, 이론적으로 검증하고자 하는 주제에 접근한 연구는 이제까지는 없었다. 타자의 눈으로 이해되어 수용된 일본문화, 일본의 미학을 명확하게 하고, 일본적 미학의 특성이란 무엇인가를 검토하는 이 연구는 앞으로 각각의 전문적인 시각에서 우수한 연구를 기다려야만 한다. 그렇다고는 하지만, 패션에서의 자포니슴은 의복이 갖는 특징 즉 시대적 표상성, 입체라고 하는 조형적 특질로서의 측면, 착장이라는 미학적 의미, 더욱이 산업과의 관계 등 다양한 측면을 관련시키면서 복잡한 인과관계를 갖고 있다는 사실을 새롭게 인식해야만 한다. 그렇기 때문에 패션이라는 장르에 있어서 자포니슴 현상의 독해는 자포니슴 연구의 복합적인 접근의 일예로서 그 복합성 때문에 한 없이 흥미로운 대상이라 할 수 있다.

'자포니슴'이 많은 연구가들을 매료시키고 있다는 사실을 보더라도, 그리고 또 연이어 밝혀지는 흥미로운 인과관계를 보더라도, 이국취미라고 하는 새로운 접시의 필요성을 유럽이 느꼈을 때, 태양이 떠오르는 나라의 평범한 카피를 바란 것이 아니라, 그것은 넓은 범위에 걸쳐서 이국취미라는 틀을 초월한 역동적인 에너지를 갖고 있었다는 사실을 패션이라는 시점에 있어서도 또 다시 한번 부각시키고 있다. 동시에 그것은 바로 오늘의 세계 속에 일본이 어떻게 존재해야 하는가 하는 문제에 이어진다는 사실을 느끼게 된다. ✲

주註

제1장

(주1) 엥겔베르트 캠퍼Engelbert Kaempfer (1651-1716)
독일인 의사, 박물학자. 동인도회사 나가사키상관의 의사로, 1691년과 92년에 두 번 에도까지 간 적이 있다.

(주2) 『에도 참부 여행 일기江戸参府旅行日記』, 사이토 시노부斎藤信 역, 헤이본사平凡社 동양문고, p.5
이 책은 크리스티앙 빌헬름이 편집한 캠벨의 『일본지』(GESCHICHTE UND BESCHREIBURG VON JAPAN Aus den Originalhandschriften des Verfassers(1777-79))를 1964년 하노 벡Honno Beck이 번각한 것을 저본底本으로 한 것이다.

(주3) 『모방과 영감模倣と霊感』, 스테판 폰 레이Stefan van Raay 편집, 오자키 아키히로尾崎彰宏 역, 1989, p. 55.

(주4) 위의 책, p. 55

(주5) Goncourt, *JOURNAL*, T3, p.334

제2장

(주1) 이작 티칭Izaac Titsingh (1745-1812)
네덜란드 동인도회사의 나가사키상관장(1779-80, 81-83, 84)을 역임하면서 그 사이 2번 에도에 참부했다. 동양에서 체류한 33년 중 14년간 일본에 체재했다. 일본에 큰 관심을 갖고, 구츠키 마사츠나朽木昌綱, 나카가와 준안中川淳庵 등과 교류했다. 일본의 서적, 회화, 지도, 화폐 등을 다수 수집하여 본국에 돌아갔다. 그가 갖고 돌아간 『慶事袋』를 바탕으로 그의 사후 파리의 네프부 서점에서 『일본의 풍속 습관. 일본의 관혼상제 의식』이 1819년에 간행되었다.

(주2) 요한 윌레엄 스튜르레르John Willem de Sturler (생몰년 미상)
시볼트와 함께 일본에 왔다. 네덜란드 상관장 역임. 재임 중 시볼트와 대립해서 총독에게 시볼트에게 불리한 보고를 했다. 1826년 버테이비아로 돌아갔다. 시볼트 사건 후 일본에 도항 금지되었다.

(주3) 필립 프란츠 폰 시볼트Philipp Franz von Siebold (1796-1866)
나가사키 데지마상관의 의사로서 일본연구를 지시 받고 부임했다(1823). 1826년 상관장의 에도 참부에 수행했다. 재임 중 일본에 관한 연구 자료를 수집해 저술했다. 귀국할 때 일본 지도와 그 밖에 수출 금지품을 반출하려고 해서 추방되었다(시볼트 사건). 체재 중의 연구 성과를 『일본』(1823-54), 『일본식물지』로 간행했다. 그 후 네덜란드 상사회사 사원이 되어 다시 일본에 왔으며 막부의 고문이 되어 에도에 머물렀다(1859-1862).

(주4) Exposition Universelle, *JOURNAL DES DEMOISELLES*, oct 1867.

(주5) Ernest Chesneau, Le Japon et l'Art Japonais, *JOURNAL DES DEMOISELLES*, nov, dec 1868.

(주6) 1873년 간행된 『Musee Universel』 중 「예술에 있어서 자포니슴」 등.

(주7) 자카리 아스트뤼크Zacharie Astruc (1839-1907)
알제르 출생. 화가, 조각가로 활동한 후, 1860년경부터 복수의 신문에 미술에 관한 문장을 투고하게 되었다. 『L' ETANDARD』는 일간지.

(주8) 다키자와 바킨滝沢馬琴의 원작을 바탕으로 해서, 1879년 8월부터 83년 3월까지 『LE MONDE ILLUSTRE』에 연재되었으며, 그 후 1883년에 파리의 플롱Plon et Cie.에서 저서로 간행되었다. 채색된 삽화의 원화는 시게노이가 그렸다. 주에는 이야기 속의 복장과 습관 등이 설명되어 있다.

(주9) Ernest Chesneau, 『Le Japon a Paris GAZETTE DES BEAUX ARTS』 sept. 1878, p. 388

제3장

(주1) Pierre Loti, *MADAME CHRYSANTHEME*, Pardes Paris 1988, p.185.

(주2) 전시「자포니슴」캐더로그, 1988년, 국립서양미술관, p.376.

(주3) 위의 책, p.387.

(주4) Alastair Grieve, *THE PRE-RAPHAELITES*, The Tate Gallery, 1984, p.211.

(주5) 『다큐멘트 리버티백화점ドキュメント リバティー百貨店』(애드버검 아리슨 Adburgham Alison 저, 아이코 겐지愛甲健児 역, 파르코 출판パルコ出版, 1978), p. 15.

(주6) *MANETTE SALOMON*, Flammarion, Paris, 1925, p. 190.

(주7) Les etoffes don' t elle s' enveloppe sont d' une magnificence extraordinaire. Cesont, selon les saisons, des étoffes de soie teintes des plus riches couleurs, brodées des plus ravisants caprices, soignesement ouatees pour l' hiver; d' une legéreté sans pareil, au contraire, pour l' été.

(주8) 티칭의 사후, 파리의 네프바 서점에서 1819년에 『일본의 풍속 관습. 일본의 관혼상제 의식』이 간행되었는데 아마도 쉐노는 이것을 보았다고 생각된다. 1822년에는 런던에서 프레데릭 쇼베르가 이에 근거해서 『ILLUSTRATION OF JAPAN』을 출판했다.

(주9) Les robes des foulards japonais de la Malle des Indes dont nous avons signalé la beauté du tissu et la nouveauté de fabrication, viennent d' otenir un trimphe éclatant par le choix de plusieurs robes que vient de faire S. M. l' Impératrice. Le foulard choisi par Sa Majéste, est vraiment d' une beauté rare. *PETIT COURRIER DES DAMES* juin ler 1867

(주10) 『로베르』에는 1876년으로 되어 있다.

(주11) 에드워드 윌리엄 고드윈Edward William Godwin (1833-86).
건축가, 디자이너, 미술평론가. 빅토리아시대의 자포니슴 발전에 중요 인물 중 한 사람. 복장 개량론자이기도 했다. 1884년부터 86년까지 리버티 상회의 여성복부문의 감독이 되었다.

(주12) Sandra Barwick, A CENTURY OF STYLE, George Allen & Urwin, London, 1984.

제4장

(주1) 일본 견 인견 직물 공업사 내 일본 견 인견 직물사 간행회 편『일본견 인견 직물사』 부인화보사, 1959년, p.140.

(주2) 크리스토퍼 드레서Christopher Dresser (1834-1904).
디자이너, 식물학자. 유럽과 미국 각지를 여행하고 올콕의 권유에 의해서 1876년 일본을 찾았다. 1882년 그가 저술한『일본–그 건축미술공예』는 19세기 말 영국 미술의 전개에 큰 영향을 미쳤다.

(주3) 위의 책 『다큐멘트 리버티백화점ドキュメント リバティー百貨店』 p.30.

(주4) 『Japan과 영국』 세타가야世田谷 미술관, 1992년 p.38.

(주5) 아멜리아 블루머Amelia Jenks Bloomer (1818-94).
1851년 여성의 복장개혁을 주창한 미국인. 기능적인 복장으로서 터키풍의 여유로운 바지 착용을 호소했지만 사람들의 조소와 경시를 받았다. 그러나 그녀의 아이디어는 80년대 자전거용 복장으로 채용되었다. 훗날 일본의 여학생들이 착용한 블루머도 이에 유래한다.

(주6) 위의 책 『다큐멘트 리버티백화점ドキュメント リバティー百貨店』 p.64.

(주7) *LA MODE PRATIQUE*, 3 aout 1901.

(주8) *THE SEARS ROEBUCK CATALOGUE*, 1902.

제5장

(주1) 에밀 팽가Emile Pingat (생몰년 미상)
루이 르 그랑 거리rue louis le grand에서 유명한 메종을 경영했다. 그 호화로운 비지트는 상류사회의 상징으로서 특히 미국인에게 인기가 있었다.

(주2) 가즐랭Gagelin
왕정복고시대 가즐랭Gagelin은 이즈음 신부 혼수에 빠뜨릴 수 없게 된 캐시미어 숄을 파는 상점으로서 <Dancotte jeune>, <Au Persan>과 함께 유명했다.

(주3) 「19세기 뮐즈와 그 부근의 산업에 관한 자료에 의한 역사」 위의 책 전시 「자포니슴」 캐더로그 p.161.

(주4) 뮐루즈염색미술관의 역사자료담당관 장 프랑소와 케라 씨의 논고에 의하면, 일본 시장용 수출품으로 제작되고 있었던 사실을 비아라트M. A. Vialatte 씨가 뮐루즈의 공업사회에 관한 강연(1905년)에서 발표했다.

(주5) 위의 책, 전시 「자포니슴」 캐더로그, p.161.

(주6) 뮐루즈염색미술관에 소장되어 있는 것을 확인했다.

(주7) T. W. Cutler, *A GRAMMAR OF JAPANESE ORNAMENT AND DESIGN*, 1880, LONDON

(주8) A. de Beaumont, E. Collinot, *DOCUMENTS POUR L'ART ET L'INDUSTRIE*, 1859-72 Paris (1861년 8월의 제3회 배분분에 게재된 혹사이의 책과 일본에 관한 사항에 근거한 판화)

(주9) 전시 「고호와 일본」 캐더로그 (1992년 교토국립근대미술관, 세다가야世田谷 미술관) p.108의 미술사가 마레이케 데 그루트Mariike de Groot 씨에 의한 작품 해석 및 위의 책 전시 「자포니슴」 캐더로그 가운데 마부치 아키코馬渕明子 씨의 논고에 의한다(p.29).

(주10) 미야오카 겐지宮岡謙二 『異国遍路 旅芸人始末書』 중앙공론사中央公論社.

(주11) J. Habert-Dys, *FANTAISIES DECORATOVES*, 1886, Paris, Librairie de L'art.
다색판화로, 일본적인 모티브를 그린 장식도안집. 47장으로 구성되었으며 학, 모란, 잉어 등이 대담한 구조로 도안화되어 있다. 부채와 접시, 벽지 등에 사용되는 도안.

(주12) 도날드 킨 감수 『영국의 염색 Vol.3』 학습연구사, 1980년 p.221.

(주13) 위와 같음.

(주14) *HISTOIRE DE L'INDUSTRIE ET DU COMMERCE EN FRANCE*, L'Effort Economique Francais Contemporain 2, Editions D'Art et Histoire, Paris, 발행년 미상.

(주15) P. Verneuil, *ETOFFES JAPONAISES*, Librairie Centrale des Beaux-Arts, 1910.

(주16) *ETOFFES DE SOIE DU JAPON*, Ernest Henri.

제6장

(주1) 시로키야 양복점白木屋洋服店의 광고

(주2) 1887년 『남녀 서양재봉 독안내男女西洋裁縫独案内』(오카 마쓰노스케大家松之助 편, 駿堂発行) 『남녀 서양복 재봉 독안내男女洋服裁縫独案内』 모리 겐지로森兼次郎 편, 노무라 조베野村長兵衛 출판), 『남녀 서양복 봉재 지남男女洋服裁縫指南』 (마사키 야스코正木安子 편, 쇼분도正文堂 발행) 『화양 남녀 봉재 독안내和洋男女裁縫独案内』 (스즈키 마사오鈴木正夫, 도쿄 라이온 서방東京ライオン書房) 등이 간행되었다.

(주3) 메이지 천황의 황후 (쇼켄황태후昭憲皇太后, 1849-1914)
이름은 하루코美子, 이치조 다다카一条忠香의 삼녀. 1868년에 황후가 되었다. 교육과 산업을 장려하고 진흥을 위해서 노력했다. 학문의 조예가 깊어 읊은 와카가 36000수에 이른다. 또 일본 여성의 양장화에 열성적이어서 당시 진귀했던 양장으로 외출하는 일도 많았다. 당시의 니시키에 풍속화에는 종종 양장차림의 황후가 묘사되어 있다.

(주4) 메이지 천황 황후의 망토 드 쿠르, 1906년
연두색 벨벳 국화 문양 대례복(상의와 트레인는 연두색 벨벳에 국화가 자수되었으며, 스커트는 새틴에 비즈 자수되었다). 하라 노부코原のぶ子 씨 소장, 황후가 신년 초하루의 조하朝賀에 호메이전豊明殿에서 착용했다.

(주5) 독일에서 초빙된 의학자 에르빈 폰 베르츠Erwin von Belz는 도쿄제국대학 의학부 어용교사 및 황태자 내의를 맡았는데 궁중이 서양복을 채용했을 때 코르셋의 유해를 이토 히로부미 수상에게 지적한 바 있다(『베르츠의 일기ベルツの日記』 이와나미 문고岩波文庫).

제7장

(주1) 이때의 데생이 빅토리아&알버트 미술관에 남아 있다.

(주2) 교토의 기쿠오 서점キクオ書店, 마에다 쓰카사前田司 씨 소장.

(주3) LE FIGARO, 1, Juillet, 1900.

(주4) *LE THEATRE*, Nov, 1900.

(주5) *JOURNAL DE JULES RENARD*, 2, Nov 1901

(주6) Beer (생몰년 미상). 독일 출신. 빈에서 메종을 개점한 후, 1905년 파리의 광장 7번지에 개점. 1910년대 인기 메종.

(주7) *FEMINA*, Nov., 1907.

제8장

(주1) 19세기 후반부터 빈번하게 개최된 만국박람회에서는 새롭고 진귀한 물건들이 전시되었는데, 종료 후 이들 물건은 경매되었다. 분문에서 인용한 하야시 다다마사의 경매첩은 1900년 파리 만국박람회에 출전된 물건의 경매첩 중 제1권이다. 이때와 1902년, 1903년 총3회 실시되었다. 주요한 물건은 서화골동, 에이리혼絵入り本, 도자기, 오브제, 염직품(기모노, 오비, 가사) 등이었다.

(주2) Paul Poiret, *EN HABILLANT L' EPOQUE*, Grasset Paris, 1974 (초판은 1930), p.49.

(주3) *LES MODES*, mars, 1907.

제9장

(주1) 위의 책, *HISTOIRE DE L' INDUSTRIE ET DU COMMERCE EN FRANDCE.*

(주2) 위의 책, *EN HABILLANT L' EPOQUE*, p.49.

(주3) Betty Kirke, *VIONNET*, 求龍堂, 1991.

제10장

(주1) 『엘르』 juin 15, 1970, No.1278.

(주2) 스타일리스트Stylist는 기성복 디자이너를 가리키는 말로 1960년대부터 사용되었다. 제라르 피파르Gerard Pipart, 엠마뉴엘 칸Emmanuelle Khanh, 마이클 로저Michael Roger, 소니아 리키엘Sonia Rykiel, 자크린느 야콥슨Jacqeline Jacobson, 아네스 베agnès b 등이 초기의 스타일리스트로 활약했다.

(주3) 『르 피가로』 1982.10.21 기사에서 필자인 쟈니 사메Janie Sammet는 야마모토 요지를 야마모토 간사이山本寛斎로 오기했다. 또 『헤럴드 트리뷴』은 '방금 싸우기라도 한 듯 한 룩'이라고 표현했다. 한편, 예를 들어 『리베라시옹LIBERRATION』의 젊은 기자는 콤므 데 갸르송의 파리에서 제1회 쇼를 보고 '이어붙인 천조각에 패션과 문화의 확실한 가치관을 부여했다'(1982 oct. no. 442)라고 표현했다.

(주4) "브루노 타우트는 일본의 전통적인 건축 가운데 이세신궁伊勢神宮에서 가쓰라리큐桂離宮까지만에 진정한 조형적 가치를 인정했다. 그 이유로는 선에 따른 이러한 일본의 조형이 재료와 구조와 무장식이라는 특징에 있어서 기술적 양식의 요구에 적합하다는 사실을 꼽을 수 있다"고 다니다 에쓰지谷田閲次 씨는 그의 저서 『생활조형의 미학』(p.104, 東京:光生舘)에서 지적하고 있다. 또 미스 반 데어 로에Mies van der Rohe의 유명한 "Less is more"에는 일본 미학의 특징이 지적되어 있다.

(주5) 1985년 3월, 피라 컬렉션에 참가한 일본인 디자이너의 수는 12명, 1991년 3월에는 그 수가 18명으로 늘어났는데, 1994년 3월에는 12명이었다.

참고 문헌

■ 1 단행도서 및 논고

青木節一編 『Fundamentals of Japanese Architecture—ブルーノ·タウト講演録』 国際文化振興会 1936.

浅田実 『東インド会社』 講談社 1989.

アダム, ピーター 『アイリーン·グレイ』 小池一子訳 リブロポート 1991.

アドバーガム, アリソン 『ドキュメント リバティー百貨店』 愛甲健児訳 パルコ出版 1978.

池上忠治 『フランス美術断章』 美術公論社 1980.

________ 『随想フランス美術』 大阪書籍 1984.

________編 『世界美術大全集』 22, 23 小学館 1993.

いせ辰四世広瀬辰五郎 『江戸千代紙 上·下』 丸ノ内出版 1973.

市川雅 『舞姫物語』 白水社 1990.

猪瀬直樹 『ミカドの肖像』 小学館 1986.

今尾和雄編 『正徳ひな形』 はくおう社 1972復刻(1713).

________編 『当流模様雛形天の橋立』 はくおう社 1972復刻(1727).

________編 『光琳雛形若みとり』 はくおう社 1972復刻(1727).

________編 『光琳雛形糸すすき』 はくおう社 1972復刻(1727).

ウィットフォード, フランク 『クリムト』 関根秀一他訳 洋販出版 1990.

海野弘 『プルーストの部屋』 中央公論社 1993.

大島清次 『ジャポニスム—印象派と浮世絵の周辺—』 美術公論社 1980.

太田勝也 『鎖国時代長崎貿易史の研究』 思文閣出版 1992.

岡登貞治 『文様の事典』 東京堂出版 1992.

オールコック, R. 『大君の都—幕末日本滞在記』 全3巻 出口光朔訳 岩波書店 1962.

カーク, ベティ 『VIONNET』 求龍堂 1991.

鹿島茂 『絶景、パリ万国博覧会』 河出書房 1992.

______ 『デパートを発明した夫婦』 講談社 1991.

金井圓編訳 『描かれた幕末明治—イラストレイテッド·ロンドン·ニュース 日本通信1853-1902』 雄松堂 1973.

______ 『日蘭交渉史の研究』 思文閣出版 1986.

木々康子 『林忠正とその時代—世紀末のパリと日本趣味』 筑摩書房 1987.

北村哲郎 『日本の織物』 源流社 1988.

北山晴一 『19世紀パリの原風景 おしゃれと権力』 三省堂 1985.

絹人絹織物史刊行会編 『日本絹人絹織物史』 婦人画報社 1959.

京都国立博物館編 『染の型紙』 京都国立博物館 1968.

京都貿易協会編 『明治以降京都貿易史』 京都貿易協会 1963.
切畑健·白畑よし 『三井家伝来　圓山派衣装画』 紫紅社 1975.
キング, ドナルド監修 『イギリスの染色1~3』 学習研究社 1980.
箭内健次編 『鎖国日本と国際交流 上·下』 吉川弘文館 1988.
クライナー, ヨーゼフ編 『けんぺるのみたトクガワ·ジャパン』 六興出版 1992.
グリフィス, W. E. 『明治日本体験記』 山下栄一訳 平凡社 1984.
呉秀三訳註 『シーボルト日本交通貿易史』 <異国叢書> 雄松堂 1966(1929).
______ 『シーボルト先生2』 平凡社 1968.
クリナー, フランス 『ジーボルト父子伝』 竹内精一訳 創元社 1969.
ケンペル, エンゲルベルト 『日本誌—日本の歴史と紀行』 全2巻 霞ヶ関出版 1973.
________________________ 『江戸参府旅行日記』 東洋文庫 平凡社 1977.
小池三枝 『服飾の表情』 勁草書房 1991.
国際ニュース事典出版委員会編 『外国新聞に見る日本』 毎日コミュニケーションズ 1990.
小林太一郎 『北斎とドガ』 <小林太一郎著作集2> 淡交社 1974.
小林利延 「クロード·モネ浮世絵版画コレクション」 『ジャポネズリー研究学会報』 1984.3(3).
ド·ゴンクール, エドモン 「青楼の画家 歌麿」 東大路鐸訳 1965.
斎藤多香子 「1860-1870年代フランスの日本手芸観—アストリュックとシェノーの場合」 『文化女子大学研究紀要』 1986.1(17).
佐伯彰一·芳賀徹 『外国人による日本論の名著』 <中公新書> 中央公論社 1987.
定塚武敏 『画商·林忠正』 北日本出版社 1977.
________ 『海を渡る浮世絵—林忠正の生涯』 美術公論社 1981.
サトウ, アーネスト 『一外交官の見た明治維新』 全2巻 岩波書店 1961.
佐藤理恵 「小袖と風俗画—近世初期の解明のために—」 『美学美術史研究紀要』 1987.
サムソン, G. 『西欧世界と日本』 全2巻 金井·多田·芳賀·平川訳 筑摩叢書 1966.
塩谷敬 『シラノとサムライたち』 白水社 1989.
ジーボルト 『江戸参府紀行』 斎藤信訳 平凡社 1967.
ジャンソン, H. W 『美術の歴史 1·2』 村田潔·西田秀穂訳 美術出版社 1990.
白川宣力 『川上音二郎·貞奴—新聞にみる人物像』 雄松堂 1985.
関川左木夫 『ピアズレイの芸術と系譜』 東出板 1976.
瀬木慎一 『日本美術の流出』 駸々堂 1985.
________ 「浮世絵とゴンクール」 『DRESSTUDY』 1993 FALL (Vol.24).
タウト, ブルーノ 『日本文化史観』 森携郎訳 明治書房 1936.
_______________ 『日本の建築』 篠田英雄訳 春秋社 1950.
_______________ 『日本の芸術』 篠田英雄訳 春秋社 1950.
_______________ 『ニッポン ヨーロッパ人の眼で見た』 森携郎訳 講談社 1991.
高階秀爾 『日本美術を見る眼 東と西の出会い』 岩波書店 1991.
『ゴッポの眼』 青土社 1984.
田中英道 「北斎´ 広重とブァン·ゴッホ」 『国立西洋美術館年報』 1972.3(5).
________ 「モネと浮世絵」 『国立西洋美術館年報』 1972.3(6).

田中英道 『光りは東方より 西洋美術に与えた中国·日本の影響』 河出書房 1986.
谷田閲次 『生活造形の美学』 光生館 1963.
________·小池三枝 『日本服飾史』 光生館 1989.
鶴園紫磯子 「歌劇＜お菊さん＞をめぐって—ジャポニスムと劇場音楽」『ジャポネズリー研究学会報』 1986.3(5).
ティチング，イザーク『日本風俗図誌 』沼田次郎訳 雄松堂 1970.
テュシュレル、ジャン＝ミッシェル 『リヨン織物美術館1, 2』 学習研究社 1976.
東京大学史料編纂所 『イギリス商館長日記』全2巻 東京大学出版会 1979.
童門冬二 『川上貞奴』 成美堂出版 1984.
中島徳博「サミュエル·ビングと日本」『ピロティ』 1981.6(40).
永積洋子 『平戸オランダ商館長日記1~4』 岩波書店 1969.
中山千代 『日本婦人洋装史』 吉川弘文館 1987.
日仏美術学会編 『ジャポニスムの時代—19世紀後半の日本とフランス』 紀伊國屋書店 1983.
日本繊維意匠センター編 『日本染織文様集Ⅰ·Ⅱ』 講談社 1970.
芳賀徹 『大君の使節』＜中公新書＞ 中央公論社 1968.
______ 『絵画の領分ー近代日本比較文化研究』＜朝日選書＞ 朝日新聞社 1990.
______ 「異郷の日本美術（一）コネティカットの日本版画」『比較文学研究』 1977.6 (31).
______ 「異郷の日本美術（二）オクラホマの若沖」『比較文学研究』 1978.5 (33).
______ 「異郷の日本美術（三）ライデンの川原慶賀」『比較文学研究』 1980.9 (38).
長谷川栄 「起立工商会社—明治初期の工芸職人の組織と活動」『MUSEUM』 1970.7 (232).
二見仙平 『横浜輸出絹業史』 横浜輸出絹業史刊行会 1958.
樋田豊次郎編 『明治の輸出工芸図案—起立工商会社工芸下図集』 京都書院 1987.
__________ 「ジャポニスムという趣味」『DRESSTUDY』 1992 FALL (Vol.22).
平山郁夫·小林忠編 『秘蔵日本美術大観 1~10』 講談社 1993.
ファン·ラーイ，ステファン 『模倣と霊感—オランダ美術にあたえた日本の影響』 尾崎彰宏訳 ダルツ Amsterdam 1989.
深井晃子「モードのジャポニスム」『ジャポニスム入門』(ジャポニスム学会編集) 思文閣出版 2000.
________ 「キモノ·サダヤッコ」『川上音二郎とパリ万国博覧会』 福岡市博物館 2000.
________ 「装飾性の復権：ジャポニスム絵画における着物再考」『ジャポニスム研究』28号 2008.
________ 『ファッションから名画を読む』 PHP研究所 2009.
________·周防珠実 「19世紀後半、ヨーロッパに起ったジャポニスムといわれる動きの中でモードに現れた＜日本＞の影響について」『第１期日本ファッション研究助成成果報告書』 日本ファッション協会 1993.
ブラントン，R. H. 『お雇い外国人の見た近代日本』 徳力真太郎訳 講談社 1986.
フロベール 『ボヴァリー夫人』全2巻 伊吹武彦訳 岩波書店 1960改訂.
ペリー，マシュー·キャルブレース 『日本遠征日記』 金井圓訳 雄松堂 1985.
ベルツ，トク 『ベルツの日記』 岩波書店 1979.
ベルナール，E. 『ゴッホの手紙 上·中·下』 硲伊之助訳 1992.
ボハーチコヴァー，リブシェ 「壁紙の魅力」『DRESSTUDY』 1992 FALL (Vol.22).

本田總一郎監修 『家紋大全』 梧桐書院 1992.
松戸市教育委員会 『松戸徳川家資料目録』全2集 松戸市教育委員会 1989.
松村恵理 「装飾芸術におけるジャポニスム」『東京国立近代美術館研究紀要』 No.3(1992).
松村剛 「新聞に見る岩倉使節団のパリ滞在」『比較文学研究』 1989. 5(55).
馬渕明子監修 『印象派の宝庫 バーンズ·コレクション』講談社 1993.
丸山伸彦 「小袖の形態変化についての一考察」『美術史』 1988.
ミットフォード, A. B 『英国貴族の見た明治日本』 長岡祥三 新人物往来社 1986.
宮岡謙二 『異国遍路旅芸人始末書』 中央公論社.
三宅デザイン事務所 『ISSEY MIYAKE BY IRVING PENN』 1989, 1990, 1991-1992.
宮島久雄 「サミュエル·ビングと日本」『国立国際美術館紀要』 1983.3(1).
村上直次郎 『長崎オランダ商館日記』全3巻 岩波書店 1980(初版1956).
_________ 『出島蘭館日誌 上·中·下』 文明協会 1939.
明治ニュース事典編纂委員会 『明治新聞ニュース事典』 毎日コミュニケーションズ 1983.
モーパッサン 『ベラミ』田辺貞之助訳 春陽堂書店 1965.
モリエール 『町人貴族』 鈴木力衛訳 岩波書店.
森鴎外 『花子』(初出「三田文学」1910.7).
モルティエ, ビアンカ·M.デュ 「17-18世紀のオランダにおける絹製<ヤポンセ·ロッケン>」 『DRESSTUDY』1992 SPRING (Vol.21).
山口玲子 『女優貞奴』 新潮社 1982.
________ 『初期衣装ひいながた』 全2巻 集美堂 1929.
山辺知行 『日本の染織』全6巻 中央公論社 1979.
横浜開港資料館 『<ル·モンド·イリュストレ>日本関係さし絵集』 横浜開港資料館 1988.8.
横山俊夫編 『視覚の19世紀 人間·技術·文明』 思文閣出版 1992.
吉田秀和 『トゥールズ=ロートレック』 中央公論社 1983.
吉田光邦 『図説万国博覧会 1851-1942』 思文閣出版 1985.
吉見俊哉 『博覧会の政治学』 中央公論社 1992.
________ 「博覧会とジャポニスム」『DRESSTUDY』1993 FALL (Vol.24).
由水常雄 『ジャポニスムからアール·ヌーヴォーへ』 中央公論社 1994.
ヨリッセン, E., 松田毅一 『フロイスの日本覚書 日本とヨーロッパの風習の違い』<中公新書> 中央公論社 1983.

Adburgham, A. LIBERTY'S A BIOGRAPHY OF A SHOP, COSTUME, Costume Society, London, No. 10 (1976).
Alcock, Sir R. ART AND ART INDUSTRIES IN JAPAN, Virtue, London, 1878.
Allen, J. JAPANEASE PATTERNS 2: THE EDO PERIOD, Thames & Hudson, N. Y. 1987.
Allwood, J. THE GREAT EXHIBITIONS, Studio Vista, London, 1977.
Arizzoli-Clémentel, P. LE MUSÉE DES TISSUS DE LYON, Musée et Monuments France, Paris, 1990.
Arnolli, G. SITS: EXOTISCH TEXTILE IN FRIESLAND, Waanders Uitgevers, Zwoll, 1990.
Arwas, V. ART DECO, Harry N. Abrams, New York, 1980.

Ascher, Z. & L. ASCHER Victoria & Albert Museum, London, 1989.

________ BEAUX-ARTS—L'EMPIRE DU SOLEIL LEVANT—, l'Etandard, Paris, le 27 février 1867.

Baines, B. FASHION REVIVALS, B. T. Batsford, London, 1981.

Bairati, E. LA BELLE EPOQUE, William Morrow, N.Y., 1978.

Barwick, S. A CENTURY OF STYLE, George Allen & Unwin, London, 1984.

Beaumont, A. de Collinot, E. DOCUMENTS POUR L'ART ET L'INDUSTRIE, Paris, 1859-72.

Bibliothèque Forney, L'EXOTISM ORIENTAL, Paris, 1888.

Bing, S. LE JAPON ARTISTIQUE 1-3, Paris, 1888(ビング, サミュエル編『芸術の日本』大島清次, 瀬木慎一, 芳賀徹, 池上忠治翻訳·監修, ジャポネズリー研究学会協力 美術公論社 1981).

Boucher, F. HISTOIRE DU COSTUME EN OCCIDENT DE L'ANTIQUITÉ À NOS JOURS, Flammarion. Paris, 1965(ブーシェ, フランソワ『西洋服装史 先史から現代まで』座右宝刊行会日本語版編 文化出版局 1973).

Bowman, S. A FASHION FOR EXTRAVAGANCE: ART DECO FABRICS AND FASHIONS, Bell & Hyman, London, 1985.

Brédif, J. TOILES DE JOUY, Adame & Biro, Paris, 1987(ブレディフ, ジョゼット『フランスの更紗』深井晃子訳 平凡社 1990).

Bush, L. NEW JAPANALIA : PAST AND PRESENT, The Japan Times.

Carter, E. THE CHANGING WORLD OF FASHION, G. P. Putnam's Sons, N. Y., 1977.

Chapon, F. MISTERE ET SPLENDEURS DE JACQUES DOUCET, Jalattés, Paris, 1984.

Charles-Roux, E. CHANEL AND HER WORLD, Vendôme Press, London, 1979(シャルル=ルー, エドモンド『シャネルの生涯とその時代』秦早穂子訳 鎌倉書房 1981).

Charrier, I. LA PEINTURE JAPONAISE CONTEMPORAINE, La Manufacture, Paris, 1991.

Chesneau, E. LE NATIONS RIVALES DANS L'ART, Didier, Paris, 1868.

__________ LE JAPON ET L'ART JAPONAIS, Journal des demoiselles. Paris, Nov. Dec. 1868.

__________ L'ART JAPONAIS, CONFÉRENCE FAITE L'UNION CENTRALE DES BEAUX ARTS APPLIQUES A L'INDUSTRIE, le 19 février, A. Moral. 1869.

Coleman, A. E. THE OPULENT ERA: FASHIONS OF WORTH, DOUCET AND PINGAT, Thames & Hudson, London, 1989.

COLLECTION HAYASHI: OBJETS D'ART DU JAPON ET DE LA CHINE PEINTURES, LIVRES, Paris, 1902.

COLLECTION HAYASHI: DESSINS ESTAMPS, LIBRES ILLUSTRES DU JAPON, Paris, 1902.

COLLECTION HAYASHI: OBJETS D'ART PEINTURES DE LA CHINE ET DU JAPON, Paris, 1903.

COLLECTION S. BING: OBJETS D'ART ET PEINTURES DU IAPON ET DE LA CHINE, Paris, 1906.

Cunnington, C. W. ENGLICH WOMEN'S CLOTHING IN THE NINETEENTH CENTURY, Faber and Faber, London, 1937.

Cutler, T. W. A GRAMMAR OF JAPANESE ORNAMENT AND DESIGN, B. T. Batsford, London, 1880.

Demornex, J. MADELEINE VIONNET, Edition du Regard, Paris, 1990

Deschodt, A. M. MARIANO FORTUNY 1871-1949: UN MAGICIEN DE VENISE, Edition du Regard,

Paris, 1979

Deslandres, Y. POIRET, Edition du Regard, Paris, 1986

__________ & Müler, F. HISTOIRE DE LA MODE: AU XXe SIECLE, Somogy, Paris, 1986

Diderot & J. D'Alembert, ENCYCLOPEDIE, OU DICTIONNAIRE RAISONNE DES SCIENCES, DES ARTS ET DES METIERS, 28 Vol., Paris, I751-72

Ducuing, M. Fr. L'EXPOSITION UNIVERSELLE DE 1867, 2 Vol., Administration, Paris, 1867

ETOFFES DE SOIE DU JAPON, Ernest Henri, Paris

Evett, E. THE CRITICAL RECEPTION OF JAPANESE ART IN LATE NINETEENTH CENTURY EUROPE, Ann Arbor, 1982

Fukai, A. FUTURE BEAUTY : 30YEARS OF JAPANESE FASHION, Merrell, 2010.

Fukai, A. Japan and Fashion, THE POWER OF FASHION : ABOUT DESIGN AND MEANING, Uitgeverij Terra Lannoo and ArtEZPress, 2006.

________ The Kimono and Prisian Mode, FASHIONING KIMONO, 5 continents, 2005.

Irwin, J. & Schwarts, P. R. INDO-EUROPEAN TEXTILE HISTORY, Calico Museum of Textiles Ahmedabad India, Ahmedabad, 1966.

L'EXPOSITION DE PARIS (1889) 2 Vol., En Vente à la Librairie Illustrée Paris, 1889.

L'EXPOSITION UNIVERSELLE DE 1889 4 Vol., E. Dentu, Paris, 1890.

Galloway, S. THE HOUSE OF LIBERTY, Thames & Hudson, London, 1992.

Gaudriault, K. LA GRAVURE DE MODE FEMININE EN FRANCE, Amateur. Paris, 1983.

Glynn, P. IN FASHION: DRESS IN THE TWENTIETH CENTURY, Oxford university Press, N. Y., 1978.

Gonse, L. L'ART JAPONAIS I·II, A. Quantin, Paris, 1883.

Gontier, J. LA SOIERIE DE LYON, Christine Bonneton, Lyon, 1990.

Guimet, E. PROMENADES JAPONAISES, G. Charpentier, Paris, 1878.

________ PROMENADES JAPONAISES TOKYO-NIKKO, G. Charpentier, Paris, 1880.

Habert-Dys, J. FANTA1SIES DECORATIVES, Librairie de l'Art, Paris, 1886.

Hall, C. THE TWENTIES IN VOGUE, Octopus, N.Y., 1983.

Hall-Duncan, N. HISTOIRE DE LA PHOTOGRAPHIE DE MODE, Chêne, Paris, 1978.

Hartkamp-Joxis, R. E. SITS ; COSTO-WEST REI.AT1ES IN TEXTIEL, Uitgeverij Waanders-Zwdle, Histpore de l'lndustrie et du Commerce, Zwolle, 1987.

Henin, J. PARIS HAUT COUTURE, Philippe Olivier, 1990.

Hillier, B. THE STYLE OF THE CENTURY : 1900-1980, E.P. Dutton, N. Y., 1983 (ヒリアー, ベウィス『20世紀の様式』 石崎浩一, 小林陽子訳 丸善 1986).

HISTOIRE DE L'INDUSTRIE ET DU COMMERCE EN FRANCE, L'Effort Economique Français Contemporain II, Editions d'Art et d'Histoire, Paris.

Hosley, W. THE JAPAN IDEA-ART AND LIFE IN VICTORIAN AMERICA, Wadsworth Atheneum, Hartford, 1990.

Japan Shipbuilding Industry Foundation, JAPONISM IN ART : AN INTERNATIONAL SYMPOSIUM. Committee for the Year 2001, 1980(浮世絵シンポジウム).

Kallie, J. VIENNESE DESIGN AND THE WIENER WIENER TTE, Galerie St. Etienne. N. Y., 1986.

Lévi-Strauss, M. CACHEMIRE : ARTE E STORIA DEGLI SCIALLI NEL XIX SECOLO, Arnold Mondadori, Milano, 1986 (レヴィ=ストロース, モニク『カシミア·ショール』深井晃子監訳 平凡社 1988).

Loti, P. MADAME CHRYSANTHEME, Guillaume 1888(ロチ, ピエール『お菊さん』野上豊一郎訳 岩波書店 1951).

Loyd, C. F. LIBERTY'S 1875-1975 ; LIBERTY'S EMBROIDERY WORK-ROOMS MEMORIES OF WORKING THERE DUTING THE YEARS 1918 TO 1924, COSTUME, Costume Society, London, No. 10 (1976).

Lynam, R. COUTURE. Doubleday, N. Y., 1972.

Mackrell, A. PAUL POIRET, B. T. Batsford, London, 1990.

Madsen, S. T. SOURCES OF ART NOUVEAU, A da capo, 1976.

Marcilhac, F. JEAN DUNAND, Les Editions de l'Amateur, Paris, 1991.

Marly. D. de CHRISTIAN DIOR, B.T. Batsford, London, 1990.

________ de THE HISTORY OF HAUTE COUTURE 1850-1950, Holmes-Meier, N. Y., 1980.

MODE WIEN 1914/5, (Wien, 1915).

O'Hara, G. THE ENCYCLOPAEDIA OF FASHION, Thames & Hadson, London, 1986 (オハラ, ジョージナ『ファッション事典』深井晃子訳 1988).

Osma, G. de MARIANO FORTUNY : HIS LIFE AND WORK, Aurum Press, London, 1980.

Perrot, P. LES DESSUS ET LES DESSOUS DE LA BOURGEOISIE, Arthème Fayard, Paris, 1981(ペロー, フィリップ『衣服のアルケオロジー』大矢タカヤス訳 文化出版局 1985).

________ EN HABILLANT L'EPOQUE, Grasset, Paris, 1974(1930) (『ポール·ポワレの革命』能沢慧子訳 文化出版局 1982).

Proust, M. LA RECHERCHE DU TEMS PERDU, Gallimard, Paris, 1987(プルースト, マルセル『失われた時を求めて』井上究一郎訳 筑摩書房 1991).

Régamey, F. OKOMA. E. Plon, Paris, 1883.

Richarddon, J. LA VIE PARISIENNE 1852-1870, 1971.

Schweiger, W. J. WIENER WERKSTÄTTE DESIGN IN VIENNE 1903-1932, Abbeville Press, New York, 1984.

Séguy, P. HISTOIRE DES MODES SOUS L'EMPIRE, Tallandier, Paris, 1988.

Sirop, D. PAQUIN, (Musée Historique des Tissus de Lyon) Adam Biro, Paris, 1989.

Staniland, K. LIBERTY'S 1875-1975 ; THE EXHIBITION AT THE VICTORIA AND ALBERT MUSEUM, REVIEWED, COSTUME, Costume Society, London, No. 10 (1976) pp.91-95.

Stinchecum, A. M. KOSODE : 16TH CENTURY TEXTILES FROM THE NOMURA COLLECTION, Japan Society, N. Y., 1984.

Storck, A. & Martin, H. LYON L'EXPOSITION UNIVERSELLE DE 1889, A. Stock, Lyon, 1890.

Tarrant, N. E. A. LORD SHEFFIELD.

Torrens. D. FASHION ILLUSTRATED, Studio Vista, London, 1974.

UCAD, LE LIVRE DES EXPOSITIONS UNIVERSELLS 1851-1989, Hercher, Paris, 1983.

Verneuil, M. P. ETOFFES JAPONAISES, Librairie Centrale des Beaux-Arts, Paris, 1910.

Völker A. DIE STOFFE DER WIENER WERKSTÄTTE 1910-1932, Verlag Christian Brandstätter, Wien, 1990
Weisberg, G. P. ART NOUVEAU BING : PARIS STYLE, Harry N. Abrams, N. Y., 1900
White, P. POIRET, Studio Vista, London, 1973
Worth, G. LA COUTURE ET LA CONFECTION DES VETEMENTS DE FEMME, Paris, 1895

2 정기간행물

· 『装苑』
· 『ハイファッション』
· 『装飾デザイン』
· 『婦人グラフ』

· AMERICAN SILK JOURNAL
· L'ART DE LA MODE
· ART GOUT BEAUTE
· LA DERNIÈRE MODE
· ELLE
· FÉMINA
· LE FIGARO-MODE
· GAZETTE DU BON TON
· LA GUILLANDE
· HARPERS BAZAAR
· JOURNAL DES DAMES ET DES MODES
· JOURNAL DES DEMOISELLES
· MARIE-CLAIRE
· McCALL QUARTERLY
· LA MODE ILLUSTRÉ
· LA MODE PRATIQUE
· LES MODES
· L'OFFICIEL
· PETIT COURRIER DES DAMES
· QUEEN
· LE RIRE
· SILK
· STYLE
· LE THÉÂTRE
· VOGUE FRENCH
· VOGUE ITALIA

3 전시회 캐더로그

1968 『東洋美術交流展』 東京国立近代美術館.

1975 『現代衣服の源流展』 京都国立近代美術館.

1976-77 『ヴァン·ゴッホ展』 国立西洋美術館.

1979-80 『浮世絵と印象派の画家たち展』 2001年日本委員会 東京·サンシャイン美術館

1980 『ロートレックと歌麿展』 東京·伊勢丹美術館他.

1981 『ジャポニスムとアール·ヌーヴォー ハンブルク装飾工芸美術館蔵』 兵庫県立近代美術館他.

1982 『明治15年·パリ—近代フランス絵画の展開と山本芳翠』 岐阜県立美術館他.

1983 『モネと浮世絵展』 日本橋·三越他.

1985 『日本の染色　技と美』 京都国立博物館.

1985 『日本の美—ジャポネズリーのルーツ展』 東京都庭園美術館.

1985 『ゴッホ展』 国立西洋美術館.

1985 『マリアノ·フォルチュニイ展』 東京·スパイラル·ホール.

1985 『リヨン織物美術館』 横浜·シルク博物館.

1986 『高島北海』 下関市立美術館.

1987 『ジョルジュ·ビゴー展』 横浜·そごう美術館他.

1987 『川原慶賀展—幕末の"日本"を伝えるシーボルトの絵師』 東京·有楽町アートフォーラム.

1987 『ホイスラー展』 東京·伊勢丹美術館.

1988 『ジェームズ·ティソ展』 伊勢丹美術館他.

1988 『マックス·クリンガー展』 国立西洋美術館.

1988 『シーボルトと日本画』 京都国立博物館.

1988 『ジャポニスム展』 国立西洋美術館.

1989 『ウィーン世紀末展』 東京·セゾン美術館.

1989 『甦るパリ万博と立体マンダラ展』 東京·西武他.

1989 『エッフェル塔100年のメッセージ』 群馬県立近代美術館.

1989 『海を越えた日本の着物』 東京·サントリー美術館.

1990 『きんからかわの世界—黄金の革が結ぶ日本とオランダ』 兵庫県立歴史博物館.

1990 『海を渡った浮世絵展』 新宿·小田急他.

1990 『キヨッソーネと近代日本画里帰り展』 東京·高島屋他.

1990 『ホノルル美術館所蔵ミッチナー·コレクション芝居絵に歌舞伎を見る』 麻布美術工芸館.

1990 『ポーランド<NIPPON>展』 東京·西武他.

1990 『ドイツ人の見た元禄時代 ケンペル展』 サントリー美術館他.

1990 『チャールズ·ワーグマン展』 神奈川県立美術館他.

1990 『版画にみるジャポニスム展』 東京·大丸ミュージアム他.

1990 『アメリカのジャポニスム展』 東京·世田谷美術館.

1990 『ヨーロッパに眠る日本の宝 シーボルト·コレクション』 長崎県立美術館.

1990 『ロセッティ展』 ザ·ミュージアム他.

1990 『万国博の日本館』 東京·INAXジャラリー.

1991 『オランダ美術と日本 1680-1991』 サントリー美術館.

1991 『うきよ絵名品展』 京都国立博物館.

1992 『JAPANと英吉利西展』 世田谷美術館.

1992 『ゴッホと日本展』 京都国立近代美術館他.

1992 『ルネ·ラリック展』 東京国立近代美術館.

1992 『工芸家たちの明治維新』 大阪市立博物館.

1992 『プリンス·トクガワの生涯』 戸定歴史館.

1993 『ポルトガルと南蛮文化展』 東京·セゾン美術館他.

1994 『モードのジャポニスム』 京都国立近代美術館·京都服飾文化研究財団.

1994 『ブルーノ·タウト 1880-1938』 セゾン美術館他.

1994-95 『ウィーンのジャポニスム』 東武美術館.

1996 『オルセー美術館展 モデルニテ·パリ近代の誕生』 国立西洋美術館.

1996 『シーボルト父子のみた日本』 江戸東京博物館他.

1996 『モードのジャポニスム』 京都服飾文化研究財団.

1962 THE HOUSE OF WORTH, The Brooklyn Museum.

1980 MARIANO FORTUNY VENISE, Musée Historique des Tissus de Lyon.

1982 THE HOUSE OF WORTH: The Golden Age 1860-1918, Museum of the City of N. Y..

1983-84 SILK ROADS · CHINA SHIPS, Royal Ontario Museum.

1986 MOMENTS DE MODE, Musée des Art de la Mode.

1988 LE JAPONISME, Galeries Nationales du Grand Palais, Paris.

1990 FEMMES FIN DE SIÈCLE 1885-1895, Palais Galiera.

1990 THE JAPAN IDEA : Art and ligne in Victorian America, Wadsworth Atheneum.

1991 CATALOGUE OF THE VAN GOGH MUSEUM'S COLLECTION OF JAPANESE PRINTS, Van Gogh Museum, Amsterdam.

1991 IMITATION AND INSPIRATION, Rijksmuseum, Amsterdam.

1991-92 MANTEAU DE NUAGES: KESA JAPONAIS XVIIIe-XIXe SIECLES, Musée Historique des Tissus.

1992 WHEN ART BECAME FASHION, Los Angeles County Museum of Art, Los Angeles.

1992 DU TAGE LA MER DE CHINE, Réunion des Musées Nationaux, Paris.

1994 JAPANESE DESIGN, Philadelphia Museum of Art.

1994-95 MADELEINE VIONNET : LES ANÉES D'INNOVATION 1919-1939, Musée Historique des Tissus, Lyon.

1996 JAPONISME ET MODE, Musée de la Mode et du Costume, Paris.

찾아보기

| 역자 후기 |

자포니슴을 넘어서

자포니슴Japonisme은 19세기 후반부터 20세기 초에 걸쳐서 유럽과 북미문화에 나타난 일본취미를 일컫는다. 19세기 후반 유럽문화의 다양한 분야에서 나타나는 일본취미는 일본의 개국 후, 요코하마와 같은 개항지를 통해서 대량으로 수출된 생사, 견직물, 공예품, 회화 등에 의해서 유발되었다. 자포니슴은 단순한 이국취미가 아니라 30년 이상에 걸쳐서 지속적으로 나타난 것으로, 다양한 일본의 미술작품이 서구에 선호되었으며 후기 인상파와 아르누보에 큰 영향을 미쳤다. 자포니슴에 관한 연구는 일본은 물론이며 프랑스나 영국, 벨기에 등 자포니슴이 활발했던 나라에서 활성화 되어 있는데, 연구분야는 주로 회화나 공예품을 중심으로 이루어져 있다. 이 책『자포니슴 인 패션ジャポニスム·イン·ファッション』은 패션을 자료로 해서 자포니슴에 접근했다는 점에서 특색이 있다. 이 책에서는 19세기 말, 일본이 서구적 근대화에 열중하는 가운데 전통적 복식을 폐기하고 일본인의 신체에 다소 어울리지 않는 서양복으로 몸을 단장하고 있었을 때, 구미에서는 바다를 건너간 일본의 기모노와 직물이 다양한 형태로 서양의 의복에 영향을 끼쳤다는 사실을 밝히고 있다. 회화나 여타 공예품과는 달리 생활을 위한 소모품인 의복은 실물자료가 보존되지 않는 경우가 많기 때문에 접근이 용이하지 않다. 그런 점에서 저자 후카이 아키코深井晃子 선생님은 운이 좋았다고 할 수 있다. 일본의 오챠노미즈여자대학교를 졸업하고 파리의 솔본느대학교에서 서양미술사를 공부한 저자는 귀국 후 곧 교토복식문화연구재단의 연구원으로 일하게 되었다. 교토복식문화연구재단은 일본 유일의 복식 연구기관으로 유럽의 전통복식이 상당량 소장되어 있는데, 현재 소장되어 있는 소장품의 대부분은 저자의 작업 활동을 통해서 이루어진 것이라고 할 수 있다. 후카이 선생님은 입사 후 10여 년 간에 걸쳐서 구미에 끼친 일본복식의 영향을 조사, 연구하여 1994년 일본에서 전시회를 개최함과 동시에 이 책을 발간했다. 이 책은 동서 문화 교류의 연구와 패션 연구로서 인정받아 자포니슴학회에서

학술상을 수여한 바 있으며, 일본에서의 전시는 1998년 파리와 뉴욕, 로스엔젤레스로 이어져 일본의 문화력을 드러내기도 했다. 그밖에 일본 국내외에 걸친 그간의 수많은 활동을 인정받아 2004년 모교인 오챠노미즈여자대학교에서 명예박사학위를 수여한 바 있으며, 2008년에는 일본 문화청 장관의 표창을 받기도 했다.

80, 90년대에 후카이 선생님이 복식을 대상으로 해서 이처럼 대내외적으로 널리 활동할 수 있었던 것은 단지 과거에 일본이 서양문화에 영향을 미쳤다는 사실 때문만은 아니다. 70년대 이후 다카다 겐조高田賢三나 모리 하나에森英恵, 미야케 잇세이三宅一生 그리고 80년대 야마모토 요지山本耀司, 가와쿠보 레이川久保玲 등 이른바 재패니스 파워라 불리는 일본인 패션 디자이너의 활약을 빼놓을 수 없다. 때마침 대두한 재패니스 파워는 일본 국내외에서 관심을 불러일으키며 그들의 활동의 대변자로서의 저자의 입지 또한 곤고히 했다.

이 책은 일본의 전통복식인 기모노가 서양에 어떠한 영향을 미쳤는가 하는 문제를 통해서 근대 이후 현대에 이르기까지 일본문화가 어떻게 서양에서 보급되어 나갔는지, 혹은 '일본'이라는 이미지가 어떻게 형성되고 보급되었는가를 문화교류의 측면에서 풀어낸 흥미로운 관점의 저술이라 하겠다.

전 세계의 글로벌화 진행된 20세기 이후 각국의 고유한 복식은 민족복으로 특별한 날이나 특별한 상황에만 착용하게 되었으며 일상적으로 우리가 착용하는 의복은 본래 서양의 오랜 역사 속에서 구축된 서양복이라는 사실을 떠올리는 것 자체가 매우 새삼스러울 정도로 우리에게 서양복은 익숙하다. 우리의 역사 속에서 탄생된 옷보다 서구의 옷이 편하다고 느낄 뿐 아니라 미적 기준 또한 서구화 되어버려서 서구에서 발신되는 유행이 끊임없이 우리를 유혹한다. 의복이라는 일상은 철저하게 서구 중심의 글로벌화에 편입되어 있으며 또한 이는 현대의 패션산업이라는 영역 내에서 탄탄하게 구조화 되어 있다. 이러한 상황 속에서 비서구권인 일본의 디자이너들이 이루어낸 성과는 말 그대로 눈부신 것이었다. 이 책에서 저자도 언급하였지만 일본인 디자이너들의 주요한 성과로 지적되는 것은 다음 두 가지를 들 수 있다. 먼저, 의복과 신체의 관계를 재고할 기회를 만들었다는 점, 그리고 일본의 전통적 미의식을 서양복에서 구현했다는 점이다. 이에 대한 내용은 본문에 언급되어 있으므로 상술을 생략하겠지만 이러한 성과는 종래에 주도권을 쥐고 있던 서구가 아닌 비서구권의 '일본인 디자이너' 라는 범주에 한정되어 각각의 개성과 다양성이 무시된 채 일본의 역사성과 전통에 의해서 규정되어 왔다.

한편, 일본인 디자이너들의 이상과 같은 성과를 일본의 전통과 관련짓는 이해는 그것이 일면의 진실이라 하더라도 지나치게 고정화되어 버린 감이 없지 않다. 일본의 특정 디자이너나 그들의 디자인을 이해하는 데 있어서 일본이라는 정체성은 얼마나 유효한 것인가 하는 문제를 재고할 필요가 있다. 각각 다양한 개성을 지니고 있는 일본인 디자이너에 대해서 오로지 그들의 국가적 정체성만이 지나치게 강조되어 온 점에 관해서 도린느 콘도Dorinne Kondo 등 몇몇 인문학자들은 오리엔탈리즘 즉 그러한 언설의 배후에 있는 문화표상의 정치학에 주목하면서 이러한 언설은 '주로 지정학적인 힘 관계나 오리엔탈리즘적 언설로 수렴되어 가는 경우가 많다' 고 지적하고 있다(참고문헌 Dorinne Kondo(1997), "Orientalising: Fashioning Japan" in About Face, Routledge; 成美弘至(2001), ファッション·オリエンタリズム—欧米メディアにおける「日本」の表象について—,『問いかけるファッション』東京 : せりか書房). 콘도는 일본인 디자이너가 인종이나 국적을 구분하여 작업한다 하더라도 결국 각자의 작품의 특징보다 일본적 전통관에 관련지어져 버리기 때문에 패션계에서는 '서구–일류' 가 아닌 '비서구–이류' 에 머무를 수밖에 없다고 주장하고 있다. 요컨대, 일본인 디자이너와 그들의 작품을 오로지 일본의 전통과 관련짓는 이러한 언설은 서구가 규범의 중심에 있다는 것을 다시 한 번 강조하는 셈이 되는 것이다.

역자가 이상의 선행연구를 간략하게 소개한 이유는 연구의 시각이 참신하고 깊이 있다는 점과 아울러 일본인 디자이너를 일본적 전통과 관련지어서 이해하는 고정관념에 대해서 이론을 제기하고 싶기 때문이다. 이러한 고정관념은 이미 몇몇 예민한 연구자들에게 훌륭한 연구 자료가 되었을 만큼 충분히 특이한 현상인 것이다. 디자이너의 국가나 민족성으로 규정되는 범주의 경계를 벗어나서 디자이너와 디자인 그 자체에 관심이 모아질 때 일본의 패션 디자인 나아가 한국을 포함한 비서구권의 패션 디자인이 실질적인 보편성을 갖게 되리라 기대한다.

이 책의 번역출판은 일본문화의 국제적인 이해를 촉진하고자 하는 일본국제교류기금의 번역지원사업으로 이루어졌다. 번역하면서 잘 이해되지 않는 부분에 관한 역자의 질문사항에 답하고자 일부러 서울에 방문하면서까지 시간을 할애해 주신 저자의 성의와 배려에 깊이 감사드린다. 또한 출판에 응해주신 도서출판 제이앤씨의 윤석현 실장님과 꼼꼼하게 편집을 맡아주신 박채린 계장님께도 큰 감사의 마음을 전하고 싶다.

2010년 12월

역 자

저자

후카이 아키코(深井晃子)

- 교토복식문화연구재단 큐레이터 겸 이사
- 오챠노미즈여자대학교, 같은 학교 대학원 졸업,
  파리 제4대학 (솔본느) 예술고고학부 수학
- 2004년 오차노미즈여자대학교 명예박사학위 수여
- 2008년 문화청 장관표창

역자

허은주

- 성심여자대학교 졸업
- 오챠노미즈여자대학교 대학원 석사, 박사(인문학 박사) 취득
- 오챠노미즈여자대학교 인간문화연구소 연구원,
  연세대학교 국학연구원 연구원, 연구교수 역임